陈应松精品文集 卷六

陈应松 著

滚 钩

中国言实出版社

图书在版编目（CIP）数据

滚钩 / 陈应松著 . -- 北京：中国言实出版社，
2020.5

（陈应松精品文集；6）

ISBN 978-7-5171-3458-9

Ⅰ . ①滚… Ⅱ . ①陈… Ⅲ . ①中篇小说 – 小说集 – 中
国 – 当代 Ⅳ. ①I247.5

中国版本图书馆 CIP 数据核字（2020）第 069557 号

责任编辑 代青霞　李昌鹏
责任校对 张国旗

出版发行 中国言实出版社

　　　　地　　址：北京市朝阳区北苑路 180 号加利大厦 5 号楼 105 室
　　　　邮　　编：100101
　　　　编辑部：北京市海淀区北太平庄路甲 1 号
　　　　邮　　编：100088
　　　　电　　话：64924853（总编室）　64924716（发行部）
　　　　网　　址：www.zgyscbs.cn
　　　　E-mail：zgyscbs@263.net

经　　销 新华书店
印　　刷 北京中科印刷有限公司
版　　次 2020 年 6 月第 1 版　　2020 年 6 月第 1 次印刷
规　　格 710 毫米 ×1000 毫米　1/16　13 印张
字　　数 199 千字
定　　价 558.00 元（全八卷）　　ISBN 978-7-5171-3458-9

目 录

滚　钩

　　成骑麻把船停泊在芦苇洲头的一个小汊子里。他没想到，这五月，风乍起，浪接天。风如此寒厉，昨天还是单衣，今天就要穿棉袄。江上的风本来就硬，加大到六七级了，雨也有随风而至之势，白晃晃的巨浪向滩头打来，不到人高的芦苇咔咔折断，江水陡然浑黄暴浊，浪渣密密层层漂来。这天气是不能打鱼了。拴好船，想赶快回家添衣服。走上滩头，看到几条野狗在嗷嗷乱叫撕扯什么，成骑麻拿着长钩就飞跑过去驱赶野狗。那些疯狂的野狗也是吃红了眼，逐渐向野狼进化，尾巴呼啦啦地摇着，身架奇壮，牙齿尖突。成骑麻将长钩向它们扫去，硬是用了几个回合，等撵走那些野狗后，看到那个泡佬——溺水者已经被啃去了半条胳膊一只脚。

　　是浪把这人送到滩上来的，成骑麻一个激灵，不由得往四下望望，是看有没有史壳子。这是条件反射。再看那泡佬，天！不是村里的成小安吗？！小安找到了，小安浮起来了！

　　应当如何把这消息告诉村里呢？他必须守在这儿，不然小安的尸体会被啃得一点不剩。或者先埋人？但这不是无名野泡佬，无名是可以埋的。小安就不同了，是同族侄儿。你看成小安，乜着五个白森森的指头，似乎在召唤着他，也像是指着村里，眼睛鼓胀胀地望着天，分明是要成骑麻去喊他的亲人来。前三天，成小安的老婆腊月算是埋掉了，小安是要与老婆同坟的，他们是抱着一起跳江的。小安患了肝癌，治病欠了一屁股债，医院催款，疼得

1

也不行，就这样两口子商量好，一起从成家村堤边的废弃趸船上跳进了江里。

打捞腊月，史壳子要了三千元，谁不说这史壳子黑心烂肝，咒他咋不得癌症的，毒瘾犯了，让车一头撞死也行！这只是背地里说说的，见了史壳子，一样点头哈腰。交三千，还说是乡里乡亲的特价。成骑麻没有参加，勾老倌、虫老倌和哑巴三水去了，非族人。刚开始成骑麻是要去的，小安的爹哭着来说让成骑麻帮忙去捞捞。这还用推托吗？钱是不会要的，本来就与小安爹是表兄弟。再者成骑麻打捞了三十年，打鱼，捞尸。他准备好滚钩，史壳子却找上门来，甩给他一句话说："麻老倌，您郎嘎不要断我的财路。"成骑麻当时还嘴的想法也没有。这一说，也是警告，以后他要断成骑麻的财路。这一带，水牛市两岸的捞泡佬，不知怎么就成了史壳子的一碗菜。

有想捞泡佬挣小钱的不是船被凿出个洞，就是半夜被扔石头，还有的不明不白船篷失火差点把人烧死。这还能是谁干的咧？当史壳子走出戒毒所时，一个因毒瘾快疯的人连父亲都砍得下去，你还不谢他留了一手，让你不死？他最后一次戒毒出来，饿得不行就成立了一个壳子打捞有限公司。大家都知道他的诨号，一张纸壳子样的人，或者这个打捞公司，就是个空壳子。他自己，叫史克治。壳子打捞公司，什么都不捞，就捞死人。前几年，捞一个五千，史壳子垄断后，涨到一万二，一口价。这里还有二家吗？这水乡到处是水，伢子们咋能一天到晚读书而不会点扑泅呢？水牛市的观音湾，是观音河入江口，那儿表面平静，暗流汹涌，入江的水把江底淘空，深不可测，流沙在水下四处游弋，像一只只巨手拽着你。在这儿游玩的人不知深浅，往水里蹚去几步，以为是平滩，再几步就卷进深坑漩涡了，就会惊呼救命了，两只手乱抓乱打，几下就没顶了，只好去做泡佬。

有人说观音湾有冒充观音的水鬼，在水下拉人。水鬼都是屈死鬼，必须拉下两个人才能托生转世。这就造成了恶性循环，一个拉两个，两个拉四个，四个拉八个……史壳子的发财机会就来了，干不完的捞尸活儿，赚不完的泡佬钱。史壳子过去经过商，他注册了公司，就堂而皇之"正式"了。然后弄些小伢沿江发卡片儿、贴不干胶。上有他的手机号码，提供死人信息的，给一百元信息费。有了淹死人的信息，再打电话给村里的渔民放滚钩捞泡佬。

如他们捞不到人，也有两百元的收入。因为死者家属已经给了四千元押金，捞到捞不到，这押金是不退的。刨去其他的如每个渔民两包烟、一条毛巾、一双布鞋、一瓶二十元的白云边酒，加上给信息费等，史壳子还是赚大头。捞泡佬又不要发票，税也偷了。捞到了，成骑麻他们每人可得六七百元。一个月平均下来不止一笔，远比打鱼的收入多。这年头，三峡建坝，水小了，拦住了上游来的鱼，也没有下游来的鱼，如洄游类的鱼。加上污染，再加上前些年打鱼的多，且是电鱼，迷魂阵、矮围、地笼、陷阱网、抬网、光诱捕网，断子绝孙地炸鱼和电鱼，长江里哪还有什么活物？过去，成家村全部打鱼，成骑麻就是村长，领导两百多号船。还有村集体的机动大渔船，八十匹、一百二十匹马力的渔船就有好几条，在长江上下三千、五千米的滚钩，围捕春季和秋季鱼汛，围捕江上的腊子（中华鲟）和江猪子（江豚）；那时没有保护一说，江上江猪子一群群几百只，腊子从东海游来去上游金沙江嘉陵江产卵，有时候夜里整条江上都挤满了巨大的腊子鱼群，一条大的有千把斤不稀奇，有"千斤腊子万斤象"之说。三层滚钩拦截，一次捕几万斤鱼太稀松平常。冬天也用围网，有一年一网捞上来二十万斤鱼。长江上的四大家鱼——青草鲢鳙是大宗，过去天天都可打上几十斤重的鲢鱼、鲇鱼和鳡鱼。但现在四大家鱼全是人工繁殖了，没有了江里产卵之说。现在，村里的人全改行干别的了，或者到各地承包鱼塘，剩下没死的老家伙们，没事可干，就只好在江里打点小鱼小虾，聊以度日。

成骑麻习惯性地用手指去敲敲小安的手。每个捞起的泡佬他都敲一下，看有什么反应。当然不会再有反应，习惯而已，这是跟他的父亲学着做的。所有泡佬两手都是张开的，不会握着。他们已经把人世的一切全部放开了。看着小安的尸体，成骑麻想："我不能就这么守着。"人又离不开，风又大。往后面看，野狗在芦苇荡里伸长猩红的舌头窥伺着。他用手机给家里打电话，拨了几次，无人接听。给儿子？儿子"失踪"了，只要是他成骑麻打，儿子都不会接。儿子丢下老婆孩子，与义忠村小学校长的肥老婆私奔了。儿子从小瘦，渴望一身肉，这就找到了一身老肉，校长老婆大他整整二十岁。有一次接通了电话，他对儿子说："我都要叫她妈了，你奶奶啊！"有时候也无可奈何地想，你小子也算争了口气，一个半文盲竟能勾引到校长的娘子，咱家祖坟上冒青烟啊！

他只好去船上，找了半截桨片，好在是沙土，拖着小安的腿放入一个沙坑，三把两下将他临时掩埋了，再抱了些浪渣树枝堆在上面防野狗扒拉，就赶快去村里报信。

这里，成家村在长江南岸的沼泽里浸泡着，芦苇、青蒿比房子高。巨大的蚊虻繁殖得很快，发出震耳欲聋的嗡嗡声，铺天盖地。许多人家的篱园里卧着恶狗和断砖，獾鼠在村子里大摇大摆。庄稼小块地成熟着，阳光有些偷偷摸摸，无精打采。但是从远处看，是绿水人家，鸡鸣狗吠。埠头有蒲柳，屋前有垂杨。旧船半沉水中，破网漂漂荡荡。两百年前的成姓人家在这里修了个土垸，就成了村庄，以后陆续有江苏、安徽打鱼人避风在此，赖着不走，成为村民。再以后，水鸟也看上了此地长出的树和生活的牛。这些奇怪的水鸟，喜欢临风筑窝，平时蹲在牛背上缩着脖子发呆，不吃不喝，精瘦无肉，像一些白色的棍子到处弹动。到了冬天，北岸凶猛的大风直扑向这里，黄鼠狼到处挣扎跑动，沼泽里的青麂开始大哭。野鸭如云，排空而来，它们以水里密密麻麻的蚂蟥为食，解了成家村人的心头之恨。干枯的长江蜿蜒东去，让对岸建筑丑陋的水牛市暴露在江水的倒影中——全是灰色的屋顶，杂乱无章。加上点小雾，倒影里对岸的城市就像在梦中，与他们无关。至少狗没有心理压力，并不以自己是村狗而收敛，发狠地对着城市扭曲的倒影狂吠，以主人自居。这里的一切，依然是祖先带给他们的命运。现在正是五月，汛水携着长江上游的腥味儿下来，弥漫在村子里。沼泽深处有产卵的鲤鱼上蹿下跳，异常痛苦。到了深夜，听得到它们重重的扳籽摔打声。

说是叫成家村，但渔民忌讳太多，"成"与"沉"读音相似，只能叫浮家村，成骑麻过去大家都叫他浮村长，现在叫老浮。叫老浮的老倌子太多，就叫他麻老倌。史壳子也不能叫史壳子，"史"就是"死"，只能叫活壳子，活总。

雨下来了。点子很大，但很稀。这时候，成骑麻抬脚进村时就看见了史壳子的爹，瞎着眼睛在门口摸索，雨点击打的灰尘溅跳上他宽大的裤腿。有一条狗的眼睛是他给戳瞎的。门口一排树上牵了根船绳子，他就顺着绳子每天摸索走路。即便史壳子是长江两岸的捞泡佬大老板，一月少说有一两万收入，可他的家却依然破旧，用水泥砌的矮两层楼房，差不多有三十年历史了，是史壳子他哥没被枪毙时用贩毒的钱修的。外墙是水磨石，已经长满了老年斑似的青苔，上面爬满阴险的蜥蜴和滑溜溜的蛞蝓。但在楼顶上还用蓝瓦搭了一间很高的小屋。有几次，在有月光的晚上，成骑麻看到史家这蓝瓦屋顶上躺着许多鼓胀的泡佬。那些泡佬一个个按照出水的样子，有男有女地整齐排列，男的从水中浮出是脸朝水底，女的浮出是脸朝天。老一辈的人说，男的脸沉故屁股朝上，女的屁股重故脸朝上。有一天半夜出来小解，成骑麻看到他家屋顶的那些泡佬有的坐起来，有的女鬼在梳头——月光下的头发湿漉漉的；有老人，有年轻人，有小伢。成骑麻以为自己看花了眼，回到床上往窗外望，还是那样，鬼还在他们家屋顶上，影影绰绰，还在梳头。这事儿他跟谁都不能说，包括老伴儿。他到江边的大悲寺里偷偷化了斋，捐了钱，烧了纸，磕了三十六个响头。菩萨是要念及他成骑麻祖上三代没吃过泡佬的饭。从他父辈算起，都是渔民，也是水牛市民间慈善组织"义善堂"的成员，专门捞尸葬尸的，不收分文酬金。1949年后，"义善堂"解散，政府接管，还是捞尸不收钱。有时，一年捞过两百多个。后来，他九十岁的爹死了，这事儿好像就没人管了。

他可以埋着头走过去，不理会这个瞎子。但另一个成骑麻却停了下来。这个成骑麻在那儿踟蹰了两三步，看了一眼天上的雨势便大声问：

"活爹，活总在家吗？"

他给了他一条鱼。这是惯例。即使没打到鱼也要买上别人的一条拿来给他，好让他给史壳子说麻老倌子又送鱼来了。现在，拿到鱼的瞎子一阵高兴，刚才像僵尸的脸上变得喜笑颜开，边抖边走地说："我来给他电话，我来打电话！"

瞎子过来往他身上一闻，瞎眼一翻，有话了："有泡佬味儿。"

他是怎么闻出来的？这老倌子年轻时吃喝嫖赌，也在渔船上做事，见到女人又无他人在场时就顺势按到船板上。船家女人赤脚单裤腰里还是橡皮筋，非常容易得手。船板上又干净，好像到处都是婚床一样。村里渔妇意志稍有松懈的没有没被史老倌欺负过的，好像还都自愿，没一个反抗报警。但有一次在外村欺负女人时被发现，让人戳瞎了眼睛，从此金盆洗手，改邪归正，在家教育出了两个吸毒儿子。

他帮他儿子拉生意咧。他虽然看不见他自家的屋顶上有那么多泡佬坐那儿了，但时常半夜会突发头疼，鬼喊鬼叫，说有人用绳子捆他。到了白天，又没有事了。这屋里平时也就他住，史壳子四处游荡，居无定所。史老倌摸摸索索去拨电话，瞎眼狗夹着尾巴打着哈欠贴在他腿边。可怜这狗，在路边粘上的一身苍耳果没人摘，连蹲都不敢蹲。头上、瞎眼边都给粘上了，一颗挨着一颗。

"你死哪儿了？"然后把话筒给成骑麻。

那话筒又黑又脏，还散发出一股大蒜味儿。从桌子上拿过来时被桌下的一堆瓶子绊了一跤，成骑麻后悔莫及，从这儿走过去不就行了吗？

"……是这样的，我看到小安了，可不是我打捞上来的，他自己浮起来的，在芦苇滩那儿……风浪大，就漂到这儿了……还被狗啃了，我去给他爹说说……"

他这样说是什么意思？他要说服自己。他的意思是向史壳子解释，就是解释，解释后再去告诉小安的爹。绝不是他打捞上来的，他说的是这个意思。是解释，不是告诉。他谁都不想得罪，史壳子是得罪得起的吗？

"你没给他爹说哟？……好！我马上来，在打牌……"

他在江边麻将馆，离这儿不远。再怎么想办法都来不及了。如果他在对岸水牛市，再比如说是另有人发现的，他成骑麻不就撇清了！这就不与他相干了，他害怕什么呢？不就是害怕以后史壳子不再给他派工，让他赚不到分文！唉，人贱了。

心里一塌糊涂。看着狗身上的苍耳。狗浑身抖动着，因不能卧，估计它站了一个月了。可你这条狗在这屋里也就这个命运了。

不给他史壳子说，会有什么样的结果，都是知道的。常言说，欺老不欺少。他再怎么坏，但他年轻；我再怎么好，但我老了。老村长算个卵，世界是他们的，也是他的同伙们的，他们狠，你只能认。这几年你成骑麻添置的沙发、手表、手机、太阳能清华阳光热水器，又修了瓷砖厕所，还补贴那个不争气儿子孙子的钱，从哪儿来的？每个月总有一两千块的收入是谁给的？到了夏天，一月捞八九具尸是常事，最多一个月拿到一万是谁带给你的？全是现金结算，史壳子从不拖欠，因为捞尸先付款。史壳子这里，一具一结，捞起来就有钱，捞不起来也有钱。肥皂、毛巾、烟酒，给亲戚的不少，用得完吗？亲家那边，割两块稻也是瓶装酒，白云边、关公坊，来这边提的。史壳子有规定，凡在他手下搞事，就是公司员工，不许接私活儿。有一个老倌子，私接了一单，捞个小伢，收了两千，好，从此史壳子这儿没你的事了。老倌子急呀，退钱给他，提好烟好酒找史壳子求情，史壳子臭脸不理他。你干瞪眼。

可是成骑麻感到一阵阵的不舒服。等他回来，等他去给小安的爹说？小安媳妇腊月捞起来要了人家三千，还说是十年前的价，说他还要开工资交税，睡（税）你妈的个×！再不回来，小安被野狗刨出来啃完了！可他成骑麻为啥就迈不开腿呢？

史壳子摇摇晃晃地开着一辆无牌摩托出现了。这个鬼一样的人，三块骨头顶着个脑袋，两只寒风眼眨巴眨巴地闪，屁股像被人砍掉了似的，手像鸡爪，鼻孔萎缩，气若游丝。

成骑麻爬上他的摩托上了江堤，风越来越大，老远就听见野狗争食的撕咬声，史壳子驾驭不了这摩托，几次崴在沙子里，把成骑麻摔下来。成骑麻拾起掉地上的长钩就拼命往江边跑，几乎是怀着愤怒将长钩掷去，打着了一条狗，其他的狗才惨叫着逃之夭夭。他呼呼地喘气，年纪大了，跑这一路力不从心。加上寒冷，浑身出现酸麻胀疼，心脏早搏，跳两下停一下。

"先把他洗干净，就说是鱼啃了的，把这里的稠平。再是，把您郎嘎的船划过来，把滚钩拿来，我们给小安挂些钩……"

他都懂。成骑麻做了二十多年的村长还不懂吗？这事能做吗？他极不情愿地去船上拿滚钩。他回过头看到史壳子拽着小安的尸体往江里拖。

那边在喊："麻老倌快点哟！"

史壳子不耐烦了，他就是这么指使你的，就因为你老了。他去解船绳。是个死结吗？老子从来没拴过死结的，一急还解不开。风又大，这能划走吗？会翻船的！看到史壳子拖得很吃力。死人是很沉的，而且死人都会暗中使劲儿。成骑麻开始磨叨，让他拖，让他搞去，然后我就说船坏了回家去。这想法很快让史壳子感觉出来了，史壳子高声在那边喊："您郎嘎是不是下不了手？那就回去嘛，把钩拿来我挂。"

成骑麻划也不是，不划也不是。船从芦苇汊子里出来，风浪劈头朝他打来。船抛到苇梢，再咚咚地撞上汊岸。成骑麻哪还站得稳，五脏六腑都要颠簸掉，就像成小安无形中拿棍棒打他。死人是会发怒的，如果想要今晚船不翻，就要在船头点一盏菜油灯。菜油还有，只是要洒点酒。他要哭起来了，你他娘的只拉尸不拉船的呀！他全身湿透了，这事小安不会放过自己啊。

"划不了咧，浪好大！"他说。

史壳子根本听不到，也没听。成骑麻巴望史壳子手下留情算了，给小安爹一个顺水人情。

但史壳子撵走了狗跑过来，气吼吼地，给成骑麻导航。成骑麻年老体衰，脚步不稳，史壳子要他甩绳子，他来拉船。拉船是可以，此时越拉越翻。

"就这儿了，就这儿了，后头下锚哟！……把滚钩拿上来！"史壳子这一说，等船碰到岸，成骑麻就跳下船，牵绳拿铁锚，把船固定。

滚钩很重，钩呀铅坠呀钢绳呀，都排好了。船上有六十米的、一百米的两种。如果打鱼，六十米的就够了，上有倒挂须的粘钩上千个。在很久的过去，村民在长江里打江猪子、腊子的时候，用两三千米的滚钩，有两万个以上的钩子。现在，六十米、一百米的滚钩，是专门捞泡佬的，长江上没有了这样大的鱼，用不着。社会上的大老板现在也没谁热心此事，没谁捐款，比过去的商会差得远啊。

"动手啦！"

成骑麻听从史壳子的，两个人一人拽一只小安的脚，往江里拖。是太重。这是让小安再投一次水。丢进江里，水溅上来，就像小安戽水，两个人都湿得像落汤鸡。

"活总，你挂钩，我去村里喊人？我老汉扛不住了，快熄火！"

可史壳子滑头，说："你不会骑摩托，我快些。"

不等成骑麻答应，史壳子就发动摩托走了，往后头甩给成骑麻半包烟。

这事怪谁呢，你就算不告诉小安他爹，埋了不也无事了吗？你这不是自讨苦吃？

点了支烟，看到小安张开的大嘴，把烟栽在了他嘴里。

"你可忍着点，小安。"他对小安说。

烟在小安的嘴上燃烧，就像他满不在乎地说："麻叔你挂，我不怕疼的。"

这就好。成骑麻拿钩去挂小安的死肉。反正是死了，橡皮一块。这样想就挂了。人肉跟猪肉一样，好挂，皮还薄些，再多挂些在衣裳上。头上不挂。狗吃掉的地方多挂几个。小安呀小安，你咋走这条路呢？别怪麻叔不好，死了还要挂几十个钩。你麻叔老了，无用了咧⋯⋯眼泪就出来了。冷出的泪。怎么想怎么伤心。心脏要出问题。

就少挂几个吧。把他往水里拖，摁进水里。就这样了。

由远而近的哭声一窝窝卷来。小安家的亲人和村里人来了一大群。喊号着小安的名字，咿咿呀呀好悲惨。小安爹眼泪眼屎糊了满脸，拉着成骑麻就敬烟，连连说："麻哥麻哥，感谢感谢呀！"

小安妈一过来见到挂满滚钩的小安尸体就哭昏过去了。各种人，各种哭。有人就给成骑麻递烟、酒、毛巾、肥皂。小安的两个小孩拉过来就在沙滩上给成骑麻磕头。这一下，成骑麻也哇哇地哭了，给两个小孩擦眼泪，却说不出话来。他赶快取钩。这钩大，不好取，拉出肉来了。他只是呜呜呃呃地哭。后来小安就被放在板车上拉走了。

成骑麻浑身一点热量都没有，僵硬的手接过一千元，听史壳子说是"对半掰"。这不就是要了小安家两千吗？小安家哪还有钱？人已经被狗啃得七零八落，够凄惨了。他就是因为没钱又疼得不行才投江自尽的。肚子鼓胀，肝癌。天地良心，史壳子是要遭报应的。我只是想撇脱关系，不是想赚小安你的钱，你家谁不知道，我这不是黑了心敲骨吸髓？我就算缺这一千块钱，你史壳子缺这区区一千吗？

村里到处是鞭炮，是乡亲们去小安家为小安放的，大家是同情这家人。成骑麻回到家里盖了三床被子还是冷，还是筛糠似的抖。让老伴儿煮姜汤。吃药。床都抖动。打牙磕。几颗仅剩的牙齿叮叮当当地响，就像发地震。在烧得迷糊中老是梦见儿子跟一个肥胖的女人抱着投江。

"你个婊子养的究竟要不要老婆儿子的？"

他在发烧中迷迷糊糊对着无人接听的电话大喊。儿子电话是通的，就是不说话。他在水牛市的哪个角落待着，与那个大他二十岁的校长娘子天天共度良宵？那一堆泡佬肉，有个什么嘴头？日你鬼娘的！

他把藏在枕头下的那一千块钱拿出一半，要老伴儿赶紧送到打丧鼓的小安家，交给他爹。老伴儿说："你哪儿来的钱？上这么多？成涛结婚时他们才上了一百呢。"

"拿去莫啰唆！"烧得满脸通红的他大吼。

两天的风息了。太阳一出，人也好了。晨雾蒙蒙的沼泽上，一群野鸷好似乌云卷来，落到随风起伏的新苇丛中，留下凄清的叫声。菖蒲绿得发亮，好像涂了一层蜡。天气突然热了，天空也更开朗，云彩慢悠悠地招摇。

村里走了一下，碰上了小安两个成孤儿的孩子，各塞了二十元，要他们不要给爷爷说。到了傍晚，成骑麻说是去看船和水的，买了些纸钱香火去了芦苇洲子。水是大了，水腥味儿更加浓重。江上的水拥挤成一片。暮色苍苍，沙洲上空旷无物。他在那个现场烧了纸点了香，又上船在船舱四周洒了酒，在船头点了盏菜油灯。他抽着烟坐在船头，望着漫漫江水。天黑后，他才离开。船头的灯，燃了一夜。

送鱼的来了，让他不出船都不行了。

送鱼的送的是十来斤的鲇鱼，有大有小，充江鲇的。卖就说是野生江鲇。鲇鱼不会立马死去，加点水放前舱里，去水牛市卖。这事也已经惯了，多加不了多少钱，一斤加个一两块钱的价。如果鱼死了还赔本。但一般，不会全卖家养的鱼，杂着卖，总可以从江里打些鱼上来，一半兑一半。

"麻老倌，昨天你又哼了一夜。"老伴儿说。老伴儿先将鱼要下来了。

"没有吧？"成骑麻穿着衣服说。

"不行就算了。"老伴儿说。

"你把鱼要了，不是赶我出门？！"他不耐烦地说。

打开鸡笼的事都是成骑麻做的。等他起来，刺耳的摩托声把送鱼人带走了。阳光把整个村庄照得通红，好像过去的悲痛是不存在的，一扫而空。蜿蜒的江堤和田野都铺展在早晨的白雾中，黑色的叼鱼郎鸟，在沼泽上空无声地逡巡。他用长钩子系上装了鲇鱼的塑料桶，斜背到后背上出了门。

水涨得很快，前几日小安躺着的地方都快淹没了。淹了最好。沙洲子上，凡是低洼处，全是混浊的泡沫。一道道殷红的流霞在天空漫溢，江水像胀大了肚腹的巨蟒，鼓鼓囊囊地争挤着两岸江堤向远方爬去，发出低低的吼声。

洲子上早就等候着过江去的本村和邻村的妇女，她们是来搭乘免费船的。这些叽叽喳喳的农妇，从三十岁到五十岁不等，大都打扮得花枝招展，有的还穿着吊带内衣，衣上的亮片满身闪光，宽大的乳房在内衣里摇晃，手和脸都很粗糙。这些去城里卖菜的农妇，奇怪的是没有连提带挑，大担小包。每个竹篮里也没多少果蔬，几把白菜，几串要死不活的辣椒，一些歪歪扭扭、奇形怪状的黄瓜……她们不像是从菜地里择菜出来的，她们身上散发着廉价的化妆品的香味儿，没有劳动的肮脏和倦容，眼角里没有风霜凛冽和担忧生活的痕迹。

其实大家心照不宣。这些女人都不是正儿八经去卖菜的，卖菜不过是个幌子，都是早出晚归到对岸的解放公园里做皮肉生意去的。那里有很深的树林和冈坡，一些垂死挣扎的老倌子们花个二十三十的，价格低廉，便捷迅速，临死解解馋虫。这些年，村里就一带二、二带三，姑姐带弟媳，嫂子带小姨，钻进了树林子。一张报纸，一个套子，一天少说可以赚个一两百元。再说，男人们也不在家，由她们去了；有的是默认了。挣钱总比闲着好，广开财路嘛。

"上我的床哟！上我的床！"

勾老倌喝了早酒，声音像擦了锈的钢精锅，亮堂堂金灿灿的。他故意把"船"说成"床"。勾老倌七十多了，满面红光，精神抖擞。他的船穿着百衲装，补过无数次了，丢在江边连拾柴人也不会要。他蹲在舱里用葫芦瓢舀着船舱的渗水，叩打着船帮向那些妇女吆喝着。

可是那些妇女不上他的船，这老倌子太呆气，喜欢摸妇女的奶，一路划过去要打情骂俏，吓你，让你抱着他。这老倌子死了来世变鱼，没得鸡巴。

"好啊，你们都到麻老倌村长的床上去了，不把他搞瘫的！"

可是，无论勾老倌怎样喊，妇女们还是要上成骑麻的船。船好，人止，你看他收拾得清清爽爽，多少年了，还是个干部做派。头发不乱，牙齿不黄，胡子干净，皮鞋闪光。上了船的妇女们就开始把带来的米往船舷四周撒，口里还念念有词。这些渔船，捞鱼捞尸，船头船尾堆的绳子都捆过死人的；船

11

舷边上都系过死人的，这船阴气太重。捞上了死尸，又不能沾船板，只能拖在船舷边，否则船不吉利的。这也是祖上传下的规矩。

初夏的头河水早就过去了，那是桃花汛。现在是第二河第三河水了，水越来越大。船往江中心划去，就看到上游漂下来大量的漂木浮渣、死猪死狗。

"呀，泡佬啊！……"脑袋伸出舱外的妇女有人惊叫起来，同时手指着江中远远的地方。

"……该死的，该死的，猪啊！"

但见那江中心簸箕大一个个的漩涡里，旋转着一只只死猪，乱流像疯狂的水底巨兽拽着那些死猪浮上沉下，仿佛江里有无数电扇的大叶片在飞速转动。

"上游遭了猪瘟……可也不能这样往江里扔呀，真是的！"

"也许是发洪水把养猪场淹了……"

成骑麻也惊骇，一辈子在江上，从没看到过这么多死猪。他避开这些死猪，哪知死猪专往船边靠，就好像船舷有磁石一样。这种情况很奇怪，现在那些死猪向他直奔靠拢过来，以船为中心。勾老倌也在那儿咋咋呼呼，他也陷入了死猪的包围圈。碰到泡佬也是这样，有一次一个泡佬紧靠着成骑麻的船舷，用桨怎么也推不走。推开了又会流过来，甚至打几个旋还是到了他船边。这事不好解释，最好是捞起来埋到沙洲才完事，泡佬心里也是这么想的。

船从死猪阵里劈开一条缝往前划。一股恶臭弥漫在江面，苍蝇像蝗虫歇在死猪身上。桨杀过去，苍蝇轰地飞散，又向渔船和船上的人身上落下来。船体被浪和死猪撕扯得吱呀乱响，要散架一般。嘎嘎的声音不知从哪里发出的。妇女们不时一阵尖叫，像船翻了一样。妇女的叫声，苍蝇的叫声，勾老倌喝多了几近绝望的叫声，他还听见了自己手机的叫声。他来不及看。他的两支桨就是一船人的性命，弄不好就变成一船泡佬……

他不由得往勾老倌的船那边看去，勾老倌在用桨猛劈着死猪，几个农妇伸出手来死死拽着勾老倌的腿，怕他晃进江里去。

成骑麻自己也感觉到力量渐渐没了，划了一辈子船的手臂，此刻蔫酸得像是断了，像是人说的中风，两只手麻杵杵的，抓不住这两支桨。真若是手臂一麻，脑溢血，半边瘫，一切不都没有了吗？这些搭便船为省钱的妇女，不晓得我们是些风烛残年的老人？她们一点儿也不怜惜，哪儿知道，咱也有渐渐划不动的一天⋯⋯

冲出了死猪阵，一身的汗水还是江水，绕过离岸不远的、还没被上涨的江水淹没的几个龟背沙渚，终于，船靠岸了。观音河入江的河口观音湾，芳草萋萋，沙滩洁白，许多游玩的、锻炼的人。他们根本没注意到一只小渔船从风浪里垂死挣扎一个多小时才到这儿。但买鱼的爹爹婆婆们早候在那里了，他们相信这江上的鱼。

吓掉三魂六魄的农妇们也终于缓过神来，争先恐后地往岸上跳，挽着篮子作鸟兽散。买鱼的人爬上船，揭开前舱板抢鱼，然后让成骑麻称。就扒堆了，此刻他到哪儿找秤去，不想找。先看手机，是儿媳打的，三个未接电话。好嘛，他要喘口气儿。他要歇歇。他瘫坐在船上，像从噩梦中刚醒过来一样，大汗淋漓，张着嘴怔怔地发呆。

他先把船划到河口上面去，那儿有些汊湾，水势平稳一些。他还想下一次钩，因为挂过小安的滚钩，有一些晦气，要靠鱼和江水来冲一下。

接儿媳的电话是要有忍耐心的，他有时接，有时不接。这个女人是成骑麻见过的最恶躁的女人，整天没完没了地骂人，当地叫嘛人。儿媳是这一带的嘛人王。当然喽，如果你老公跟另一个女人私奔了，你就算是千古淑女也坐不住，也会粗言秽语捅妈捣娘大闹一场。

长江在沉沉的汛水中奔腾翻滚。天气阴了，江水的轰隆声越发响亮，加上这里寂静，整个长江都在耳朵里轰轰喧嚣。江水像是山里蹿出来的野种，用浊重的土语骂闹着，向岸边的苇丛和荒蓼卷去，就像是动荡的怪兽要踏平这些在浅水里挣扎的柔弱生命。那里有挂滚钩先就打好的桩子。他稳好船，看准流向，慢慢让船向东北方向荡去，将六十米的滚钩放入激流。当然可以不全放，留一些。这里因是河口，洄游的鱼群会向上游逆行，越急的水越有鱼前冲，鱼都有些拗脾气，大部分的鱼都是这种德行。

老伴儿本来是他的搭档。过去集体时不说，船是大船，人多。自己打鱼了，老伴儿划船，他下钩。有时也换个手。但老伴儿有严重的类风湿性关节炎，双手变形，抓不住桨了。在长江上与水搏斗是要身体的，成骑麻也强烈感到自己快结束这江里的营生了。但是，他不能放弃，为了生计。他想他得在风浪里生活，直到倒在船上，或者失足掉进江里，被江水吞噬，成为泡佬。常言说得对，会玩水的水上死，会玩刀的刀上亡嘛。这没有什么稀奇，这都是应该的。你一辈子在长江上耙耙捞捞的，都捞空了，你总得把自己填进去吧。

手上的滚钩顺着船舷一串串往水里溜下去。这不算什么。过去的滚钩那可是大征候了。几千米的干线都不算什么呀，村里的大渔船可以放到四五十米深的水域，一次放钩逮二三十头江猪子。想想那时夏秋捕捞江猪子的阵势，往往在风急浪高之时，它们会群体斗浪，排成一排，边斗浪边向空中喷出高高的水花。这就叫江猪子拜风。多么壮观的景象啊！这些黑漆漆的水下尤物，总是出现在大客轮和货轮的前面，它们斗浪拜风，玩水嬉戏，其实懂这个的才知道，这是江猪子在围猎鱼阵。它们什么鱼都吃。到了秋季，腊子开始向上游洄游时，江猪子一群几十头可以与上千斤的腊子对阵，并逮住它们。但是，这时候，真如老话说的，螳螂捕蝉，黄雀在后，鹬蚌相争，渔翁得利。捕捞队早就候在这儿了。只要江猪子开始围猎鱼阵，几条大马力的船顷刻出动，利剑出鞘，旌旗猎猎，立即分三层排开，下钩，下钩，下钩，三层的滚钩啊，一声令下，城墙般的滚钩往江里滑去，铅坠、铁钩，沉闷地、激动人心地敲打着甲板……

"报告村长，前锋下钩完毕！"

"报告村长，中锋下钩完毕！"

"报告村长，尾锋下钩完毕！"

话音一落，整个江上就沸腾骚动起来，水里有大征候！几十头江猪子被围在了层层滚钩的歼灭中。悲惨的叫声从水里传来，江底下翻出鲜红的血水。滚钩被挣扎的水底怪兽扭成一团……鲜血泼红了江面……鱼群也被撞上了滚钩阵，鱼啊，猪啊……可怜的江猪子，肉特别嫩，就像豆腐一样的，挂上了容易挣脱，但挣扎时其他的钩就会像蚂蟥一样轰来，又挂上更多的钩；再挣脱，再挂上更密的钩……直至昏厥、疼死。一条江猪子拉上来，会有一百个钩挂在它身上，千疮百孔，体无完肤。整个江面一片赤红，犹如点燃了满江夕阳大火。而水底下的肉屑会引来更多的鱼。再有几条船来下钩，在红水里捕捞，又会是大鱼满舱……这样的好日子啊，没有啦，结束啦。

　　说起来，腊子是长江里味儿最鲜的，但也是最腥的，兼有海鱼和江鱼的双腥，必须放很多辣椒，还要煮火锅趁热吃，否则冷后的腥味儿惨不忍闻让人反胃。但是，当捕到的腊子在船上立马宰杀，立马煮上一锅，那个鲜呀！打开酒瓶痛饮，船上清风袅袅，水上风平浪静。享受这搏斗后的大啖与宁静，难道不是渔民最幸福的时刻？

　　就着保温杯里面的茶，吃了带上船来的两块米粑粑和一块腊鱼，加上一个咸蛋。没见儿媳再打电话来。而远处观音湾那儿，在正午又钻出的阳光下，已经出现了许多玩水的人。那儿总是很热闹，不管死多少人。而他和船这里，是一眼望不到边的滩洲，没有房舍，只有无边无际的芦苇和蒲草。整个长江被荒野包围着，仿佛你生活在很远的世界里，随波逐流。风扫过来的时候，呜呜的叫声是十分野蛮和放肆的。现在，虽然下了锚，船上因空无一物而颠簸得厉害。其他的几条船也都在这周围，没有走远。其实在这里，这一带游弋，这些老渔民不是为鱼，而是等待史壳子的召唤。说白了，打鱼是副业，捞尸才是主业。

　　但今天，他感到肝一阵阵地疼，也许是与死猪搏斗后虚脱了，太阳也大，晒得人怏怏的。他治过三次血吸虫病。长江里有血吸虫，是一般人没想到的，以为只有湖区会有。殊不知，江滩的芦苇丛里，一样有血吸虫的宿主钉螺，有钉螺就有血吸虫的尾蚴。因为三峡建坝，下游水流相对平缓，长江多个故道成了大放牧区，血吸虫病正在蔓延为一种常见病。年轻时，吃副作用太大的吡喹酮，对肝脏伤害很大，后来呋喃丙胺与敌百虫双吃。几次诊治，加上抽烟喝酒，他有了肝硬化的病，使得他看上去脸色灰暗，脖子精瘦，眼珠发黄。好在，他收拾得整整齐齐，不像个病入膏肓的老人。

　　但是收这几十米的滚钩是个力气活儿。钢绳被水中的枯枝败叶缠成一团乱麻。他坐在船舱里，身子伏在船沿上，一边拉钢绳一边调整好船的平衡。好在这观音河口的回湾中，这天放下去，取了几条鱼。一条草鱼，一条很少见到的白鳝（江鳗），两条黄鲴。取下的黄鲴发出锯木头般的咯咕声。

　　手机的短信通知声响了。他赶快看，是儿媳发来的：

　　"你还要不要你孙子的？他读不成书了。"

　　这是什么意思？读不成书？他突然想去看看孙子小虎。小虎读一年级。

究竟出了什么事？儿子有没有消息？是不是儿媳不想管孙子了？

他将船泊在观音滩边上，在那里扎好锚，就往不远的郊区义忠村赶去。通往郊区的公交是这个城市的淘汰车，仿佛农民只配坐这种车。整个车体都是破旧的，无数次刮过涂料的；车里的座位更是糟糕；门快掉下来了；司机都是些上了年纪的瘦子。路当然不是行公交的路，乡村的路窄，还破损严重。给颠得五昏六醒后，车到了，还得把麻木的双脚提起神来，去儿子承包的鱼塘那儿。

说起儿子成涛，算得上是个倒霉货、灾麦子。他也曾是捕捞江猪子的好手，也曾经跟人贩过渔船，也曾去洪湖承包过养殖场，但不是被抓进去（如逃税）就是鱼塘翻塘。后来在义忠村教人养青鱼并在此找到了现在的老婆，把别人的鱼塘转包过来，过上了几天安定的日子。他了解青鱼的习性，青鱼适合在沼泽地带生活，杂食性鱼类，以水底的螺蛳蚌壳为食。儿子与老婆盘下的塘是别人不愿承包且会亏本的水面。水草太多，塘底不平。但自从儿子包下水面后，就投放青鱼苗。别人是生长快速的喜头、鳙鱼、鲇鱼、鳝鱼，他的青鱼三年才长一斤，也因此他三年基本饿肚子无收入，全靠成骑麻补贴。过了三年，成涛的青鱼一年长三斤，而且鱼脊青罡罡的，煞是好看。已经卖出几千斤了。八斤、十斤的青鱼卖到二十多元一斤，全是超市去腌制腊鱼的。眼看儿子的好日子来了，可是儿子拿着两万块应该买鱼苗的钱，与一个中老年妇女私奔了……

成骑麻在一个小卖部给孙子买了些果冻提着，走过一些修整较好的鱼塘与鱼棚，过一个荒凉的冈坡，就可以看到儿子承包的鱼塘。

儿媳不在，只有七岁的孙子小虎在鱼塘埂上奔跑，用一根响棍扑打那些吃鱼的鹭鸟，大喊大叫。鸟们拍打着翅膀飞进青蒿和苇丛。小家伙忙得热汗淋淋，书包放在门前地上，果真没去学校。

小家伙没有喊他。这个可爱的孙子与他不亲，是他故意这样的。自从孙子出现，他就没抱过他。一定不让孙子靠近自己。因为他捞了太多的死尸，双手不干净，不能把脏东西带给下辈。他无数次阻止过孙子的亲近，这样祖孙俩慢慢也就习惯了。但是，他的心里，会有孙子，而且只有他。

孙子接过果冻，他问："你妈干什么去了？"孙子说拿着菜刀和砧板去学校了。

成骑麻二话没说拔腿就往学校跑。

学校就在观音河边。这里离观音河口并不远，几里地。这里曾经是"义善堂"购买的义冢之地，大大小小的义冢有五百多个。几乎全是成骑麻父亲他们在江河里捞上来在此埋的。这块义冢地在"文革"时改为义忠大队，后来叫义忠村。学大寨那会儿所有坟冢被推平了，建了学校和良田。

可儿子是个好孩子，只是娇惯了一些，可能是老伴儿的责任。儿子当然是他所爱。当儿媳在电话里骂这人与一个半老徐娘私奔时，他也会附和骂儿子混蛋、嫖客、脏货、败家子。儿媳骂儿子是"牛鸡巴日的"时，他也会附和说是的是的是牛鸡巴日的。

儿子上头还有两个姐姐一个哥哥。一个姐姐在船上玩耍时掉进长江淹死了，一个哥哥长得白白净净，一天半夜突然喊头疼，早上背到医院就断气了。前一天夜里听到有鬼魂喊这儿子的名字，不应还好，但这儿子应了，魂就被鬼掳走了。这个仅剩的儿子成涛，原是想，浮涛嘛，现在看来也真沉涛了。这么没出息让人指戳脊梁骨，跟沉在涛里有什么两样？

观音河边的学校虽然小，但红旗飘飘，写着"再穷不能穷教育再苦不能苦孩子"什么的。操场里晒着菜籽，围一群人，老远就听见嘛人王儿媳在骂人。挤进去，看到坐在地上的儿媳，赤着脚，挥舞菜刀，猛剁砧板朗朗骂着校长。一边骂一边剁刀，剁刀的速度飞快，那刀上的寒光简直成了一条白线，根本看不到刀，就是江湖上说的一种神器。这矮校长哪还有还口之力，知识分子，只能相信君子动口不动手好男不跟女斗的古训，在那儿抓耳挠腮，不知如何是好。

"大家看哪，大家小心些哪！牛鸡巴日的校长好坏哪！"刀在砧板上急雨一样地响，木屑横飞。

"我干过什么坏、坏事你、你说说看，自己的老婆都跟别人跑了，人善被人欺，马、马善被人骑呀……"

校长突然捂着脸大哭起来，肩膀一抽一搐儿的好可怜。在场看热闹的乡亲先是在笑嘻嘻地看热闹，后被校长的哭声镇住了。听见他跺着脚仰天狂呼：

"斯文扫地！斯文扫地呀！"

校长往他河边的教室跑去，"嘭"的一声，关上了那个摇摇欲坠的门。

唉，大家抱怨地看着这个还在剁砧板骂人的女人，低声嘀咕指责，又跑去想看看校长是不是想不开一绳子在梁上挂了。

还好，大家接着听到老婆被拐还被人破口大骂的校长，又化悲痛为力量，擦干眼泪领着学生朗读课本去了。

"……山青青，水清清，鸟儿鸣叫一声声。树青青，草青青，山茶朵朵笑盈盈。苗青青，田青青，春风春雨绿蒙蒙……"

"狗日的，你回不回来？把校长老婆送回来！"

他在往城里回去的路上，勃然大怒地对着接通了电话却不说话的儿子大吼道。

"你让不让你儿子读书了？让他跟你一样游手好闲当二流子？"

到哪儿去找他呢？就在这个城市。这儿子好傻呀，怎么被一个大他二十岁的老妇给迷上了咧？这世界出了啥鬼？人会傻到这步田地？我成骑麻不会是这样的苕货让他遗传的吧？

他在水牛市的大街小巷瞎串。他随便往那些破旧得不可再旧的巷子里走，在各个小店铺走。听说他拿卖青鱼的钱在这个城市里开了个小副食店。

"你有脸老子拿滚钩在江里等你！投水去哟！丢老子浮家祖宗八代的脸！"虽然巷子里人来车往嘈杂无比，但他还是在电话里大骂。

"给你送钱来。"

是儿子的短信。

"老子在解放公园。"

不管，先回了再说。

因为他已不知不觉走到了这个公园里。

这是一个没有管理的公园，有垃圾和杂草，还有野狗和蛙声。是老人们聚集玩耍的地方，特别是些心术不正的老头们聚集的地方。因为有了包括成家村的妇女，这里也会有中年男人来寻腥，当然啰，都是些引车卖浆者流，要不就是民工。看那些妇女的年龄、穿着，也就在草丛里、荒墙下干上一梭子的水平。都那个年纪了还来一条半露屁股的皮短裤，洒些酒精味儿太浓的香水，嘴里是臭的。至少在她们的前十年是不操这种皮肉生意的，是在太阳下田垄中摆弄农具和庄稼的安静规矩的农妇。但后来，哪一天，她们竟干上了这种活计。谁知道是怎么让她们某一天就拉下了脸皮，开了心窍，种上了那"一勺子地"呢？村里还赖在土地上不走的老倌们就是这么说的：老子们每天汗湿水流一年上头种几亩地，没有她们种一勺子地赚钱。嗯哪，裆里的那一勺子地，到这个年纪了还能赚钱，这是谁发现的呢？

他在门口等这个儿子，等得口干舌燥时，一个长得像个乞丐的半大小子在他面前晃动，来来去去。这孩子宽大的裤子上全是焊洞，手臂烫得鲜红，头发奓开像鸡毛掸子。

"你看我做什么？"他很奇怪。不是那些妇女派来揽生意的吧？又不像，是个劳动的小伙子，五金门窗店的学徒。

"您郎嘎是不是姓浮的麻爹？"那孩子就问了。

"啊？是啊，你是干什么的？"他很警觉，看着这个脏兮兮的小伙儿。

那孩子从兜里摸出几张一百元的钞票，就递了过来。"有个人要我将这钱给您郎嘎。"

"谁？"

"我不认识。"

"不认识会给你钱让你给我？"

"是呀。"

"这就蹊跷了，不认识你你不会拿钱跑了？"

"我哪敢哪，我的焊枪和手机还在他手里。"这孩子急得快哭起来。

"要他来！给钱的那个！"他听见自己的声音在自己的胸腔内嗡嗡直响。

"他欠您郎嘎的钱呀？"

"他欠我一百万！"

"那……"

"这个我收了……"成骑麻夺过那几张钞票就从中一撕两半，钞票还真难撕，加上激动，手有些发抖，但还是撕了。他没撕成碎片，他还是怜惜这钱，但他撕了。撕了就撕了，再塞回那孩子手里，"给他去，就说我与他两清了！"

他头也没回，走了，这时正好手机在腰里惊天动地地响起来，一定是狗日的儿子的电话，他才不会接。他准备永远不接这杂种的电话。他有一种决裂的畅快。他要同过去这些瘢瘢疖疖的东西一刀两断，要把生活中的一切像一团乱麻似的滚钩一样，扔进他娘的江里。谁心里不是一团麻瓢呀，谁不是缠得死死的？理不清的时候，你就切了丢了！他很轻松，大不了老子是个孤老，江里打鱼波上行，独来独往，风浪里了却一生，奔不动了，往江里一滚，成个泡佬，流哪儿埋哪儿，狗啃了也是自己的命。

可是，手机还是拼命地响起。二次。三次。四次。气呼呼地用涨红了眼看一眼，不是儿子的，是史壳子的。接。

"麻老倌，您郎嘎蛮大的味儿咧，来不来的？捞货。"

不说捞尸，说捞货。而且是——三个。

成骑麻条件反射地就往江边跑。

一切都别想了，气也没什么生的了，现在赶紧去捞尸。

观音湾江滩上一片恸哭之声。这种情况是经常遇到的，但从来没见过这么大片的哭声和那么多雨前蚂蚁般的人。怎么啦，当然是三个人。电话里史壳子简短地说了，三个大学生。也没想那多，正在气头上。大学生小学生都是死了，都要捞，而且中小学生居多，不会水。他也是在路上立马反应到脑中的，三个人，捞起来至少有近两千元进账。这事情很简单了。

爬上江堤，江滩上涌过来的痛哭声是那么年轻阔大，全是学生样的男男女女的哭，一层赶一层地从江里拍上来，那么大片的混乱和悲叫，就是绝望。许多人走到水边，许多人跺几脚水又回转来。恨不得扎进江底把人捞上来，可长江是不说话的，它太阴毒，把人吞了就吞了，可以吐出来，但那得等一会儿，等渔民来，等一万两千元到了史壳子手上。现在——至少现在的程序就是这样。人死了，就是这样见尸的。见了尸再哭上一会儿，拖走，成为火葬场的客户，再哭上一场，就是一撮灰了。不过成骑麻他们看不见了，他们还是在江上，干他们的活儿，冷冷清清的，没有哭声。但江上的风浪就像是永世的哭声，一波撵一波地囤积着人类的眼泪和悲伤。你如果长久待在船上，长久注视江面，你也会眼里含满悲伤。特别是当你老了，像成骑麻这样老了，像勾老倌虫老倌这样老了，酒精中毒，眼泡松弛，骨头锈蚀，生命的火挣扎着快完了。

唉，就像搓板路上颠来的哭，肝都要让你颠掉似的惨，不是亲人，是一群来这儿游玩野炊的大学生，是同学。三个活蹦乱跳的生命说没就没啦。你不能去迎着听那些哭声，要屏住气，把自己的心先弄麻木，让哭声把心捶麻。就当这儿是整天哭哭啼啼的火葬场，也差不离了，死的人太多，这儿。可火葬场大多是顺路的老人，绝症的病人，拖久了，有心理准备。这儿，刚才分分钟生龙活虎谈笑风生的一个人，马上就不见了，拖上来，一具死尸。这无论怎样都让人接受不了。玩水嘛，就是找个乐子，身强力壮的，天不怕地不怕，身上的腱子肉像石头，不像老年人，黯淡无光，那些玩水的肉全散发着光芒，比太阳还亮。女伢子细皮嫩肉，引得小伙子们口水直流的，可要是死了，就是一堆臭肉。男的也是。

这儿，等死的人无法制止，趋之若鹜，就像梦游。这究竟是什么原因呢？成骑麻没想清楚，三天两头就是在这儿捞呀，捞呀，仿佛这儿是个传说中的聚尸盆。

只有成骑麻他们知道，这个河口，太凶险了，那河里冲来的暗流把沙滩前的水域淘空了，看似平静，白晃晃的细沙滩，芦苇摇曳，水鸟飞翔，阳光耀眼，风花雪月似的，流行歌曲似的。往浅水里几步，就是陡坎，水中悬崖，而且是大漩涡，一下子就把你拖住了，吸铁石一样的，你挣不脱，来不及喊叫就遭了灭顶之灾。水性好点的，加上运气，可以留条命，以后不去这儿了。水性不好或没水性的，就认命吧。有关部门在这儿好歹竖了块"观音湾，鬼门关。在此玩水，等于玩命"的牌子，可惜早已生锈且不明显，牌子还在坡上，远离水边，有谁顾及这些？见水就亲，人之常情，又没救生员在此巡查，管得住谁呢？加上这儿风景绝佳，这个江滩有假象！

全是些大学生，全是。成骑麻往里面走，他要到他的渔船上去。那些狂呼乱喊的人把他都喊晕了。他好歹看到了自己的船，在一个角落，但船上被人踏得脏乱了，翻得一塌糊涂，晾晒在篙子上的滚钩弄成一团乱麻。舱板竟被撬开，但里面他没放东西。他的长钩，这可是重要的工具，不见了。他要找到。他还要找到史壳子。史壳子正向他跑来，还有旁边的船，两条。勾老

21

倌向他打招呼。还有一些村里的人，虫老倌他们，都是老渔民。

人沉水了，他们咋没动静呢？船是没动，在等我？有几个每天玩水的冬泳队老倌子在水下捞着，好像时间不长，他们还有激情扎进水里。但成骑麻知道，这是徒劳的。没有人能捞上来且救活的。这江底下都是深坑漩涡，他们几个冬泳泡澡的老家伙能捞上来年轻人？不把自己小命搭进去了才怪！有的已经失去了信心，光着上身坐在水边，一脸无奈的表情。史壳子的身边，围着一群学生，在说话、求情。甚至可以看到学校老师、领导。那可是大学的老师，都撵着史壳子。他们神色凝重，束手无策。被拦住了，扯住了，交钱。钱不够，就是这样。史壳子这样一个瘦骨嶙峋的人现在却这么重要，他代表生命的救星。已经找了渔船，已经求了冬泳队的老倌子，最后到史壳子这里来了。

曾有几次冲动，成骑麻听到呼救就会驾船到达落水地点，赶快搭上一竿子，赶快下钩，捞上来兴许能来一口人工呼吸。过去有的溺水者，一两个小时的也可以救活。这只是听说。

面对那么多急切的求情，史壳子脸上的骨头毫无表情，两只眼睛空洞深陷，仿佛是个从水中爬出的饿死鬼。

老师模样的人正在把钱往史壳子手上递。史壳子收了却没动，因为钱没全部到位，他不发指令，成骑麻就不能发船。老师模样的人腰弯得很低，在说着，申诉着。要赶快捞人，已经有十多分钟了——从解放公园出来的时间也就这么多，也许更长一点。看来是生还无望了，再急也急不出个什么来。一个人在水里顶多就是五分钟，脑子进了水，再怎么高级的医疗设备也没用了。

“不会少一分钱，我们是国家的大学，我以一个大学教授的名义向你保证，我把身份证压你这儿行不行？”

凑的钱不到四千块，肯定是这个数，捞一个的押金四千块没凑齐史壳子都不开工，何况是三个。三个三万六，至少先交一万二，一个的钱。这学校里的事，史壳子好像要求先交全款，不少一分。这么大的学校，出这么大的事，他们一定不会吝惜钱。这里，他史壳子独家经营，他是有执照的，他不怕什么，所以说话硬。毒瘾发了揍他爹的人，他还讲感情？他就是个畜生你把他咋样？那么多鬼在他家的屋顶上坐着，他还要个什么人味儿咧？

唉，哭号的人呀。江滩还有野火。这样欢天喜地的野炊是怎么变成悲剧的？一大堆女孩，女大学生，你搂我，我扶你，都哭晕了。原来是一个女同学在江边涉水玩耍掉下去了，那些学生手牵手去拉，拉起来女的，互牵着的手一松，全掉下去了，大伙儿帮忙救，三个男伢没救上来……江水荒芜无边，怎样喊也没人应了。

"……我们的会计在取钱的路上，史老板你要知道，是单位，取钱要审批要有很多程序，我们不会少你一分钱的。请赶快出船，多一分钟多一分希望……"

"活总有多少？"成骑麻过去低声问史壳子。

"……反正不够，那我不敢开工，捞起来你们跑了找哪个？大学的门我都不能进。"

史壳子已经被人拉扯昏了，说话时没看成骑麻，也许他根本不是在跟成骑麻说话。他在那儿虽然昏了头，袖子都快扯破，但就是不让步。那些人，学生老师们、市民们，其实忍着，恨不得甩这瘦猴几巴掌，把他扔进江里去。但是，还是得让着他。

"我们公司没有多叫。全国都是这个价……"史壳子叼着烟摊着手说。很多人给他上烟。他手上的烟快拿不下了，不拿了。他被人挤得歪歪扭扭，站稳后还是被人暗中下了手脚，不是推他，也是推他。这么多活着的学生伢，生龙活虎的，不能捏死你吗？

"老板坚持说钱不到位不捞，大家再凑凑钱啊！各位在场的朋友们，各位大哥大姐叔叔伯伯阿姨们！谢谢你们的大恩大德！……"一个学生模样的小伙子在那里哭喊。

又一轮凑钱在人堆里展开。人们把身上的钱递到几个学生手里，十块五块的，也有百块的。钢镚子也拿出来了。

那些捐来的钱堆在沙滩上，几个学生清点，然后迅速交到了史壳子手上。那有几个钱呀，估计不到一千块钱。都没有啦，学生手上有几个钱，想拿出来的也都拿出来了，不想拿出来的就走开了。离史壳子的要求差得很远。大家都在看着史壳子这个人，可史壳子依然摇着头，很难办的样子。

"求求大哥啦，赶快呀！先救人行不行呀！""都有二十分钟啦！……"各种求情的话此起彼伏，嘈嘈杂杂。

"不是我不捞，我是不赊账的，公司的规矩。"史壳子依然这样讲。

这时，那个收钱的大学生突然大声吼叫道："喂，你这老板铁石心肠啊！究竟有没有一点同情心？钱全给你了，不能见死不救呀！"

这学生伢头上青筋暴露，就像一头发了疯的斗牛，满脸愤恨，牙齿外露，眼睛里喷着血海深仇的大火，要跟史壳子拼命似的。气啊，不是他一个人，是在场的所有人。

这下，火点燃了，一个人领头，大伙儿就不怕了，刚才的求情一下子变成了谴责和痛斥。人群开始骚动并起哄，詈骂，情况急转直下，史壳子招架不住，即将被在场人们的唾沫淹没掉。

"你们没一点良心？你们是农民吗？"

"你们咋这么无情，你们的良心被狗啃了？"

"……你们成家村出婊子，这下要敲诈死人，你们咋这么坏呀！"

史壳子反正是临危不乱，死猪不怕开水烫，成骑麻、勾老倌他们全都来了，静候消息和指令。在场的人也知道了他们大约就是这些船上准备捞尸的渔民，用眼睛向他们求救。但成骑麻能说什么？勾老倌能说什么？几个老倌你看我，我望你，还是要等史壳子发话。

史壳子嘶声哑气地争辩，解释，一副天大委屈模样，不退让。剑拔弩张，乱云飞渡。那个小伙子几乎是抡着拳头想要揍人，眼前有石头他也会擂上一拳。

这时候，就见几个女大学生挤上前来，显然是商量好了的，推开那个小伙子，一起向史壳子跪下了。

领头的是一个浑身湿漉漉的女孩，是掉进江里的那个，为救她丢了三条性命的那个。这女孩已经浑身瘫软，被人扶着的，身上发抖如筛糠，脸色像扑了漂白粉一样，嘴唇青紫，活脱脱一个从冰棺里拖出来的女鬼，她的魂才从江里回来了一半。扶她的人都扶不住了，应该送医院去呀。

可这一跪，太突然，把现场的人全弄愣了。看到这群大学生们的遭罪相，看热闹的市民也出于同情，跟着跪下了。一会儿，几十个人就像被风刮倒似的，齐刷刷地全跪下了。

好吓人的场面。哪会一下子沉到江里这么多学生伢呢？也有，很多年前，一辆去武汉的大客车，在轮渡码头因为刹车失灵，滑进江里，死了五十多个。但那时候，一声令下，都去救人，也没有想过什么报酬。

现在这阵势真的太突然，让成骑麻的心一下子揪起来，心扯得疼了。这是些什么人哪，给他史壳子下跪的，全是光鲜亮堂的大学生伢子。你史壳子就接受人家的求情，让我们去下钩捞吧。再者，捞人的又不是你，你又不会捞。

他不点头，那么多的头就在地上叩着，一片咚咚声。

史壳子先是被这阵势吓傻了，没有反应，后来回过神还是没反应。大家不起来，看他如何结尾。他在等钱来。问题是大家都心存一线希望，死马当活马医，说不定水下的三个伢们能躲过一劫有活过来的。这三个水下的学生伢，跟眼前这些可怜兮兮的学生伢一样吧，年轻，红润，牛仔裤，打得死老虎的身体。想想一个大学生多不容易啊，虽然这水牛市的大学不是名牌大学，但一个农村家庭能出一个大学生该多难，总是荣耀的事。再者现在家里大多一个伢儿，独生子女，这一下，三个伢家里还不知道伢早已人不在了，沉到江里没起来，如果知道，天不会塌掉呀！唉，再怎么，就凭这也要去捞上一把，都是有儿有女的人，都是做父母。过去听父亲常说起"义善堂"，只要听到江边有人落水——有呼喊或者铜锣为号，他和乡亲是要立马划船过来下钩捞人的，分秒必争的事，虽说父亲一生钩上来活着的只有一两个，但如是游泳的、投江的，或者冬季不慎落水的，会救起活人。渔民跳下水去救人天经地义，没什么大不了的。都是江边生长的"水鸭子"，水性好，不过是搭一手的事，伸一根竹篙，或一个猛子扎下去，摸上来。早些年，救起过的人还提了礼盒去看他成骑麻。有一个当年是小学生，现在成水牛市大学的教授了，也不知道这些伢们是不是他的学生。当时是"文革"，学生乡下支农，回来在江边洗澡，沉水了。不用滚钩，跳进江里直接从江底拎上来，先抽几个嘴巴，倒提起，打屁股，肚子里的水就哗哗吐出来了，然后再打脸，几巴掌下去，就会哇哇醒来。这事既不评劳模，也不奖现金，跟没有发生一样。

他的父亲在"义善堂"，捞过的泡佬少说有几百，也全是他亲手埋的。义忠村的义冢，水牛市的商人买了捐给堂里，抗战时，一个商人就捐了五百口棺材，江上泡佬太多，全是鬼子炸三峡洋船死的人，还全是缺胳膊断腿的，都流到这里就不走了。想是这儿有个大回水湾吧，也可能知道这儿有个"义善堂"，这里的人会让他们入土为安的……

成骑麻突然想到这些，也很难过。就在这时，那个被救起的女大学生忽然爬起来，大声哭着喊："我不想活了！不想活了！"只见她扒开人群就向水边飞跑而去，鞋子都没啦。她是想投江自尽！反应过来的学生们慌忙跟着跑去，死死拉拽住了她。这一下，现场大乱了。人肯定是拉得住的，人倒在了沙滩上，休克了。

"这样吧活总，发船了我们捞，捞上来不付完可以不交人嘛。"成骑麻只能这样说，想了这样一个点子给史壳子。他是想为自己也为史壳子解套。这个办法肯定行，你得先脱身呀。再是，应该捞了，说不过去了，钱大家凑了，钱多钱少救人要紧，人家已经表态不会差你一分钱。成骑麻心里急得疼，他看史壳子还在犹豫，勾老倌也说这行，这行的，他跟勾老倌使了个眼色，马上拉着史壳子就走，并且向大家说："去救！去救！"捞就是救。赶紧开船！

史壳子是被成骑麻扯上船的，成骑麻还有这把力气。甚至在扯他时手上暗使了一把劲儿，拧了他一把，让他痛痛，恨这人哩！哑巴三水也上了他的船，哑巴三水是个老单身汉。上船就成了。成骑麻在船上待惯了，一上船心就放下了，岸上他最忐忑。

与哑巴三水一起解开缆绳。哑巴三水上了船就哇啦哇啦地示意，指着江里，又指着成骑麻好不容易找回的长钩。指着岸上那些黑压压的大喊大哭的大学生，又竖起大拇指。又双手往外摊，好像是催督。按老规矩，哑巴三水划船，去了船尾。史壳子在舱里点钱打电话。船一离岸，真的就安静了。现在，岸上的那些人，眼巴巴地望着他们，恨不得一钩子下去钩出个人来。这时，勾老倌和虫老倌他们的船划过来并在了一起，勾老倌过来代表史壳子提着黑塑料袋给大家分烟，先是一人两包，黄鹤楼的，不便宜。只在有尸捞的时候才能抽上好烟。然后每人一条毛巾，还有一双布鞋，不是很好。这也是必须有的仪式。成家村死了人，你当八大锤——抬尸的八大金刚，一人一条毛巾一双布鞋掖在腰里，是提阳气驱邪的，习俗如此。当然，也有家境好的，发旅游鞋。

勾老倌发这些的时候还提着酒瓶抿着酒，一有死尸捞他就兴奋。他的船上也是两个人，他与虫老倌。另外一条船是从邻村调的。那老倌唠叨着说，一个的钱都没凑齐，活总你该不会扣我们的工钱吧？史壳子对他说："放心。钱都在这里，他们给我多少，我给你们的就不会少。"得到承诺的老倌子高兴得龇出没牙的牙床笑了，同时用桨梆梆地敲了几下船舷。

现在，成骑麻要指挥船划向哪里，捞尸他是指挥。一个老村长指挥过百条船，经验在这里。他闻了闻江上的气味，也大致知道那三个学生伢沉在哪个位置。这是一种本能，也是两代人的经验练就的。成骑麻叫哑巴三水往东南方划，也就八九不离十。那里一个大龟背似的沙渚，在不远的江中，朝北约五米，朝西约十米，江底就是一个越淘越深的深坑大漩涡，观音河口的暗流就是在这一块汇聚的，但江面上风平浪静。遇上退水，许多人还可以涉水爬上那个沙渚小岛，很多人死在这儿。没有人死的时候，这里鱼也很多，成骑麻谙熟这里的一切。

他坐在船头先理滚钩。舱里，史壳子在捋平一张白纸。那分明是一张欠条。

"他们打了欠条的？"他这么问。

"嗯。"

反正到手了是一大沓钱，拿渔民的话说，这次史壳子"起了篓子"。你看嘛，船、网、滚钩和人都不是他的，他就是几句话的谈判，揽活儿。死人是急事，急事最能赚钱，说多少人家也给。可是也有的死了，出不起这个钱。有对来水牛市打工的夫妻，儿子玩水淹死了，找史壳子，只愿出一千元，史壳子没干。人家夫妻两个硬是在江边坐了三天，等他们的儿子浮起来。这种事有几次了。还有一次，最神奇的，也是没钱捞的一家，晚上在江边烧纸点蜡烛，死者的几个朋友边烧边喊死者的名字，就听江面"嗵"的一下，死者从江中钻出来了，出现在他们脚下。这事儿传出后，有些没钱的溺水者家属就这么烧纸喊尸回。

成骑麻先把一根长长的竹篙插进江中，有个铁尖，可以承受一定的拉力，滚钩的主纲系在上面，本来若打大鱼还应在旁边插一根消息棍，捞人就不要了——这相当于钓鱼线上的浮子，一根竹篙只要装上响铃就可以了。然后下滚钩。他是第一层。勾老倌他们在另外的水域下。

叮叮当当的滚钩随铅坠子和石头坠子溜入江水里，这一排帘子似的大钩，一旦有东西挂上，所有的钩就往一堆跑，最后是，死尸上来，跟鱼一样，满身是钩。如果这人没有死，只是昏迷的话，这一身钩子只会让他越缠越紧，疼死为止。好在，这种情况是不可能的，人死了就死了，不可能把他钩活。但，江底下的事情，谁能说得清楚呢？人啊，认命吧。

天气有些不对劲的，但凡死人的时候江上总是阴沉沉的，风也惨呜呜地刮。老天有感应。不知道哪儿发出断裂的吱吱声。整个江面在咔咔作响，仿佛江水是一块要破裂的大玻璃。哪儿还在呜咽不停。不是在岸上。灰黄的江面上汛水急遽往东注泻而去。他让哑巴三水稳住，哑巴三水的手脚太笨，使得船两边摇晃，被浪打横，好像船快翻一样。只要下滚钩，船边就会出现大群的江鸥，凄厉地喊叫飞舞。今天有点特别，它们发疯一样地翻转，贴着波浪，好像被烫伤一样。尖叫着俯冲，又尖叫着离开，偏身飞上铅灰色的天空。

成骑麻是匍匐在船头下钩的，他不能长久地坐着，再者他年纪大了，也不能蹲，更不能站，渔船太小，也就四五米长，不到一米五宽。他边放钩边退。这很容易，哑巴三水基本把桨别在了水里，划几下，坐在后头，毫无表情地张着哑嘴看成骑麻下钩、指挥。成骑麻做事时要含支烟，但不抽，即使湿了，也要含着。舱里的史壳子依然自个儿数钱、掏荷包，反反复复，并没管成骑麻干什么。有时候他会伸出脑袋来掸下烟灰。

随着滚钩下去，岸离船就远了。趴在船头往岸边看，所有的人影和建筑，都在波涛上起伏，世界都像在一张颠簸的木筏子上面。他也不能趴太久，终于快速地把滚钩下完了，感到胸口堵得慌。肘子撑起来慢慢坐下，史壳子给他丢来了一支烟，没接住，滚进了江里。

他这里是第一道钩帘，勾老倌的是第二道，邻村的船是第三道。其实，甭看江水湍急，在哪儿沉的，基本不会流很远，都在这几个"窝子"里，只有渔民知道。只要在这一带淹死的人，是跑不了的。也偶有无缘无故捞不上的，一下子就流走了，这就要退还至少一半的钱。

他手上的钢绳缠在臂上，过去在手掌攥着就行了，现在，臂上缠两圈还是沉。他在自己兜里掏出一支烟点燃，抽了一口，喘口气。

"有没有啊，麻老倌？"史壳子这样问。

手上的钢绳一抖一抖的。船尾的哑巴三水也哇哇地叫，手指着他和水。哑巴三水瞎咋呼，每次都这样，每次捞尸都跟见了很多鬼一样的，东指西戳让人心生寒意，下次干脆找虫老倌。

他懒得回答。水下钩到了什么只有他清楚。看起来很沉，铃铛还响一两下，那是水的流速拖曳的。那么多的绳子、坠砣，都是挡水的阻力。拉滚钩要一把力气，因为靠着水的抖动要能感知水下的动静，还有就是要靠这股力在水下找目标，手臂要时常运动，就像钓鱼，要不时拖一下钩线。这也是凭感觉。

坐在船上，天地昏暗无边，如丧考妣。水天的交界处有一道浅蓝的罅缝，好像老天开了一道门，闪着些断断续续的光。乌云低垂凝滞，是什么时候没有太阳的？如果早上没了太阳，这群大学生伢就不会跑出来找死了。真是找死啊！多少地方可以玩，为何偏爱这个鬼门关呢？……那个女大学生是不是鬼来引生的，把这三个同学引走了？……他死死拽着钢绳。这绳子过去是用麻自己搓的，也有买的，白棕绳，船民叫马尼拉绳，要每年用猪血浸泡再晒六月的红火大太阳。后来就是这尼龙绳了，结实，但粗暴，勒得人手臂生疼，水急时会勒出血痕来。如果你是拉凶狠暴怒的大鱼，如腊子和江猪子，或者赶上鱼汛，几个人合手也拉得你气喘吁吁，手臂上如刀划一样。

这么抽了一支烟，歇息了片刻，江中的竹篙响了。是水面上传来的响铃，声音很沉闷，细小，有一下没一下的，且有规律。这就是挂上死人了！若是大鱼或者江猪子或者腊子，响铃是天翻地覆地闹，嘈杂急促，混乱狂躁。一个人死了，他就静下来了。在水底呛水的挣扎是往死里走的，定是最痛苦最狂乱的。那是与人的世界诀别，是外力让你必须死去，不管你多年轻多漂亮多有才，你不会水你就得死，你水性差你也是死。水是欺负人的。但他问过那个被救的教授，沉到水里是什么感受，教授说，乱抓乱挠冲出来两次，想喊救命，但水马上呛住了，再没冲出来，喝了多少水失去知觉不记得了，就这么，醒来发现又活了，没什么痛苦呀，死很糊涂的。也许他说的有道理，死不是一件难事，几分钟，稀里糊涂，魂就走了。

29

"来了。"他说。只有自己听见。他马上迅速地收绳。雨点开始砸船。江面上也有雨雾笼罩。这是哭，老天在哭。是有了。人上钩了。水下的人只能如此。雨打在脸上，他以为是浪的飞沫，抬头一看，是雨。他在船头跪着，挥手要哑巴三水稳住船，向上游划。他要收钩了。史壳子也看到成骑麻人跪下，这稳当些，不是向泡佬磕头。但成骑麻总是这样，拉死尸时总是跪下的。脚桩子稳当是一回事，也许有对死者尊重的成分吧。反正，他这样才顺手地收好滚钩按顺序放在一边，人不至于晃下水去，匍匐着是使不上劲儿的。史壳子来拉，他不让，示意他回舱里去，碍手碍脚的让他还拉不好了。再者，你史壳子好逸恶劳，什么时候在船上干过，你晓得滚钩是怎么收的？

滚钩不能乱放，收一点圈一点。手上的重量越来越沉，就像挂住了水底的石头。这有戏了。但可以拉动。死者喝了一肚子的水，会比平时沉。但因为是在水中，你一拉动，就会顺水往上漂。你得顺势拉，不比鱼。鱼你得对着干，鱼有时也跟渔民比智慧。在水里怎么拉活物死物，是有很多技巧的，全凭手感。稳住船。拉出来的滚钩大多缠在一起，回去得慢慢理，到对岸芦苇滩安静地理。但今天缠得格外乱，是不是这孩子被挂住时清醒了，拼命挣扎了？唉，不可能，不可能。只是有点怪。也许是水大了吧。还收上了两条鱼。他娘的，为什么这鱼也来凑热闹呢？不是挂你们的。烦，还是把鱼扔舱里了。是一条鲫鱼一条小青鱼。看见青鱼想到不争气的儿子和不上学的孙子。不该想的，此时。

拉到了一具尸体。是个小伙子。拉出水面时尸体会像鱼一样往前蹿，像要游走一样。拉过来，他先用那个竹长钩钩住他的衣裳，再慢慢拉。是条壮汉，成人了，手脚粗大，头发漆黑。但此时的脸，不叫脸了，已经比他自己的白 T 恤更白，简直像硫黄熏过、甲醛水泡过的笋子和藕带，也比往常大了一圈。他身上挂着一大堆滚钩，可怜的淹死鬼都是这样，你看身上全是，滚钩把他包裹住了，全是钩，后脑勺子上也是，手上腿上都是。先用手指朝死者的手上敲一下。手哪是手，就是水里泡发了的馒头。难怪叫泡佬的。好漂亮的一个儿子伢，五官端正，他有没有女朋友？他大学是不是快毕业了？家在哪里？父母看见了不要哭昏死吗？……

死尸是不能弄到船上来的，只能在水里摘钩。岸上看到了人。岸上有骚动，有喊。但成骑麻得慢慢来，一只只摘钩。这摘钩的活计是很难的，要小心翼翼。因为，再怎么样也不是鱼，是人。是人，就有一种天然的敬畏。好歹是条生命，而且还是热的，仿佛吧。冷了，也感觉还是热的。是介乎于死和生之间的一种东西。如果拖到医院，拖到火葬场，那就是真正的死了。在成骑麻这里，还得有个过渡，让家人、亲人、朋友去哭，去抚，最后认定是死了。

成骑麻摘钩时听到史壳子在接电话说"是个穿白 T 恤的"。一万二到手了，史壳子的声音明朗了。声音里有稳当当的底气。

要用绳子先绑住死者的臂膀，先拴在船舷边的立柱上，再绑死者的腿，一只膀一只腿，这样绑好了系在船桩上，以免钩没了被江水冲走。这是先后顺序。水很急，拽住死者捆绑，他一个人做，不要谁掺和。今天格外吃力，四肢酸软，走了太多的路，还对不见面的儿子发了一通虚火，耗去了全部体力。人老了，也就这么点气力，用一点少一点。

唉，缠成这样，莫非真的在水底还活过来了？年轻人生命力旺盛也说不定呢。他细心地摘，不要让肉拉出来，这伢子身体上的肉硬鼓鼓的。可咋就是不会水呢？想必是山里人？

史壳子在看他，也在看岸上。电话里又在吵架。还给勾老倌打电话："勾老倌，你那边有没有？"

钩取完了，哑巴三水把船往岸边划，是史壳子要他划的。但又要他停了下来。史壳子对成骑麻说："钱不交完我们不交人。"

他回答了"嗯"。这是他们的事，我成骑麻是将人打捞上来了，我要告诉岸上的人，他就站起来想呼口气，手上拽着绳子，当然牵着的是三个大学生中的一个。腰好半天直不起来，汗水滚滚地从额头上冒出，人太虚了。

大概船划到离岸不过十多米远的地方就停住了。岸上的人群往水边挤，还可以看到有救护车，有穿白大褂的人，有担架，还似乎有武警，还有摄像机。有人狂喊乱叫"快！快！"，有人涉进水里，招着手，是准备抬人的，不是尸。现在这个溺水者，岸上的他们希望是可以复活的人。

成骑麻就这样了，船停了，也就跟岸上的造成了对峙。其实来那么些救护车和医生有啥用啊，谁能在水里半个多小时还活着，除非他是神仙。摘钩时他总是要试试溺水者的皮肤，嘴，摸摸胸口，是不是还能在身上感受一丝热气，有没有人工呼吸的必要。这个他都懂。有的是可以的，有的就不行了，譬如这个绑在船边的学生。有到火葬时突然醒的，乡下有停尸两天后醒的；还有听到过棺材里传来呼救声的，刨开坟打开棺有死人乱抓乱挠的痕迹。但对于这些岸上的人，笃信争分夺秒是能抢救生命的。岸上还有学校的教授领导，出了这么大的安全事故他们不好向死者父母交差，坐牢也有可能。所以也在拼命跳脚声嘶力竭地喊让快给人他们去医院。救护车的笛声都拉起来了，车发动了，捞尸的船却不交人。这是哪门子事啊！

成骑麻不能淡定了，因为岸上在沸腾，看见人了，却不靠岸，等钱哩。他忙问史壳子怎么样，史壳子摇头摇手还是示意不行。

雨很小，就像没有一样。等得焦急的人变成了愤怒的潮水。他们挥舞拳头，已经有人跳进水里了，要来抢尸的样子。史壳子让哑巴三水把船稳住甚至后退。这一下，更加激怒了岸边的人们。有学生抠出沙坨掷向渔船，有一坨差点砸到成骑麻了。是他拉着死人绑手的绳子，史壳子拉着绑脚的绳子站在他身后。他当然首先中"枪"。这让他有点恼火。"我不过是个捞尸的，又不干我什么事，砸我啊？你要砸砸我后头的那个瘦猴子。"他伸出手挡着砸向他的沙子，示意不要这样，他的意思也有"一手钱，一手货"的硬理由吧。"我不维护他我的工钱就没有。"

"把人给我们！给我们送医院！……"

"要钱去死的呀！你们这些农民！……"

"你们没有伢子的呀！心好狠呀！……"

无法阻挡岸上的人向这条船、这条可恶的大江挥拳，向这些渔民叫骂。斥责、呼喊，乱成一锅粥。而没捞上人的两条船在成骑麻他们船后远远地躲着，让成骑麻成了人们发泄的对象，众矢之的。似乎不能靠岸了，否则会被愤怒的人群撕碎。他拉着绳子蹲下来，他不知道究竟应该怎么办。那只拖拽尸体的手在颤动，是水的流动扯着尸体往后头挣，好像这死伢要活过来了要挣脱他的绳子，他听见了岸上的同学们的喊声。

他有些害怕，突然。老啦，手上全是弯曲的关节。老年斑。肝疼。寿眉太长，让眼前总像有草渣阻挡。本来嘛，捞尸就是"义行"，三百六十行之外的一行。人淹死了，他捞上来，面对的却是恨他的人。难道不是他捞上来的吗？

捞尸容易吗？茫茫大江里你在水底捞个东西看看？七十岁的老人，在这急流凶险的大江里，驾着一条摇摇晃晃的小船，到处下钩，图个什么呢？"钱，我又能得多少钱？得个零头。不是我们你永远也捞不到的。你打110，你报警，警察来了有啥办法？不一样通知我们来捞？"

风吹得人一阵冷似一阵，他不能回舱里。史壳子把绳子交给他一个人拽着，回舱中用电话与人谈判。那个被波浪颠簸在水里的大学生露出个后脑勺，手臂绑着，手垂着，小腿绑着，脚翘着，在水里漂荡。身子也是，衣服、脚、裤子、鞋子，就像浮渣了。就这样即使是活的也憋死了，他的脸伏在水里，男人在水里死时就是这样的，翻过来他还会覆过去。周围不知怎么有这么多水葫芦，是上游流来的。绑着的伢子藏在水葫芦里。

成骑麻像棵芦苇又站起来，他好想抽一支烟。但他的船，他们一起的几条船，就这样信马由缰地漂荡在江里，像没人管似的，失了方向，被人唾弃。史壳子呀史壳子，你太那个了。哑巴三水也着急，隔着船篷给成骑麻手舞足蹈地无声"说话"，意思是把死人交了算了。他的蓬乱的白发也在手舞足蹈。

就这几个白发渔人，在江里讨生活的老倌子，就像他们的船一样老朽破旧了。手腕都拽不住一具水里的死尸——死尸的力气比这些活人还大。就是这样，他们还要捞着。这究竟是为啥呢？

总算看到史壳子枯瘦的手有了手势，是往岸边去的。哑巴三水一下子来了劲儿，两下就冲向岸边，下了狠劲儿。一个浪反向打过来，船就冲上了沙滩。一眨眼工夫，手上的绳子被抢走，水里的人也被七手八脚弄上了岸。一呼啦过去，人抬上了救护车，不见了，沙滩上留下一条湿漉漉的印迹。而史壳子下了船，有个女的把带来的所有的钱给了他。成骑麻看见史壳子没有作声，是一大扎新钱，刚从银行取出来的。那个女的（大约是会计）脸上的汗直往下滚。但好像钱数不对，史壳子还在与他们说什么，双方争得很激烈。

有学生爬上他的船，钻进舱里去船尾看，说是不是有另外捞起来偷偷吊在船尾要价的。

"没有的，没有的。"他说。

"还有两个，快去救呀！……"学生说。

钱被史壳子装进了包里回来，却闷闷不乐，挥手让成骑麻他们去捞。

天色晚了。云彩在飘动。江水浑黄得令人头皮发麻。他们饥肠辘辘。还没有吃中饭呢。谁都把吃饭这事给忘了。史壳子不知到哪儿去了，或者在勾老倌他们船上，成骑麻懒得想。第二次下钩，要远一些，他知道第二次应该在哪儿下钩。

江上起了小小的雾。他在想在解放公园那被他撕去的几百元钱。他是为了钱吗？是，也不是。他是个有脾性的人，可现在一切变了。他这样辛苦的老人倒成了那么多人的对立面。这事让人恨是因为他成骑麻吗？我一天水米不沾。

硬撑着，下了钩，守着，晚来风浪急。江鸥也因为饥饿一群群在天空发出愤怒的唉叫，并且俯冲向渔船，啄食他们的船篷。总不能把我吃了吧？我已是前胸贴到后背脊了。岸边上点起了星星点点的烛光。人依然黑压压的一片。声音从水面上传来，异常古怪妖娆，好像有一群水鬼在水里讲话。再怎么捞起来也没用了，你们等什么呢？都没有吃饭，今天这观音湾可聚集着几百上千的饿肚人。

木棍没一点响动。他想睡一觉，眼皮沉重，支持不住了。果然，他躺在船板上就睡着了。好像是入了雪窟。有人和兽走动。儿子变成了被铁链锁着的老虎。死去的三个大学生从水里爬起来，向空中投篮。孙子是一只嗷嗷待哺的小狼。都一律地有獠牙。大学生也有。江面上出现了巨大的腊子鱼群和江猪子群……他站在村里的一条大渔船上，指挥大伙儿展开血腥的捕杀……突然，他因为摇晃掉入了冰凉的江中……

一阵很嘈杂的声音，把他从寒冷的梦中吵醒了。哑巴三水在嚷嚷。原来，勾老倌他们的船靠岸了。史壳子还在谈尾款付清的事——又有一个学生捞上来了。另外一个，没付清钱又不捞了。

这样成骑麻在江中等待。等滚钩上的消息，等勾老倌他们再下钩。

成骑麻身心俱疲，他坐在船头。岸上是史壳子与学校的人交锋的声音，但听不清楚说的是啥，声音很大，通过水面会传得很远。不知过了多大一会儿，勾老倌他们的船又划出来了，往下第三钩的地方去。

成骑麻抽完了半包烟，接到史壳子的电话：另一条船，捞到了第三具。岸上又是一阵骚动。可以收工了！

交了尸，收了钱，一切都结束了。那就赶快收了滚钩回家。史壳子不是最重要的，回家吃饭、睡觉最重要。当然回去还得给老伴儿说说孙子、儿子的事。

江水哗哗地拍打着船舷，发出空荡荡的噼啪声。他说干就干，收纲收钩。钩上挂了些浪渣和水葫芦，什么也没有。钩还很顺。钩是自己的，要好好收回，放好，在舱里锁好。特别是，要买纸来烧，又挂了死人的。

可是他感觉哪里不对，他收了史壳子的钱后，史壳子坐别人的船溜了。观音湾沙滩上的人不仅没散去，却越来越多。他揣着工钱，还有一瓶酒，还有两包香烟。听说是史壳子找校方索要的两条黄鹤楼，他分到了两包。为什么江滩上的人越聚越多呢？气氛不大对。看水面上，又流来了一批死猪和杂物。这夜晚的江面好诡异。江滩上，点起的蜡烛好多，像是野地里的鬼火。怪呀。敢情全市都知道这事儿了？

他把船泊在江中那个龟背样的沙渚旁让人看不见。苍白的月亮很低地划过江面，鬼鬼祟祟。这些年的月亮都是这个样子。风在江上疾走，听得见簌簌的摩擦声。岸一直在晃动，没有停息。一些萤火虫贴着水面飞行，明明灭灭，就像江上众多的游魂。在江边一处旷寂地，听见了那里传来的低沉的乐器声。他年轻时玩过笛子和箫，搞过宣传队，知道这是萨克斯。一个人影黑魆魆的，像个大烟斗蹲在水边，吹的是《化蝶》，那萨克斯管声像雾一样在江面上流淌。听着听着想起了成小安夫妇。又吹《回家》。成骑麻听着，不知不觉流出了眼泪。他忘了饥寒，忘了时间，陶醉在这美妙伤心的乐曲中。他又一次打起盹来，直到晾在竹篙上的滚钩被风叮叮当当吹出噪响。他也要回家了。有几个年轻学生伢却永远不能回家了。

回到家，老伴儿热着的饭菜在锅里，进门就问："老倌子，你今天脸色好难看，魂掉了一样的。"

他告诉她捞了三个人，全是大学生。老伴儿愣了，说，都捞上来了？听村里的人说了，怪不得。

手机的短信提示音一直在响。一看，儿子的，烦了，看内容却是：
"你看电视。你可出名了。"

我出名了？

打开电视，全是江边救人的事情。还看到了自己和史壳子两个拖着水里

35

的死尸，站在船上的画面，这可出了丑啊！

　　……结成生命之链，谱写长江壮歌。水牛市大学生结成人梯救同学，三人英勇献身。今日下午三时许，在本市观音河与长江汇流处的观音湾，有一在此游玩的女大学生落水，发现险情后，其余的十多名大学生迅速冲了过去，因大多不会游泳，大家决定手拉手组成人链，伸向江水中救人。终于抓住了落水的女生，正在慢慢向岸边靠近时，其中人链中的一位女生因过于紧张和体力不支而松手，其他人加上脚下的流沙塌陷，人链瞬间断开，处在人链前端的有六七个同学纷纷落入水中。闻讯赶来的冬泳队和会水的同学下水救人。但最后赵一钱二孙三三名同学沉入湍急的江底而英勇牺牲。

　　事发后，水牛大学领导迅速赶到现场，当地消防、海事和医疗等部门也相继赶到组织搜救。由于该事发地处江水回流区域，水深流急，坡陡沙陷。浅处有四五米，最深处二十多米。经过成家村渔民和壳子打捞公司的打捞，截至晚上六时四十分，三名英雄学生的遗体终于打捞出水，虽经医护人员现场进行全力抢救，终因沉水时间过长，未能生还。水牛市委书记李四和市长王五获悉此事后，对大学生舍己救人的事迹表示敬意，并指示有关部门妥善做好后续工作。记者获知，校方已成立专班处理善后事宜。

　　据现场有人反映，壳子打捞公司和捞尸渔民有挟尸要价和定价过高等问题，虽遗体打捞价格不在物价部门定价范围之列，但打捞公司明知溺水学生系见义勇为遇难而不及时打捞，特别是因打捞资金未筹集到位时，数次中断打捞，明显有违社会公德，遭到现场民众谴责。此问题正在调查之中……

　　那是自己吗？那个站在船头叉腰挥手的人，那个用绳子牵着水下死者的人，那个在自己船上替史壳子挡沙子的老倌子，多丑啊。吃不下饭，他要睡了。他彻底地病了。他浑身哆嗦，奇寒奇冷。老伴儿也看得傻了，对着电视发呆。他赶紧上床。

可不一会儿堂屋里有声音，勾老倌、虫老倌和哑巴三水都来了。勾老倌对着成骑麻的房里喊他，要他出来。

事情不好。他穿好衣服出来。勾老倌手上拿着一些钱，对他说："麻老倌，钱要交回来。市里要收的。活总抓进去了，我们在收钱。"

"收我们的钱？"

"是呀。你劝劝三水，他又不识字，你让他看电视看不明白。"

"全部交出来？为什么？我们今天不白辛苦了？"

"还不是活总害我们啊！电视上播了，这下我们的鱼都没人买了，船不消开了。"

哑巴三水不明就里，嚷嚷得厉害。勾老倌就抓住他，把双手闭拢，意思是不交钱要戴手铐，又蹲下，意思是要坐牢。这就难怪了，史壳子撞在马蜂窝上了。想也不对呀，明明是重大溺水死亡事故啊，咋就变成了英雄事迹？他们这几个打捞的渔民却成了见死不救侮辱英雄的坏人。又听说死者中一个的亲人晚上来抢尸，有百号人，但警察也出动了上百人，把那些抢尸的队伍堵在了高速公路出口，进不来城里。死去学生的母亲要投江与儿子一起去。火葬场也全守起来了……

水鸟划过成家村的上空，声音像一种从未听过的乐器，像是男人临空的尖叫，飞向史壳子家的屋顶。那些刚死的泡佬都来了。

儿子发短信说，明天把那女人送回去。

这还不错。是不是老子怄气出丑，你同情呢？好吧。他一夜难眠。早晨他就动身去对岸义忠村。管他的，钱不要就行了。我一个老倌子，我第一个捞起了英雄我还犯了法吗？

他把船停在观音河里，再上岸步行。

这是初夏时节，鹧鸪在天空歌唱，籴鸡在草丛闷叫。麦子熟了，油菜割了。田野上到处是烧油菜秆的烟雾，砍过后粗壮的油菜蔸触目惊心，像大地狰狞的牙齿。顺着河堤走。堤坡上到处是疯长的魁蓟，针刺张牙舞爪，花序直立恐怖，像蛛丝网一样披在紫红色的花筒上。一些荒蒿，一些狼把草，一些泥胡菜，一些荆芥子，一些虮麻头，一些鬼针草。牛们吃的草太少了，被挤在一些牛屎成堆的地方哞叫。河下，有一条双体小渔船，有渔民在船上下罾子。这种船叫鹭鸶船，但船上没有鹭鸶。他们打鱼好悠闲啊，在这条清悠悠的小河里。"如果儿子争气，我搬他这里来，不就可以在这里打鱼了吗？不与风浪搏斗，不再捞人捞尸，江湖偏远，清风明月，有鱼打鱼，有虾撮虾，没有鱼虾就船上睡觉，船上醉酒……"

下了堤坡，径直往学校去。他在离学校不远的一个路边小卖部买了包烟，抽着，看着电视。还是这些画面，有许多人的采访，有赞美，有回忆，有谴责，有表功。谴责的是他们——挟尸要价的渔民，但小卖部的人不认识成骑麻，也不知道眼前在门口坐的人正是那个牵着尸的渔民。他只好低着头抽烟，生怕别人认出他来。表功的是学校领导。这本来是一场大事故，他却在侃侃而谈是怎么把学校办成培养英雄的学校的。你就不能惭愧地向这些学生的家长诚挚地鞠躬道歉？你们罪责难逃！这真是太怪了，也不怕了。你们没脸还要我们要脸吗？不让学生学点起码的求生技能如扑泅，你们都教育些啥哩？书有啥用哩？掉进水里了书能救你吗？这样的英雄越少越好！你把他们整成了英雄，你就撇脱了干系，而英雄的母亲后半辈子可就孤苦伶仃了咧。她们是不想要震惊世界的英雄的，她们只想要一个默默无闻无灾无病的儿子，活着的儿子。而你们的宣传只要英雄，这不，播音员还在说"这是一个英雄辈出的时代"。难怪，观音湾永远是一个英雄辈出的地方！唉……

这么七想八想的时候，传来一阵哄闹声。他往来路一看，一群人过来了。啊，阳光像金色的羽毛扑棱棱地飞翔，天气晴朗，层云尽开，雾气消散。在灰尘扑扑的村路上，儿子用板车拖着校长的娘子像拖一头肥猪回来了。这真是浪子归来啊！校长的胖老婆被五花大绑丢在板车上，哼哧着，显然有过拼命的挣扎，衣裳都散乱了，披头散发，嘴边白沫干结，狂叫过，呼救过，但现在的声音近乎临死前的微弱呻吟。她已经不能动弹，蜷在拖过垃圾和大粪的板车里，脸因为挣扎叫喊而肿得发白，肌肉松弛，喘气，就像是拳击台上抬下来的残兵败将。

这是一个多么清新的早晨，乡村水灵灵的。狗因为空气清新而昂头大叫，并且紧跟在板车后面。葳蕤的庄稼和旁边水渠里亮如油漆的芦苇与蒲草，起风过后飘荡在空中的小蜘蛛。池鹭像被风吹起的纸片，遍野都是，有的吹到了牛背上，站着，神情飘逸。鱼塘里，增氧机在鼓动着大批的氧气，搅起绿色的水花。篱旁的牵牛花蓝莹莹的，塘埂上喂鱼的黑麦草，像铺着的一层厚厚的毡子。他的儿子成涛，弓着腰，双臂小巧的肌肉紧结着，腮帮子咬成三瓣，穿着印有黄龙的T恤，板寸头上挂着一颗颗亮晶晶的汗珠。

一群村民和学生伢子跟着板车奔跑着，呼前拥后，整个村子像过节似的。成骑麻看到校长满含热泪，开始点燃手中的一挂鞭炮。噼里啪啦的鞭炮声炸得多喜庆啊。

有人给板车上的校长老婆松绑。她因为反抗，让成涛给多上了几圈绳子。这也是捆死尸的绳子，是自己船上的，成涛拿来的。校长老婆的脖子上、背上、腰上全是绳子，肥硕的屁股紧勒了好几圈。儿媳牵着背书包的孙子也赶来了。一家三口人团聚，紧紧抱在一起。热泪滚滚的校长也扶起他的老婆，用消瘦的双手揽住了老婆越来越强悍的双肩，两个人抱头痛哭，喊着对方的名字。

"成涛走对了一步，女人嘛，哪有自己的儿子重要……"

"这下好了，救了两家……"

"和气生财……"

傍晚，成骑麻回到观音湾江边，刚一停泊，就有几个人冲上他的渔船，劈头盖脸给了他几巴掌。成骑麻被打得金星直冒，人站立不稳，差一点晃进江里。

"就是你，我们等你一天了！你这个老狗日的混蛋，看你还坏不？我们代表广大市民教训教训你，你他妈挟尸要价，还没抓进去呀，史壳子不是抓进去了吗？你个老狗日的，叫你侮辱英雄的！……"

几个中年妇女也认出了他，爬上船来要抓成骑麻的头发，抓他的裤裆，抓他的脸。

"你没有孩子的？你这么大年纪了要钱去买棺材的？"

"你是棺材里伸手——死要钱哪！"

他只好往岸上逃。他跑，他捂着被抓得血淋淋的脸，捂着鼻子，鼻子里也鲜血喷涌。他两眼昏花，双脚瘫软，跌跌撞撞，爬上沙滩。他顾不了他的那条破渔船。那些人把他的渔网往岸上扔，把他的滚钩—— 一百米的、六十米的全搜出抱上了岸。竹篙丢进江里，船板撬了，桨桩抽了，扔到岸上堆成一堆。桨和锚也丢进江里。他看见几个人在拆他的船篷。所有物品被扔下船，有人找来了浪渣，点燃了。他船上所有的物品，被付之一炬。火烧起来了，很干枯的东西，加上风，火一点燃，风一呼啸，火就大了。他无力阻挡。那些人在那儿吼着骂着笑着起哄着。

"老不死的，看你还要钱不！"

"断子绝孙的老狗！"

有人举着燃起的木棒，扔向他的船舱。

他要跑过去，他不顾一切地求饶似的喊："不要烧我的船！不要烧呀！这是我老两口过生活的船呀！"

他冲上船去，用手抓那些燃烧的木柴浪渣，不管手烫没烫。手不要了，船要。这比老命还重要，几十年的船，养活了一家人的船……

手上没有了疼痛的感觉，他没有水桶，就用双手去捧水，拼命捧。岸上的那些人，都在哈哈大笑。

他总算把火弄熄了。那些人看他在水里跳来跳去，没有一个人帮他，全是冷眼旁观的、耍笑的、袖手旁观的。

一个烧黑了的空船，渔具、捞尸的工具，全没啦，化为灰烬啦。他坐在水边，湿淋淋的，双手焦痛，从灰烬里扒出烧得发黑的滚钩，锋利的滚钩，挂过许多死人也挂过无数腊子、江猪子、大鱼的滚钩，捧着它们——这些已经渐渐冷却的滚钩骨头，坐在夕阳里。

人陆续走了。夕阳慢慢沉落。那个吹萨克斯管的人又出现了。他依然吹着《回家》。他是在唤魂，唤那些落水者的魂。忧伤安静的旋律在江面上雾一样蔓延。

一个女孩子，双手抱膝，坐在水边，无声地流着泪，朝江上久久望着。最后一线夕阳里，那女孩子眼边的泪晶莹闪亮如宝石。涨水了，水流低吼急遽。一片旋转的漩涡，一江向东流去的鼓荡浑水。

捧着那些钩，望着对岸，他想："我该怎样回家呀？"

（原载于《十月》2014 年第 5 期）

白　狐

层云像幽灵的脚印，横亘在夜晚的落甲山上。因为各处钻出的灯光，蓝色的、褐色的，或土黄色的，像古老器物的包浆，涂抹在那些飞檐建筑群的墙上。蓝色的琉璃瓦缝间，一个红色的月亮，一个点，像白狐的眼睛闪烁在城垛样的屋顶。一些红色的秋树，如枫、槭，被灯光撵向山头，挤在一堆。情人坡明亮如昼，像暴雨来临前的荒野。在这里，一只白狐的出现是正常的。

他一辈子在野外工作，一辈子风餐露宿，对荒野敏感、亲近，有着童贞般的惊喜。在野外，蚯蚓是会唱歌的，信不信由你；狐狸会发出"呱——呱——"的小儿哭声。会发出小儿哭声的，还有娃娃鱼、灰雉（神农架叫夸夸鸡）、赤麂（黄猄）、海狸鼠等等。有一种蝼蛄，乡下叫地蛄子，它发出的声音有二十只蝉和一头小牛的声音那么大，简直是昆虫中的男高音歌唱家，是夜晚土地的歌手，它们的嘶叫代表着大地和荒野的力量。

今天，他，施金教授，意外地走了三里路，这是近几年最远足的一次。

他来到校园的情人坡，他拄拐杖，他的双腿像绑了几块醋泡过的石头。他老了，他是个老人，他是老教授。他一辈子研究鳞翅目昆虫，是它们的分类权威。鳞翅目昆虫的分类是一个海量的研究，需要漫长的耐心。鳞翅目是一个大目，全世界已知达十万种以上，主要有夜蛾科（甜菜夜蛾）——是该目中最大的科、螟蛾科（玉米螟）、蚕蛾科（家蚕）、刺蛾科（黄刺蛾）、斑蛾科（梨星毛虫）、灯蛾科（美国白蛾）、举肢蛾科（核桃举肢蛾）、毒蛾科（金毛毒蛾）、天蛾科（榆绿天蛾）、虎蛾科（葡萄虎蛾）、卷叶蛾科（苹果卷叶蛾)、旋叶蛾科(苹果旋叶蛾)、麦蛾科(麦蛾)、粉蝶科(菜粉蝶)、凤蝶科(茴香凤蝶)、蛱蝶科(葡萄蛱蝶)、灰蝶科(小灰蝶)、斑蝶科(斑蝶)、眼蝶科(眼蝶)……太多太多,数不胜数。

　　如果一个老人在这样的校园山坡上行走,就是没有分量的,乖张、孤零、缥缈,最好是身旁跟着一只白狐,那就更像传说一样遥远了。如果他开始回忆,他是历史。但是现在,他喘气,他太老,他完成了不可能的移动,从家里到情人坡,连他的老伴儿也不敢相信,说是谁送他去的,坐轮椅还是坐别人的汽车。

　　他的轮椅在家里。他是在黄胖子面铺里吃肥肠面时,听到铺里面的食客说的,说学校的情人坡出现了一只白狐。有人还在手机里翻出别人上传的图片,那只乖巧的白狐招人喜爱。因为网络,这个消息传播得比风还快,几乎世界的每一个角落一下子都知道了。这所大学的一条小路上出现了一只妖媚的白狐。去年出现过野猪,前年出现了猴子,保不定明年会出现什么,也可能是一头熊,或是一只豹子。

　　他放下面碗,决定去情人坡。

　　这的确很远,但他下了决心。

　　推动他"远行"的引擎来自山野的召唤,类似于回光返照。一个记忆力严重衰退的人,他对遥远过去的记忆就像现在这灯光照着的围墙,沧桑、斑驳、清冷、恍惚。但是在高加索高原上的一切,非常清晰地展现在他的记忆中,倏然凸现出来。那个海拔五千多米的厄尔布鲁士山上的雪峰,就像在琉璃瓦覆盖的老斋舍上空闪烁,天空湛蓝,雪山静穆,各种彩蝶在花丛间飞舞,白狐成群地嬉戏在草原上,这是上帝的后花园……

　　他突然死了过去。那是高原反应。

　　"Он плачет(他在流泪)!"他听见一个温柔的女声说。

　　他看到远处的白狐依然像白色的魂幡在草原上跳跃。他想到他不能睡去,他要回国,他还有刚出生的儿子。他的确在流泪,他为自己清醒却无法动弹的身体而哭。他说不出。他不能动。他在心里大声请求他们不要丢下他。他们,苏联专家,他的同事,还有他的导师。

　　他听到说话的女性是他的同学Катюша(卡秋莎),他叫她Белая

лисица（白色的狐狸）。他的导师叫米契诺夫，苏联著名的鳞翅目研究专家。他在去往中亚高加索考察的四月里，导师只让他这个中国学生背着一只望远镜和一支猎枪，此外他还有一本《普希金诗选》，这与他的专业毫不相干。

他不想死。后来他回来了。卡秋莎给他的嘴里滴水，他闻到了她身上芳香的气息，一个异域女子的气息。她的皮肤白得像冰雪，也像白狐，她有细密的体毛。

熊、羚羊和野狼，这些动物在周围影影绰绰的植物里窥伺，忽隐忽现。但背景不是今天这样的诡异和凋零，天蓝得像灵堂。世界上竟有如此美丽的地方，"阳光在冰雪上，在河流中辉耀，细雨在彩色的泡沫中散开……我怎么能够忘掉那峻峭的峰峦，淙淙的流泉和荒漠天际的平原，炎热的旷野，忘掉那我们曾共享心灵的青春感应的地方……山间的流泉在远处闪烁，从万丈悬崖上一泻倾落；高加索沉入梦境的群山，已经披盖上云雾的帷幔……"

不，比这更美，比普希金长诗《高加索的囚徒》中描写的更美，山冈、河谷、洞穴、野花的田野、静默的雪峰……

米契洛夫长着一双鼓起的眼睛，但他是个瞎子。无论怎样你也不能相信，他竟然是一个著名的生物学家，一个对鳞翅目昆虫有精深研究的专家。他是怎么做到的？在"二战"前，他双眼明亮，可他参加了"二战"，一双眼睛被炮弹震瞎了。

盲人科学家、他的导师米契诺夫，无论怎样歌颂也不过分。但现在，他也老了，施金教授，回忆就像那闪烁在云层中的一星月牙，稍纵即逝。他必须再一次走回去，回到自己的南山教工宿舍 B 栋三单元三楼，为了爬上楼梯（是没有电梯的老房子），他要冒着再活一次的决心，与每一层楼梯上企图吞噬他的野兽搏斗。他用喘息为刀，争取打败死神。

他大汗淋漓。青春可能重来。但他遭到了老伴儿的一顿痛骂。

因为施金教授不用手机，所以联系不上，她害怕他栽倒在房子的哪一个角落，或者在阳台上坠落下去了。但这么大个活人，他不可能消失。门还反锁了一圈。他走失了，因为记忆力出错，他成了流着涎的、在灯影下踽踽独行的迷路老头？他脊骨僵直，迎风流泪，寻找家……

他回来了。

"施大爷呀！你可别吓我，你到哪儿去了？"她说。她叫夏吟荷，从学校图书馆退休，她毕业于这所大学有名的图书馆学系，退休前是学校图书馆副馆长。她是地道的汉口里弄的小家碧玉，施金教授是乡下小镇的乡村教师家庭出身。

"你吃饭了没？尿过没？拿钥匙没？丢拐杖没？"声音虽然严厉，但不带武汉人的"个斑马""婊子养的"这些脏字，是标准陈伯华式的汉口话，软绵得几乎像上海话，他们叫下江话。本来嘛，真正的汉口话就是有下江腔调，属吴侬软语，只是后来武汉话变痞了，变硬了，变流氓了，变得不讲道理了。

她在学校的世纪广场跟老街坊老同事们练拍打功，为了让自己多活几年，腿脚灵便一点。虽然都知道微信上说的白狐，但老教工老同事们谈的都是买菜做饭、养生吃药的事情，从不说婆媳不和什么的，教授们的孩子百分之八十都去了国外，孙子都长大成人，有了重孙，说一口所在国的语言。老教工们成了落甲山上的空巢老人，这就是这一代老知识分子的命运。在八九十年代，他们就是吃糠咽菜也要把自己的孩子送到国外去，这是他们自己选择的，只能自己承受。

她发脾气的时候他就笑，只有一茬火，然后没了。给他调热水洗澡，换衣裳。

"有一只白狐，在情人坡那儿。"他说。因为洗澡，因为走路，他的脸上有了潮色，皱巴巴的脸好像都打开了，头上所剩无几的自然卷着的白发，好像有了久违的光泽。

这是一个好玩的事情，吸引住了老头子，这很自然，他是一个生物学家，对动物昆虫有天生的兴趣。情人坡不就是学生们散步的小坡道吗？一些草坪，一些石级，一些树。往前推三十年，那不就是一个草坡？是人们从学校行政楼往老斋舍去的一条近路，人们踏光了草坪，就成了路，于是学校做顺水人情，修了条小道，铺上平缓的石阶，取了一个诗意的名字：情人坡。这个坡很长，又有树荫又有草坪，是学生们谈情说爱漫长表达絮絮叨叨的好地方。

"你今天这么大的干劲儿啊？这白狐哪儿来的？"夏吟荷问他。

"不清楚。"

"你见到了没有？真的不是别人抬你去的吗？"

"没有，我自己走去的。"施金教授说这话的时候有几分自豪，自己走这么远，这几年都似乎没有了，他的活动半径就是自己的家到黄胖子的面铺。因为研究昆虫，长期的野外工作，跋山涉水，练就了一副好脚力，但这两年，突然膝盖不行了，走路非常吃力且双腿颤抖，几乎很少下楼，下楼要人搀扶才行。

"噢，我看到几个群里发的白狐了，施大爷，你看是不是这只……"

施金教授伸过头来看，要用放大镜。他细细地、用专业的眼光瞧这只可爱的白狐。白狐通体白净，像是一团雪，皮毛蓬松，大尾，尖鼻，蓝眼。在树木金黄的秋天里，这只白狐的出现的确像一个神秘的精灵。它不怕人，它优哉游哉，旁若无人，似乎知道这个校园里所有的人都不会伤害它。它若有所思，像一个季节的信使，像是被谁派遣而来。它有一双吊眉眼，如此美丽的眼睛，几乎有人的灵性，欲说还休。仿佛蓝色的眼珠里有一些莫名其妙的忧郁和秘密，但它还很小，很天真，很可爱，很不谙世事。

施金教授从桌上拿起一支笔，再拿出纸，虽然动作迟缓，但几笔下去，就是一只狐狸的素描，而且惟妙惟肖。他用笔点着那只纸上的线描狐狸，说：

"昨天下午出现的，晚上还有人看到了。"

"现在呢？"夏吟荷问。

"我不是回来了吗？"

情人坡他就走了几步，他看着这个安静的校园，就像久别重逢一样。植物的气息，从林子里和草坪上漫卷过来，要细细地品。晚上的人不多，他坐在路边的石头上，摸着光滑沁凉的石头，他好像回到了荒野。松枝、灌丛、枫、乌桕，都有。这里本来就有原生态的植物群，杜鹃灌丛是栽种的，还有草。他看着那些沧桑已远的建筑群，看着那些高大的树木在景观灯朦胧的、随心所欲的照射下，似乎把人排斥在外，他不过是一个行走在这儿的旧时代的影子，是从学校的志书中悄悄蹿出来的幽灵。没什么，他还活着，能够回忆。他回家爬上楼梯时每一个拐弯处他就会坐下来歇一会儿，胸口憋闷，喘得慌，虚躁，骨头里的疼痛到处奔跑。学校不属于他们了，学校永远年轻，因为学校永远只喜欢十八岁的男女，而且是人类最优秀的男女。他是一个苍老的人，他爬上一步要抓紧栏杆，手足并用。往上爬时他感到了要紧紧拽住生命，尽管有些困难，但他这一天比这几年的任何一天都有力，他暗示自己有力。像过去的每一次，任何一次从野外归来，背着行囊，一口气登上这三层楼，健步如飞，如履平地，然后叩响大门，喊着夏吟荷或儿子施杰的名字。他那时身体强壮，每年体检都正常，除了后来的高血压、痔疮，心脏很好，血管粗大，跳动有力。他这一辈子在野外工作，喝过不少生水，涉过不少脏河，在血吸虫疫区竟然没有得过血吸虫病，没有一次肠道感染，甚至很少感冒，没有像现在的年轻博士硕士们，去野外带上一堆行囊、一堆药品、一堆衣裳。那时候，他们走哪儿睡哪儿，不需要维C、善存片、金施尔康，不要压缩饼干。除在高加索的那一次意外"高反"后，再没有犯过。在国内，他翻过云南的白马雪山，到过梅里雪山，去过西藏阿里，也翻过唐古拉山、天山。除了偶尔的头疼，在海拔四千二百多米的石渠县城吃火锅喝青稞酒，学生们却一个个高反得上吐下泻，生不如死。

他教学生们野外生活的经验就是在每顿饭之前，一定吃两瓣生大蒜，一些女生不习惯，后来慢慢习惯了，并把这个经验传给学生的学生的学生。大蒜比什么黄连素、诺氟沙星都有特效。

他是一个昆虫学家，在莫斯科大学读博士，他的毕业论文就是《北高加索地区鳞翅目分类》。他的家里，最好的装饰就是那些蝴蝶、大蛾的标本，装进镜框。还有它们的水彩画和钢笔画。这些标本和绘画，是他为自己准备出版的《施金文选》做的插图。这些蛾、蝶的标本旁边，有他年轻时与妻子夏吟荷的照片，他个子不高，皮肤较黑，头发自然卷曲，鼻梁端正，眼神忧郁，看起来就像是亚洲版的普希金，真正是风流倜傥，踌躇满志，跟所有有外国留学经历的人一样，他曾经西装革履，载礼帽，裤缝烫得笔直，不像现在大毛衣，大棉裤，老年防滑鞋，虽然夏吟荷把他收拾得干干净净。他曾在大学时手抄过一本《普希金诗选》，因为普希金，他去了苏联。

深海鱼油。辅酶 Q_{10}。蛋白粉。善存片。乐力。香蕉一根。苹果半个。施金教授盯着这端上来的一堆东西，就像一堆垃圾让他无法一一吞下，有大有小，还有特别腻的香蕉。夏吟荷给他做示范，吃着那软不溜秋的香蕉，嘴里吧嗒直响，表示太好吃，恨不得把香蕉皮也吃进去。她吞下的声音咕噜咕噜的，并且去舔手指。

"你必须吃，再难吃，总比往屁股里塞开塞露强吧。"

他运动量少，便秘。

"我今天的运动量还不够吗？"

"哈哈，施大爷，你这不叫运动，叫凑热闹。"

"凑热闹也是运动。"施金教授悻悻地说。

"这只白狐肯定是宠物放生，或逃跑出来的。现在的大学生，养些稀奇古怪的宠物太多了，什么大蜘蛛啊，毒蛇啊，变色龙啊，什么惊悚养什么。前不久不是有个女大学生网上买条银环蛇，把自己咬死了……"

他看着老伴儿夏吟荷吃东西时，两边的嘴角下是深深的沟，下巴像是一块木偶的下巴，拼装上去的。

"你怎么不说是民国时期学校的女生们变的呢？"

"你信啊！你身上全是荒野气，能碰上狐狸。"

高加索的白狐，这是施金教授经常说起的。

"白狐不是鬼。"

"说是女学生变的，不就是鬼魂吗？"

争论几句，一般不会往深处去，闭嘴沉默是大多数时候的状态。

夜晚的落甲山，安静如庙宇。从后头小山坡的树林间吹过来稀落的苔藓和植物的气味，树丛顶端天空的影子像在颤抖。黄绿斑斓，有薄薄的雾气蒸腾上来，可以听到松涛发出的荒远声，可以想象这是在旷野，风大之后，山上的落叶磅礴而下，仿佛是一场牺牲惨重的肉搏战，秋天依然充满激情。那些在夜空中高挑的飞檐，像静止的鹤，伫望着。那些幽幽闪闪的蓝瓦，在参差的树影里若隐若现，使这里的夜晚注定浸淫了古老神秘的气息。

晚上的睡眠对一个老年人来说，是一场折磨的苦刑。他翻来覆去，梦中惊厥，呻吟，无数次的呼吸暂停。这天晚上，施金教授更严重，因为长时间没有的步行和四肢的酸痛，他时而气息微弱，又时而鼾声如雷，有时像被人掐住了脖子，或者内脏的动荡牵扯后疼痛而怪异地哼叫、蜷缩、抽筋。一个老人基本会噩梦缠身。这是身体的各部分衰老退化时暗示出来的梦境，在古怪的梦境里挣扎、厮杀、逃离，翻滚在稀奇古怪的记忆的旋涡。他一次次起夜，上卫生间，睁眼躺着，等待山坡林子里鸟的鸣叫。他们爱鸟，将和早晨最早发声的鸟们一起起床，他们被床折磨得死去活来，只求尽快离开那个半软不软的床榻，那个近十个小时的煎熬之地，回到白昼中，宁愿站着和无精打采地坐着。

拉开窗帘，是新的一天。昨晚在床上的挣扎过去了，一个生命又复活了。

"我昨天晚上听到了白猺子在山坡上叫。"施金教授给老伴儿夏吟荷说。

他的确听到了那婴儿哭似的狐狸的叫声，但未必是白猺子。白狐在神农架叫白猺子，它通体发白，比狐狸漂亮秀气，是一种专门迷惑男人的妖狐。施金教授在神农架时，当地人讲过一件事，说某乡有一个学校，住读男生们都声称半夜见到有一个年轻女子到他们宿舍，而且这些学生中，有的背上和颈部被啄出了血，有野兽的齿印。凡是受了伤的学生白天上课都无精打采。山里学校的住宿，几十个男生住一间，都是上下铺。这事反映到校长那儿，引起了校长的警觉，校长就晚上潜伏到学生的宿舍里监视。到了半夜，一阵阴风掠过，校长看到窗户顶的望窗里一道白影一闪，一个东西就钻了进来，从肛门里喷出一道雾气，那气体飘到校长跟前，闻起来有点儿异香，校长就感到头脑开始迷糊。恍恍惚惚间，他看到一个穿着白衣的女子在学生的床前走来晃去，到处找熟睡的学生，然后摸学生的脖子。校长感到自己要昏睡过去了，他掐着自己的大腿，看这女子到底要干什么。只见她俯身下去，对准酣睡的学生，伸出尖利的牙齿，一口咬住了学生的颈子，并吮吸学生的血。这时校长大吼一声，冲上去就挥刀朝那女子砍去，那女子马上变成了白猺子，放开学生，跳上窗户，逃之夭夭。这下真相大白，原来白猺子喜欢吮吸小孩的血。这以后，学校在学生睡觉前将窗户关死，不留一点缝隙，还在学生宿舍门口挂了个大木头吞口辟邪，从此后白猺子就再也不见了。

"施大爷，你说的是白猺子啊。"

"白狐就是白猺子。城里人叫白狐，山里人叫白猺子……"

"那敢情是来吸咱们大学生的血吗？从神农架跑出来的？"

"就是啊，这白猺子将年轻孩子的颈部啄一个洞，专门吸血的，就是吸血鬼，神农架过去有一个学校……"

他已经讲过两遍了。

"化成漂亮的女子，好啦好啦，要吸血那就是去老斋舍的老房子里去，那个房子最老，你听说过那儿学生宿舍里晚上有年轻的白衣女进去吗？"

施金教授搔搔脑袋："我哪知道啊！"

"到这边林子里来了？这儿可没有年轻学生，全是留守老头老太太。"

"我真的听到了，不是幻听。"

"你晚上又是喊又是叫，是不是被白猸子咬上了？"

老伴儿夏吟荷就过来扒他的衣领，看他的颈子和他的肩头，有没有被咬的血洞。

施金教授有些恼火，推开她说："咱这高血压高血糖高血脂，送给白猸子它都不会喝，喝了不健康。白猸子可是精明的动物，根本不会喝咱这脏乎乎的老朽血……"

"血不都是一样热吗？像你们这些老教授老专家呀，你们的血是真正的热血啊！谁能比得上你们这一代老专家，家国情怀呀！"

"狐狸的叫声，有点像青蛙，但最像小儿的哭声。"

"那在林子里听到了多可怕，你确定不是做梦？"

"做什么梦？睁着眼睛听到的。"

"这么说，白狐真的来了，它的窝就在我们这里？"

"反正我听到的肯定是狐狸的叫声。"

"那狐狸跟白狐和红狐的叫声有什么不同吗？"

"是狐狸，白猸子只是传说中的动物，有人说是狐狸白化的，有人说是另一种动物。"

"狐狸应该叫阿紫。"夏吟荷说。她一辈子埋在图书馆里，她知道狐狸精的别名叫阿紫，她把"阿紫"两个字说得很大声，虽然她的老伴儿施金教授的耳朵并不聋。

"阿紫，嗬……"施金教授听清了，他会意地点着头笑了，并显得有些尴尬。

说归说，笑归笑，夏吟荷腿脚还好，得去食堂买早点，特别是每天必吃的热干面，还得为老伴儿打一碗回来，加上馒头、包子、豆腐脑。

……一九五七年的高加索，夏天也那么凉爽，野苜蓿和金莲花大片大片的，像草原上彩色的火焰从地底深处蹿出来，花和植物茎叶的气味在潮湿的空气里漾动。

高加索的白狐似乎是森林或草原的独特精灵，它们没有人间烟火气，也没有神秘感，就跟那儿的雪松、野花、蓝天、白云一起可爱、寻常。它嬉戏在阳光下，不与人亲近，是为那片草原而存在的。

落甲山山麓意外出现的一只白狐，意外地给城里人带来了惊喜和狂欢，这是他们疏离自然太久的大惊小怪，许多来看白狐的学生和市民，还有坐着高铁从全国各地赶来的游客，都在情人坡周围守候着那只白狐的再次出现，人们兴奋地谈着它，有的拿着白狐喜爱的食物：牛肉干、卤鸡腿、鸭脖，也有点心。夕阳红摄影队的长枪短炮都架在了视野最好的地方，有的人甚至不顾年老体衰，爬上大树。小摊贩摆满了情人坡周边的道路和草地，卖白狐 T 恤的，卖手绘地图的，卖充电器的，手机贴膜的，卖饮料面包的。逶迤的情人坡上，就像乡下赶集，挤满了各色人等。这么多人白狐会来吗？不会被吓跑吗？

于是有人给这只白狐编了一个美丽的故事，说它是情人坡某个在此定情女子的化身，听说她殉情了，重现在这个校园的情人坡上。这个故事刚刚传出，就有人在坡上的树林里，看到了一个割腕的女孩，后来送到医院。这个故事有了现实的呼应，传遍了网络。夏吟荷经过那里时，感到这个校园已经是公园了，等同于每年三月下旬的樱花季。这还是大学吗？卖票吗？这只神秘的白狐在这里出现究竟是何用意？已经把男女老少都迷住了，保不准会发生什么事情呢。

白狐不会来了，夏吟荷凭感觉。秋意已近的山坡上，风有了些凉意，但梧桐道上，年轻的学生们依然着夏日衣衫，他们因为年轻，浑身是火，对季节的转换并不在意。

夏吟荷提着早点，在回去的路上，竟然看到她的老伴儿施金教授出现在梧桐道边，拄着拐杖，像一个大病初愈的人，鼻子呼呼地响，臃肿迟滞，低着头自顾走着，好像在寻找掉在地上的魂。夏吟荷好一阵伤心，而且他好像不认识她一样，扭着头朝她看着。

"施大爷，你没吃你跑出来干什么？"

"噢。"他好像记起她是谁了，但又嗫嚅着说不出话。他们坐下来，她把保温盒打开递到他手上说："你吃。"

热干面要趁热拌着吃，一冷就拌不开了。她将一杯豆奶揭开，倒了一点在热干面里，这样好拌一些。

施金教授放下拐杖，动作很慢。这时候，在野外吃东西，有种回到过去工作的感觉。有自然的风吹到碗里，靠石而坐，有鸟叫，有昆虫爬，如果有一只白狐在旁边讨吃，那不就是几十年前年富力强的状态了吗？高加索也好，神农架也好，二郎山也好，那是一种多么开阔的工作啊，但这已经是过去的事了，永远不再属于他。他现在就是个颤悠悠的老头，挑着干崩崩的热干面吃，喝豆浆。草坪上的草闪着露水的光芒，阳光从云层里钻出来，将那些冷杉和枫树的影子投射到草地上。如果落甲山更高一些，这场景真会让他想到神农架、高加索和二郎山。有蘑菇的草地，一汪汪湖水，雪峰下葱郁的松林或者巴山冷杉林，阳光像麦穗一样金黄响亮，和云彩一起向四周炸裂开去，散落到每个人心上。

"你说你这么早出来干什么？你是怎么下楼的？"她埋怨他，看他能走当然是好事，但他在外面见她如陌生人一样，会有一时的记忆停顿。他真的快走不动了，像在黑暗中摸索，是什么力量驱使着他要下楼来，要来这个网红之地凑热闹？他长期不下楼，经常会半个月不出门，他如果像之前那样不能走，他也就差不多真正地老去了，而且他现在突然能走，不管怎样，能下楼，能走到远远的情人坡，这简直是一次再生，是另一个时空中的施金教授，是他一辈子野外工作积攒的脚力，也有可能是最后的回光返照。这么想时，夏吟荷也没有什么伤感的，人总得老去，就是这样，活在这个世界太久了，该做的都做了，该享受得到的都享受得到了，有什么好伤感的呢？人都是顺道走，走到哪儿，都是自然现象、自然规律。人世轮流转，轮到有些人活着，轮到有些人死去，轮到有些人年轻，轮到有些人老了。没有什么能阻挡一个人皮枯毛落，除非你是一根钢筋，也除非你是一只狐狸精，妖精永远不老。

施金教授的食欲一直很好，而且牙齿也好，前几年还能嚼炒蚕豆。这是他年轻时形成的习惯，在野外工作，无聊，困顿，在农民家炒一点蚕豆带在身上，蚕豆有嚼劲，练牙力，嚼食芳香四溢，又能去困意。他的板牙只不过有几处磨损，没有一颗牙齿坏掉，这是大自然赐予他的好身体好牙口。

收拾好空饭盒，打着饱嗝，施金教授说："外头的空气很好，天气也好。"

"你带上钥匙了吗？"夏吟荷问。

施金教授忙去找钥匙，其实夏吟荷在看他找纸巾时，从口袋里掏出了钥匙，就捏在手上，但施金教授用那只空手试图四处摸。

"钥匙不是在你手上吗？"夏吟荷说。

"哦。"他没有太吃惊，像是很正常，将钥匙重新吊在裤子上，他没觉得他的记忆出现了问题。

寻觅白狐的游客络绎不绝，突然有一棵枫树猛烈地摇晃起来，像遭受了十二级台风。再一看，一个年轻人爬在树上猛烈地摇晃这棵树，想把树上的红叶全摇下来，造成红叶雨，他的女朋友在不远处给他照相。周围的人愕然地看着，只是远远地看着，因为这年轻人一看就是个社会青年，不可能是学校的大学生，他举止轻浮粗莽。

眼尖的施金教授突然从石头上站起来，大老远的就挥舞着拐杖喊："住手！住手！住手！"

他几乎是用命跑过去，跌跌撞撞，对着那个年轻人呵斥："不像话，住手，不许摇树！"

他因为喉咙里喷着火，气急，喊出的话半截堵住了，但他的愤怒表达周围的人听见了。一个人站出来，更多的人就站了出来。阻止、批评、斥责，这个年轻人和给他照相的女孩灰溜溜地钻进人缝离开了。

夏吟荷忙过去扶老伴儿，老伴儿爱管闲事的毛病有几十年了，可没了机会，今日出来，让他撞上，他的老毛病有了机会再犯。

"岂有此理！岂有此理！"施金教授的愤怒还在嗓子眼里，他是全身心地愤怒，像个老愤青。这让他的气息无法调顺，肺部在起伏动荡。

满地鲜红的叶子，本来应该挂在枝头，现在他望了望枝头的红叶，所剩无几，学校门卫是怎样让这些社会闲杂人员进来的？没有人能阻止，谁都可以长驱直入，并且来破坏学校的景观。

"白狐一定会抗议，会为这些行为伤心。白狐是一种灵兽，不会与这些滥人为伍……"在回家的路上，施金教授心里愤愤地说。

回到家里，心情郁悒，摔书，丢拐杖，他像个孩子一样。因为没看到白狐，他的情绪突然变坏了，急促地喘气，喉咙里像一口锅在煮，这一趟弄得他够受的。夏吟荷打开热水器，逼他洗澡，说你这一身都汗湿了，小心回汗感冒，硬是将他拉进了浴室。磨磨蹭蹭，施金教授洗了一个小时，她又问他腿咋样，可他没回答，还在生气哩。

"你吃不吃点大蒜？"夏吟荷知道，只有大蒜才能治他的脾气，也是不依不饶地逗他。人老了就会这样，回到小孩儿的脾性，而且他记忆力变差，有老年痴呆症的征兆。

施金教授站在阳台上，那儿已经无处下脚，堆满了各种礼品盒子：茶叶盒子、保健品盒子、酒盒子、快递盒子……这些施金教授不愿扔下楼，他说这是他的学生们送的，盒子保存留个纪念。阳台堆得危如累卵，快到了楼板顶，有两米多高，而且更要命的是施金教授会从外面捡回些礼品盒、鞋盒，是别人丢弃的，这不行，这破了夏吟荷的底线。她会拼命地将捡回的盒子丢下楼，她会哭，她坚持说不吉利，特别还有保健品盒，这是病人用过的，谁捡来谁就会捡到别人的病，如果别人有绝症呢？

给他按摩，膝盖一定受不了，有骨刺。尽管这样，躺在藤皮安乐椅上的施金教授还是会翻来覆去，因为膝盖疼痛，还会时不时地抽搐。夏吟荷想到，固执的施金教授一定要继续看下去，只要一天没看到，他爬也要爬去的，这就是施金。如果冬天到来，落甲山被白雪覆盖，一只白狐行走在雪地里，该有多美！浪漫的施金教授一定会勾起他的浪漫，死了也要浪漫，他一定会去看，那就坐轮椅吧。夏吟荷就想将轮椅搬下去，放在楼梯口，加一把链子锁，再说轮椅也不值钱，不会有人偷。可她一个八十多岁的老太婆搬不动。这么想时，他的学生邵武来了，就好商量了，就当场让邵武搬下楼，让他去帮忙买一把链子锁来，事情就办成了。

邵武是学校生物系的主任，也是著名的鳞翅目分类学家，山东人，黑脸大汉。就像每次来一样，给老师带来了一些大蒜制品，还有干海参、海贝什么的。他负责《施金文选》的编辑出版工作，时常来老师这儿坐一下，看望下二老，也请教些文选中的事宜。这位爱吃大蒜的学生，在读施金的博士期间，在新疆阿勒泰蝴蝶谷考察蝴蝶，他爱上了一个哈萨克族女孩。就是因为吃大蒜口气太重，女孩不情愿，告诉了家人，家人要揍他。此事闹到学校，当时的考察队队长是农业部的，将此事报告给邵武的学校，说他的行为是破坏民族团结，还关了他的禁闭，以便让当地政府处理。这事让施金教授知道了，极力反对说年轻人谈恋爱难免有冲动，是大蒜惹的事，如果没吃大蒜，也许女孩就同意了，这不是一个民族团结的佳话吗？马上以系里的名义，派人将邵武接回来，邵武才避免了一次处分，否则博士学位也不会给他。邵武是个老实本分的乡下孩子，肯定会操之过急没有经验。据说，事后那个哈萨克女孩后悔得不行，再来武汉找邵武，邵武哪会原谅她，差点把他的一辈子给毁了。因为导师替他说话，才躲过了一劫，所以邵武对导师感念终生，隔三岔五来家里看望。

搬下了轮椅，喝茶，还是施金教授兴致勃勃，谈到白狐，谈到二郎山高加索神农架，仿佛他这一生只去过这几个地方，而且邵武还得聚精会神地装着是第一次听，其实他听了无数遍。

夏吟荷就得打断施金教授的话，要重起一个话题，不然施金教授会继续重复讲他的故事。夏吟荷问邵武："你见到白狐了吗？"

邵武平时话少，问他什么答什么，在施金教授和师母面前永远像个小学生，轻言细语的。他回答说事情太多，实验室太忙，还有许多会，又去外省讲课，没有见到。

夏吟荷问："你说这狐狸是从哪儿跑出来的啊？是不是你们实验室的？"

邵武只是笑，说不是的，不知道哪儿来的。

邵武来了，又走了，每次都是这样，没有话说。这人太闷，但心很细。他给导师的儿子施杰说过，老师和师母就交给他了，他还有硕士博士，都可以来照顾。但说实话，这种学生的照顾没有太大用，各自有各自的事，在生活方面，学生们无能为力，依然要靠两个老人的互相扶持，相濡以沫。说白了，他们不可能天天来，如果两个老人哪天倒在家里，发臭了都不会有人知道。夏吟荷想通过二楼的护工小汪帮他们找个钟点工，但施金教授就是不同意，他不喜欢外人打搅他的生活，肯定要将那些阳台上堆放的盒子给全部处理，这是他不能接受的，他可以叫一碗黄胖子的肉丝面来对付一天的生活。

他生活简单，目前还不需要钟点工护工什么的。

"白狐是灵兽……"等邵武走了，夏吟荷还听见施金教授在喃喃嘀咕。

晚上下了一场雨，林子里腐殖质发酸的气味重了，秋雨开始搜刮大地的热量，像剥掉山的皮一样。在这山峦上，下一点小雨也会有很大的征候，好像是世界末日的挣扎与呼号，有一种林子遭受冰雹狂揍的虐响，大自然一样会夸张它们的际遇。风吹过山口时，发出狂乱的林涛声，像旋涡一样在后山不停地旋转纠缠。后来，谁也不知道是狐狸还是山林的啼哭。每一场雨都是这样，雨一层一层地从树冠穿越而下，一直灌入地底，这其实是漫长侵蚀凌辱的过程。在林子边听雨，犹如置身旷野，听见一万条鞭子在抽打树木。但这并不影响睡眠，恰恰相反，雨声是催眠曲，那种持续不断飘向远处的风雨喊叫，树木的无助和冰凉的呻吟，在床榻上和被子里，让人有安宁和温暖的感觉。窗户隔绝了寒冷秋天的骚动、夜雨的泣号与折磨。用不了几天，那片林子的所有树叶都将落光，成为泥土的一部分，成为被树林排泄掉的污物。

天亮得迟，但鸟声依然在雨后的清晨出现，甚至更鲜亮。在整夜的秋雨里，这些鸟都躲在哪儿呢？鸟声叫，就意味着今天是晴天。果然，天空闪出了缝隙，被扒开了大口子。树林平静下来，仿佛昨夜的蹂躏是一场梦，跟老年人的醒来一样。太阳即将被鸟声唤回，这些鸟有强脚树莺、白颊噪鹛、煤山雀、黄臀鹎、戴胜、灰冠鹟莺、斑鸠等。所有的树又活过来了，抖掉雨水，挣出悲苦的命运，假装没事，直挺挺地撑着没有叶子的精瘦枝丫。

"白狐昨晚又叫了……"

夏吟荷一大早就听到这话，火就上来了："又是小孩的哭声？咋这么瘆得慌？好可怕，你究竟碰见了什么鬼呀？"

"我说了，像小孩哭声的动物很多……"

"阿弥陀佛！阿弥陀佛！你就不能说点光明灿烂的话吗？全是些恐怖吓人的，难道就你耳朵好使，人家全没听到？"

"我是在野外搞研究的，我的耳朵就是比人家尖……"老头说话就气急，还咳嗽，并且有委屈感。

"你快九十的人了，你对你的耳朵就这么自信？好吧，陪你去找吧，找到那个哭泣的白狐，我不信就逮不住它。"

施金教授似乎不在意这种激将，本来他吃过早点拿起放大镜准备看他的"文选"初稿搞校对的，听说风就是雨，放下放大镜，竟然喜滋滋地拿起拐杖就往外走，边走还边说："今天太阳很好。"

夏吟荷要去超市买东西，她将要买的一一写在了纸上，不然一出去就全忘了，她感觉也有了老年痴呆症早期征兆。扶着施金教授下楼梯，在二楼正好碰上小汪出门去买菜，小汪就赶忙来帮扶施金教授。小汪人热情，是照顾数学系郎教授的，郎教授也是空巢老人，老伴儿去世了，两个女儿都在国外，而且基本瘫痪在床，生活不能自理，整个大学是典型的空心村。小汪有四十多岁吧，曾经在乡下的福利院干过，照顾瘫痪在床的人有经验。夏吟荷与小汪经常一起买菜进出，还经常练拍打功在一起，就混熟了。

到了楼下，擦净轮椅，让老伴儿坐上去，可施金教授就是不坐，他看着这个轮椅，就像看到一个怪物一样，今天怎么啦，突然发犟。"等会儿再说。"施金教授说。夏吟荷也不嫌累，就推上空轮椅，施金教授就走在旁边。夏吟荷想的是老伴儿的年纪真的太大了，要让他习惯坐轮椅，这比扶他走轻松。虽然白狐这事很闹心，可他突然想到外头多走走，晒晒太阳，增加点维生素D也是好的呀，整天关在屋里不下楼，人会像地窖里藏了多年的逃犯，浑身的汗毛都会一根根发白。

往靠阳台的这片山坡林子里走，一场夜雨洗清秋，树木闪闪发光，黄栌黄得鲜亮，红枫红得发烫，都英勇地袒露在阳光里。啄木鸟的笃笃声穿过薄雾，节奏分明地传来，一些树脂在树干上闪着琉璃样的光点。天空像一块大青瓷，一两株山楂的红果就像暴露秘密一样出现在林中小路的转弯处。这几年，施金教授都是从阳台往下看的，他看到的只是一些浓密的树冠。树冠几乎一样，真正的林中的气息离他咫尺天涯。他的脸现在有了暖色，像晒过的花岗岩，眼睛像刚刚冬眠醒来的小兽的眼睛，僵直、生动地看着周围。带着潮湿的空气富有弹性，搬运来许多植物的清香。还有些蘑菇，夏吟荷不认识它们。而施金教授不会往地下看那些细小的物件，他对一切都似乎无动于衷，似乎有了上帝的视野和胸怀。

"我们是来干什么的？"施金教授问。这里荒无人烟。

"找白狐呀。你这记性！找白狐的窝和洞。"

"那哪儿成啊。"施金教授笑了，他现在坐上轮椅了，他累，他想歇会儿，又没有可坐的地方。夏吟荷看到他的笨拙，坐上轮椅他就是个服老的老家伙了。他坐在轮椅上，眼睛朝林子里打量，似乎木讷，似乎若有所思，似乎在观察和判断。他的眼神是散漫的、梦游的，出入在现实与梦境两界。从树丛间射过来的阳光格外柔和，照着他的长寿眉，微微张开的嘴和打皱的喉结，像是一个高原上的老活佛。过去他脾气甚烈，现在慈眉善目，可也垂垂老矣。鸟在树上啄食果实的声音噇噇作响，草丛里有很细小的神秘声音，会吸引人的目光。不会是狐，有可能是鼠或刺猬。

"应该是在这一带，我听到的声音就是从这里发出的。"施金教授指着这一片说。

"这么个小树林子里能有什么？鬼都藏不住啊。"

施金教授说："狐狸跟黄鼠狼一样，会打洞的，要藏身很容易。我感到不是一只，是一只不可能在城市生存，毕竟它的生存环境是被割断的，像一个生存孤岛，但落甲山往东湖去，是一个群山，那边的生存空间应该很大，是偶尔误入这里，再也出不去了。如果它的前世是一个学生，回到校园是它不错的选择啊……"

"你也信？哈哈！不过这儿的空气真是好。"夏吟荷说。

"我这一辈子都是在空气好风景好的地方干活儿。"

"你也没带我去玩过一次呀。"

"你不是也在上班吗？现在都不上班，可以玩了，人也走不动了，唉……"

"身体好就行，这不是很好吗，这不也是风景区吗？还蹦出个白狐猴子野猪什么的。"

施金教授的手指着山坡下一带，说："过去全是一片枫树林，比神农架二郎山秋天的红叶海不会差，现在全没了，全是房子。学校的各个学院各自为政，你占一块，我占一块，学校挤得透不过气来。还有一些有钱人，想捐一个什么馆什么中心什么院，以便把自己的名字留在这个百年校园里，流芳百世，结果把学校的整体布局破坏掉了，一个国家，一个学校，真是钱害的啊。狐狸也是，也跑到这个地方来凑个热闹……"

他一个人自言自语，这时夏吟荷手机微信的视频通知声响了。她打开，是远在墨尔本的儿子，他们一家四口正在亚拉河谷的热气球上。夏吟荷看得有些晕眩，那么高，很蓝的天，很辽阔的草原和海滩。墨尔本与这里只有两三个小时的时差，等于基本没有时差，也就是那儿的中午。这儿接近初冬，那儿却在初夏。

夏吟荷看到儿子媳妇和孙子孙媳妇。

"爸他还好吗？"

"好啊，我们正在树林里玩着呢。"

"爸坐轮椅？"

"他自己走下楼的，比先前强多了，我让他坐上的，轻松些。"

"妈，听说学校里有一只白狐？"

"你们在那里也知道了？"

"不是成网红啦，谁不知道！"

夏吟荷心想，现在这网络，一只白狐全世界一夜间都知道了，自己的父母活没活着，谁都不知道。好在儿子还经常电话和视频一下，感谢现代网络，这不就天天可以见到了吗，就像没有出国一样，但毕竟还是有点不同，这奇怪的见面，天天见，也天天没见。

"太高了，你们以后不要坐这种热气球，好吓人。"

"没事，现在开始下降了，非常安全的。"

有太大的燃烧的声音，也不知喷出的热气是什么东西，太吵，就听儿子施杰大声说："妈，我寄回的深海鱼油和卵磷脂过几天就收到了……"

"还有，还有，别寄这么多。"她对儿子说。

但儿子只能这么尽孝，他不能回来，他只好寄一些澳洲的深海鱼油啊卵磷脂啊袋鼠皮啊。

关了手机，夏吟荷弯腰问施金教授："还想不想走？"

前面是个坡，无论是推还是走，都会吃力。他想下轮椅，从轮椅上下来还要点技术，还不熟练。而且，他坐下来就不想站起来了，身子太沉，不再是年轻时的运动健将，行动迟缓，好像大病初愈卧床不起的样子。当然，谁的结局都是卧床不起，只要不在心脑血管上出问题，心脑血管疾病会"走"

得很快，也很难说，中风偏瘫的病人也可以要死不活地挣扎十年二十年。

一阵风来，有树叶残落的沙沙声。施金教授拄着拐杖，拨拉着路边草丛，像是在寻找什么。一些蒿子、马唐草、牛筋草、狗尾草、飞蓬。

两个人就这样在林子里慢慢走着，没有说话。回到了自家楼下，正好喊二楼阳台上的小汪，将施金教授扶上去，锁好轮椅，她再去买东西。施金教授吩咐她，中午就带个黄胖子的肥肠盖浇饭。

在黄胖子那儿等两个盖浇饭，小汪路过，夏吟荷就问：“施教授在楼上吧？”小汪说：“好着呢，还给了我一个苹果。”小汪话多，别一口鄂东普通话。她进来跟黄胖子打招呼，黄胖子也是鄂东人，但说一口不三不四的武汉腔，当他把“甜”说成“甜然”时，他鄂东乡下人的身份就暴露了。黄胖子说网上有人说是学校的炒作，故意放一只狐狸，为增加学校的能见度。夏吟荷说学校够有名了，又不是二流三流大学，不会的。小汪就说他们村里也有过一只白狐，住在村外乱葬岗，有路过的男人它就化作年轻女子勾引别人，让男人跟它走，进了乱葬岗，就脱衣挑逗男人，男人一吸它的奶就昏迷了，它就吸男人的血。黄胖子说他听说过九尾狐的事，狐狸有九个尾巴，也是吸男人的血。小汪说他们村那只白狐后来变成了一个支教老师，帮助学生娃子补课，吸他们的血，后来被武装部的用枪打死了。

等小汪和黄胖子讲完，几个食客都张大了嘴巴呆愣，黄胖子过来说：“那白狐也是来喝大学生的血的。”

小汪说：“吸不吸血没哪个晓得。”

有的说：“狐狸是妖兽，不管红狐白狐，都不吉利。”

“倒是蛮可爱的……”有人翻出手机上的白狐图片，指着说。

“那些传说都是乡下鬼扯的。”有人说。

“什么是鬼扯呀，有人看到过，都是有根有据的，我也不会编，不要瞧不起乡下人嘛。”

黄胖子说：“白狐越可爱越出鬼，聊斋电影不是这样的吗？狐狸精一个比一个漂亮。就是太漂亮了，才成妖精……”

夏吟荷提着打好包的两个盖饭离开，不想讲这些事，这白狐把老头子都迷得神魂颠倒的。

小汪也要走，就帮夏吟荷抢过去提装饭盒的塑料袋，说："夏老师您好节约哦，你跟施教授两个几万块钱的退休工资，儿子又在国外，就吃这个？"

夏吟荷说："这个好，这个好。"

小汪他们说到不吉利的白狐不到两天就应验了。之前的一天又有人在情人坡的小道上看见了这只白狐，它不避人，学生给它的汉堡和肉干大都吃了。这只白狐的各种呆萌照片又一次在网上爆红。施金教授不上网，并不知道。不过在夜晚他的睡眠很差，老是听到狐狸的叫声，好像固执地呼唤什么，倾诉什么，这不是幻听。他于是在夏吟荷不在家时的这天上午，又一次鬼使神差地下了楼，挂起拐杖溜达，走着走着又到了情人坡。

白狐最初的惊奇已经退潮，网红就是几天，他走到情人坡时，并没看到多少找白狐的人，只有几对男女散在草地上，或坐或躺，玩自拍。他慢慢吞吞地行走在这个草坡上，风吹白发，挂着拐杖，异常吃力，他越来越感觉自己已经不属于这个学校了，像从一个人间来到了另一个人间，这世界对它非常陌生。他坐在路边那块曾经坐过的石头上，知道学校的学生此时都在教室里，几乎没有闲人。校园和情人坡都是静悄悄的，像是走进了公园的深处。两只喜鹊在树冠上跳跃，发出令人愉悦的喳喳声。还有几只斑鸠，在地上神经质地嘀嘀咕咕。

施金教授坐在石头上，石头有些冰凉，硬，凉气直往骨头里灌。那些坐着的游人视他为无物。一只白鹡鸰飞过来，在他前面跳跃着，尾巴像装了弹簧，它们就叫点水雀。他一抬头，就看到了一个树莞上坐着一只白狐，是白狐，是在别人的图片上见到的那只。这白狐正打着盹儿，也许是吃饱了，身上的白毛在阳光的照射下透明如玉，一根根像霜一样。但阳光拱进它的身子，微微的红晕，让它的身子朦胧如雾。

施金教授不由自主地轻轻叫了一声："阿紫！"他实在是太惊喜了，绿色的草坪和白狐，这种幻觉般的现实，把他一下子推到了过去曾经有过的记忆……厄尔布鲁士雪山……高加索……欧洲最高峰……

"这里，乌云在我脚下俯顺地飘逸，透过乌云，我听见喧响的瀑布，峥嵘赤裸的层峦在云下耸立，下面则是枯索的苔藓和灌木，再往下看，已经是翳翳的林荫，小鸟在鸣啭，群鹿在奔驰……"在那个高原上鼓腾起的无尽的云朵，像大海的泡沫往天空爬升，越过山峦，它们有时就是连绵的雪峰，雪和云彩，变幻着成为令人仰望的高度。那些雪山上融化的雪水，流成蜿蜒的河流，潴积成镜子般的小湖泊。厄尔布鲁士，"闪烁"和"熠熠发光"的"高山"，它的光芒一直在施金教授的心里，像一盏长明灯，幽幽闪烁在心中的某一个角落。

他慢慢地走近它，这只白狐，他的眼前仿佛有些雾，看东西有些恍惚，那只白狐端坐在那儿，楚楚动人，又显得非常孤独，像是等待着有个人去与它说说话。它眼睛睁开了，也许压根儿就没打盹，那双眼睛让你看不清眼珠子，但前面的尖锐的白爪看得真切，蹙着眉，若有所思……这是真的！

他把脚步放得很轻，但他的该死的拐杖碰到了石阶，发出响声。那白狐一惊，跳下树蔸，一下子就没影了。那最后的一团白影，像雪一样融化。他还想着究竟这是真是假，但往树丛跑去的白狐是他真切所见，他不能欺骗自己，他的心怦怦跳着，不会无缘无故，他想大喊："白狐！阿紫！阿紫！白狐！……"

他太兴奋，像个小孩，他快速地追进树丛，没有了，就那么些树。他要回程，赶快把这个消息告诉老伴儿，可惜他不用手机，否则拍上一张照片，那就好了。不管怎样，他真的看到了白狐。

在下坡走过无名湖的十字路口时，一辆送外卖的电动车，一下子撞倒了他。那个大山里出来刚送了两天外卖的年轻人，急风急火地要赶去接单，一下子就撞上了过马路的施金教授。教授本来步履不稳，仰面倒地，头砸在水泥路面上，顿时鲜血直流，昏迷过去。

施金教授在 ICU 重症监护室度过了七天七夜的鬼门关，他醒来的时候什么人都不认识了。他因为脑出血，开颅，缝好后依然昏迷，CT 显示又颅内渗血，又开颅，清理残血。一个八十八岁的老人两次开颅，连他的学生们都不抱希望了，不相信他还能醒过来。但是他醒过来了。他用陌生的、非尘世的眼睛看着老伴儿夏吟荷，他从阎王殿兜了一圈，重又呼吸这个世界的空气，他的身边又围起了许多的学生，教授、博士、硕士，他又看到了窗户外的阳光，看到了树，看到了一些昆虫和飞鸟，看到了蝴蝶——这些鳞翅目的美丽精灵。他研究它们一辈子，他一次次大难不死。

"我是谁？"夏吟荷问他，想勾起他的记忆。

他想了一下，说："卡秋莎。"

夏吟荷听了半天才听清，"卡秋莎"这三个字是谁啊？他吐词含混，三个字，竟然是一个俄罗斯女子的名字，是一个叫卡秋莎的姑娘。她想起来他说过的故事，他的文章里也写过的，在亚美尼亚的高加索雪山下，当他因高原反应突然死了过去，有一个叫卡秋莎的姑娘没有放弃他，给他喂水喝。这个苏联的同事，是他埋在心底的心上人吗？而且是唯一的？

"呵呵，卡秋莎？我是黄头发蓝眼睛吗？我是俄罗斯人吗？"

她的质问和伤心被施金教授的学生拉开了。她坐在走廊里黯然神伤地说："我不生他的气，我只是可怜他，什么也记不住了……"

他们几十年鹣鲽深情，夫唱妇随，施金教授从年轻时就表白，夏吟荷是他唯一的爱，每次接受记者的采访，也说他这一生只爱过一个人，就是夏吟荷，可谁知道他心里深藏着一个俄罗斯女子，一个留学时的同学。如果不是这场灾难，他会把这秘密带进土去，而夏吟荷蒙在鼓里一辈子，夏吟荷真的有点伤心。一个老太婆伤心有什么用？简直是浪费感情。老太婆不必为这种事伤心了，她释然，一个没有了记性的失忆的老年痴呆症病人，让他胡说去。那个心上的卡秋莎，不知老成什么了。

心里咒骂着卡秋莎。邵武在医院照看了几天，邵武的夫人也给夏吟荷送饭，当施金教授终于醒过来，夏吟荷指着邵武问："他是谁？"施金教授睁着一双迷惘的眼睛，摇摇头，只是笑。学校的领导，他的所有学生，他都认不出了。

邵武指着夏吟荷问他："她呢？她是谁？"

"卡秋莎。"

"这是师母，夏吟荷，图书馆的副馆长夏吟荷。"

施金教授摇头。

彻底的失望，一个失忆老头，一个阿尔茨海默症患者。这就是一个鳞翅目分类学家的结局。

"你吃饭吗？"

他的吃饭就是去叫一碗黄胖子的肥肠面或者肥肠盖浇饭，这是天下最恶心的东西，夏吟荷一辈子不吃这个，但是农村出身的施金教授却一辈子好这口。肥肠不就是装猪屎的袋子吗？这也能吃，且吃得津津有味。

"黄胖子店里你想吃什么？"她故意问。

"随便。"他说。他真的什么都不记得了，原谅他吧，可怜的教授。

儿子是在施金教授醒过来之前回来的，ICU病房下了病危通知书，有可能醒来，有可能不行了，脑干出血，回来就是等着办后事的。但施金教授生命力强大，没有死，活过来了，醒过来了，这让儿子施杰也松了一口气。儿子也是六十岁的人了，在国外生活不易，显得比较苍老，头发所剩无几，但澳洲的阳光很好，让他精神不错，还算健壮，满头冒着热气。孙子已经结婚，找了个北京女孩，都在墨尔本。结婚两年，居然没有动静，据说小两口都没有马上要小孩的打算，夏吟荷盼望的重孙看来没影。施金教授不管儿孙们的事，从来都是这样。他的说法是，儿子都很少回国来，还能指望孙子重孙？你爱他们爱得要死，他们能回赠你什么？他们爱咋咋地。尽孝在这样的全球化时代，几乎没有可能，什么尽孝，是封闭的农耕社会的产物。你只给孩子们创造一个好的环境，他们生活得很幸福开心，就是对你的回报了。死了眼睛一闭，谁还记得你，后代有学文科的，写一篇纪念文章算是大恩赐；学理科的，就算了吧，早忘记早舒服。怀念？怀念有什么用？你已经不在了，成了灰一把土一把，所以万事顺其自然。这是施金教授经常劝夏吟荷的话，等于是给她洗脑。但现在，施金教授已认不出他的儿子，可他却乐呵呵的。

儿子施杰面对的是，一个曾经的慈父，如今的失忆老人，阿尔茨海默症患者。但话他还得说，那就是让父母亲到澳洲去度晚年。这有可能吗？夏吟荷和施金教授说过多次，不去，前些年都不可能去，现在更不可能了。澳大利亚去过两次，玩得开心。从堪培拉、墨尔本，到悉尼，到布里斯班，还到了黄金海岸，但那都不如落中山校园自己的这个三室一厅老房子，老楼房、老楼梯、老门窗、老柜子、老床，甚至还有一些她舍不得丢弃的老物件，这才是真正的家。对于施金教授，那些阳台上的各种包装盒才是家的标志。

"如果不去，妈，是不是给你们请一个护工来照顾爸爸的饮食起居？"

病房里到处是送小广告的，施杰已经拿到了几张。他给他妈说："这一家家政公司，我电话问了一下，请个做饭打扫的阿姨，如果和你们一起吃饭的话，一个月三千八。这里写的是住房两室一厅，每增加一房，加一百，就是三千九。再增加一人，就是包括您，再增加两百，也就是四千一百元，做两顿饭、护理、家务，是能自理的，半自理的基础价是四千；不能自理，四千二；精神障碍，四千三……如果把失忆和老年痴呆都定为精神障碍，基础费用就是四千三，再加那个房和人的一百和两百，共四千六……"

"贵是不贵，但现在没这个必要，"夏吟荷说，"我可以照顾你爸，我身体还行。"

施金教授醒来就可以下地了，行走跟车祸前一样，都得挂拐杖，但腿有些僵直，只能在病房里来回走几圈。

"那只白狐害了他，狐狸精狐狸精，哪知道它出现在这里是专门来害你爸爸的……"

"妈，不要迷信了，既然事情已经出了，只能正视现实。"

"你回澳洲吧。"夏吟荷对儿子说。他看到儿子内心的压力，像一个犯了错误的孩子，眼睛里全是内疚。儿子对她来说已经陌生了，相当陌生，仿佛不是自己的儿子，仿佛她与施金教授相依为命的两人生活从来是他们的全部，从来就是如此，她已经习惯。送走老伴儿，然后自己去养老院，就是这样，生活就是这样接近尾声的，也没有什么可抱怨的，对儿子。当初施金教授极力撺掇施杰出国留学，因为他自己是新中国比较早的留学生。施金教授出力出钱，把儿子送出国了，所以这所有的结果，都是自己找的。他说："别人的孩子都出了国，你也应该去，到国外学几年再回来。"可是儿子在澳洲发展得很好，没有了回来的念头，那就顺其自然呗。儿子出去是在八十年代中期，那时工资也不高，没有什么钱资助他，记得施杰出去才一个月就开始打工，几乎没要父母的钱。

邵武和他的学生劝施杰说："施金教授就交给我们吧，你别耽误了你的事。"说是这么说，交到谁的手上，最后还是交给夏吟荷。

施杰回国，看到的父亲因为开颅，头上的白头发稀稀朗朗，像一把掉毛的鞋刷子。因为二次开颅，已经切了气管，脖子上插着管子，醒来后恢复了自主呼吸，但脖子上、头上，都缠满了绷带，他的生存质量几乎为零，只能说他还有一口气。这也许是他此生最后一次见父亲了，就是这样，人生就是减法，亲人们一个个在你的面前走散，消失，然后，你也走散，消失。

推着父亲在医院的小道上走，然后在阳光下，蹲下来帮他修剪指甲，也剪胡子。这个老人像小孩一样温顺，任他摆布，然后他不止一次地问："爸，我是谁？"施金教授看了看他，摇头和不摇头，只是羞涩地笑。他就大声说："我是施杰，从澳洲回来看您的！施杰！施杰！您想起来了吗？"这下施金教授就要坚决地摇头了，说："施杰在澳洲。""我不是回来了吗？""施杰在澳洲。""我就是施杰！""施杰在澳洲。""他在澳洲哪里？""……在澳洲墨尔本的皇家理工大学当研究员。"

施杰真的掉泪了。他指着树上的一只鸟问："爸。那是一只什么鸟？""那是……黄臀鹎。""这种是什么花？""菊苣。""那——""蜀葵。"施杰终于看见一只蝴蝶飞过来了，落在一丛月季花上。他忙让爸看，"那只蝴蝶——""这是红点豆粉蝶。"他能记住这些植物、飞鸟和蝴蝶，但认不出儿子和老伴儿。父亲那一头卷曲的头发那潇洒的形象一去不复返，他静静地坐在轮椅上，把所有自己的余光都含在眼里，望着他前面的虚空。对，前面的他，就是虚空。

擦干眼泪，阳光很好。

在施杰的印象中，父亲是个铁人，是满世界跑的人，不是出差就是开会，很少在家，很少管他。有时候到父亲的实验实去，看到的都是一些蝴蝶蛾子的标本。从他出生记事起到出国留学，眼前这个坐在轮椅上的男人，天天风风火火。他以为，父母是永远不会老的，永远健康的，永远不会失去。这一次回来听到消息，他做好了诀别的准备。哪晓得父亲又活过来了，这等于是赚了，这样安慰自己，不失为一种减轻痛苦的办法。

就这样了，施杰走了，回澳洲了，一切都交给天意和时间。夏吟荷要把他送到机场，每次都是这样，老两口，送了几十年，每次走，进候机大厅、办理托运、进入安检通道时，她都要把儿子的影像录下来，这是她一贯的做法，过去使用相机，现在使用手机。这次还是这样，邵武开车送的，他就走了，要去广州转机。

施金教授回到家里，身体一天天好起来，面色红润，体重增加，食欲大开，这让夏吟荷多少有些宽慰，这就是施金教授长期野外工作打下的底子，经踹，打不死的程咬金。

好了之后竟然还记得那只白狐，他说："我不是回来给你讲我见了白狐么？那只白猸子。"夏吟荷想，是呀，见到白猸子不就出事了吗？

"我正在那儿坐哩，就见那只白狐像个小孩儿坐在树墩上打瞌睡，往那儿走近些，哪知拐杖敲倒了石头，弄出响声，它就跑了。我就寻思着赶快回来告诉你……"

"我是谁？"

"卡秋莎。"

"……好吧，我问你，卡秋莎问你，在回来的路上发生了什么？你还记得吗？"

"没有啊，这不是回来告诉你嘛。"

"比如……被车撞倒，有一辆送外卖的电动车……"

"我不是走回来告诉你的嘛……我是自己走回来的。"

"那你摸摸你的头上……这里……是咋回事呢？"她抓着他的手引导他摸自己的脑袋，那上面开颅的伤疤。

"这是……这是我在四川雅安采集蝴蝶标本的那次一跤摔的，头磕在石头上，没事……那一次我们采集到了喙凤蝶、褐凤蝶和宽尾凤蝶的标本……蝴蝶是大地的精灵，会飞的花朵……"

一切就这么了。

头两个月，邵武和他的学生来得很勤，常送吃送喝，嘘寒问暖，还帮忙打扫卫生。他当然也不认识邵武了，但他记得邵武，他说邵武是他的第一个博士生，他说那一年招收了三个，只有邵武干了当初读博士的本行，其他的要么出国，要么经商去了。

"邵武非常优秀，你们不知道，"他给邵武和他的学生们说，"当年他在新疆认识了一个哈萨克女孩，喝了点马奶子酒，要强行亲那个哈萨克女孩……"

夏吟荷就立马堵他的嘴："施大爷，你讲些什么呀？你喝茶，你喝茶。"她用茶水把他的嘴强行填满："瞎说的，瞎说的，你们不要听，他说的是在苏联时他同事的事，在哈萨克斯坦……"

每当这时，邵武就会满脸通红不自在，虽然师母解释圆话，但两次之后，邵武不仅不敢带学生来，他自己也来得稀了。

有时候，夏吟荷感觉下楼去不便，就到二楼叫小汪，买菜时帮她捎带点菜，然后给她十元二十元的跑腿费，也送她一条围巾、一件已经不穿了的外衣和裙子什么的，让小汪很高兴。有时候，小汪没事来坐坐，跟夏吟荷说说话。

买菜、做饭、打扫卫生，这些活儿对夏吟荷来说，还能过得去，可一不小心，施金教授就要打开门出去，虽说夏吟荷已给他在兜里、在袖口上都绣了自己的手机号码，但还是不能让他出去，就将铁门反锁了。可施金教授非得出去不可，让夏吟荷无计可施，他摇撼着铁门，就像要逃出监狱似的。

"卡秋莎，让我出去，让我出去看看白狐。Катюша, Я посмотрю белая лисица！"

他飙起了俄语，只有放他出去，让他出去死吧，这个死老头子，你就认那个俄罗斯臭娘儿们。她翻出施金教授的相册，找到了一张在高加索的合影，那里的卡秋莎一点特点也没有，穿着一件列宁服，扎着绑腿，头发披散在肩上，是不是金色的看不清。就是这样，该死的俄罗斯卡秋莎，你有什么魅力？

过了好一会儿，她才去下楼找他。这个名声赫赫的生物教授正蜷缩在楼梯下，在别人家放置的一张小板凳上双手抱着拐杖木木地坐着，头上全部是汗水。天色都暗下来了。

夏吟荷见到他，一阵伤感和愧疚，不该生他的气，让他走丢了就麻烦了。如果走丢进林子里更麻烦，一夜会冻死。他的裤腿上都是灰，身上是灰，双手和袖子上全是灰，估计抱着楼梯扶手下来的，谁知道他挣扎了多久。

"回去吃饭。"她对他说。

他耳朵没问题，听到了，乖乖地让夏吟荷扶起来，上楼花了半个小时。她听到他的喘息声就像干渴了一个月似的，像邻居林教授过去养的一匹老狗，被强迫遛狗时发出的呼呼声；那匹老狗的命很长，严重风湿性关节炎，每天林教授都要逼它下楼，它下楼也要喘息几次，走几步就不愿走了，林教授就会哄它，那种痛苦的喘息在这楼梯间重复了七八年，后来消失了，死了，现在轮到老伴儿。听到施金教授的声音，她就想到那只可怜的狗，虽然这联想不好。

打开电热水器，先洗澡，换衣，再吃饭，像伺候一个祖宗。穿好衣裳坐在沙发上，先吃上自己该吃的药片，再给他药片和水果。

拿着削了皮的苹果递给他，故意问："你就不想感谢一下我吗？"

"Спасибо 。"

"谢谢谁呀？"

"Катюша 。"

"……你能回忆起来，你第一次亲吻我是在哪儿吗？"

"在克里姆林宫的红墙边上，头上是那颗高高的五角星……"

他们亲吻了。

"幸福吗？"

"幸福。"

"……那我们第一次上床是在哪儿？"她惊心动魄地问。

"没有，我们没有那样，我们的友谊是纯洁的。你为了照顾双眼失明的导师米契诺夫，终身未嫁，你是一个伟大的苏联女性……"

"噢，这位俄罗斯女子也是个苦命人，那我就放心了。"她促狭地想。

"真的没有上床？你记不住吧，你说了假话吧？你做的事能逃过人民群众雪亮的眼睛吗？"

"没有，我们没有，绝对没有。"

算了算了，打住打住，都八九十的人了，大半个身子入土了，还管他年轻时睡过没睡过外国小妞！这样内心幽默了一下，万事大吉，睡觉。

一宿无话。第二天，小汪来说今天帮她带点什么菜。她就把门锁反锁上了，与小汪一起下去买菜，心情好了，腿就有劲儿。

路上她对小汪说，让她帮找个钟点工，做顿饭和打扫下卫生，得花多少钱。小汪说钟点工现在是五十元一个小时，一天两个小时就行了。钱倒不贵。老伴儿不行了，她也做不动了。于是小汪就打了个电话，是一个家政公司，好像不远，用方言打的，夏吟荷也没听懂。打完了，小汪说："帮你请了一个，是我老乡，我们学校有几家钟点工都是请的她，她姓张，您叫小张，每天就一顿晚餐，再打扫卫生，反正不足一个小时也按一个小时计。"

第二天下午，张姓的钟点工就来了，是小汪带来的，比小汪小，三十多岁的年纪，头上染了黄头发，看起来倒也实在憨厚，尖削脸，还有一个高鼻梁，有点像新疆人，穿一件夹克，自带有围裙、鞋套、水杯。菜已买好了，先做饭，再保洁。这小张手脚麻利，看了菜，熟悉了厨房环境，油盐酱醋的地方，夏吟荷老两口的口味儿，就开始淘米煮饭了，对城市电器、煤气非常熟悉，一看就是在城里做了多年家政的。筒子骨先煮，再放藕，再加作料。炒小白菜。大葱炒鸡蛋。多放蒜子，是施金教授的口味儿。这人一辈子一股大蒜味儿，夏吟荷不仅习惯了，也学会了吃大蒜，但施金教授也学会了喝藕汤，吃热干面。

当饭菜端上桌，小张与夏吟荷老两口一起坐下来用餐时，施金教授突然对桌子对面的小张愣愣地望着，看得小张不好意思，问夏吟荷说："夏老师，施教授是怎么啦？"夏吟荷说："小张，我们施教授身体不好，你都知道，别在意啊。"可施金教授还是直勾勾地看着小张，夏吟荷就提醒老伴儿说："喂，施大爷，吃饭吃饭。这个小张是二楼小汪介绍来帮咱们做饭做保洁的，你这样看人家干什么？"

施金教授说话了，迷惘地指着小张说："你是不是卡秋莎的妹妹叶莲娜？"

"我……"小张睁大眼睛怔怔地对夏吟荷说，"施教授说的啥呀？"

夏吟荷忙摆动筷子："小张别听他瞎说，我也搞不懂。"对施金教授说："先吃饭，施大爷，人家小张专门为你做的弯骨藕汤，还有大葱炒鸡蛋……"

"嗯嗯，卡秋莎，你的妹妹叶莲娜是不是从普斯科夫州来的？"

"人家是从黄冈罗田县来的，罗田县归苏联管吗？"她笑。

"卡秋莎的妹妹住在离普希金流放的米哈伊洛夫斯克才三十俄里地，也就三十多公里，一俄里等于一点零六八公里……"

"施教授有八十八岁了，"她给小张说，又问施金教授，"八十八岁是多少俄里呢？"

这两个老人都有病，小张一定想。她做了两个小时，收了一百块钱就

69

走了。

这是能忍受的，知识分子家庭，待人和蔼，不挑剔，不吹毛求疵，也不防她。有的人家怕东西被偷了，对你脚跟脚、手跟手的，像看一个小偷一样。

家里又恢复了平静，没有什么卡秋莎的妹妹叶莲娜，就是两个很老的老人，安静的屋子，陈旧的物件，电灯亮着，但人影挪动的步子很慢，很轻，像是梦一样的空气，能把人漂浮起来。

"施大爷，你没有想想你的老伴儿夏吟荷去哪儿了？你看见了她吗？"她凑到他眼前、耳边这么问。

施金教授只是笑。

第二天，第二次，施金教授竟拿起了小张的手："你是卡秋莎的妹妹。"他坚定地说。

"我有这么个小妹妹吗？"夏吟荷愤怒地反问。她平常跟他讲武汉话，但她今天讲的是普通话，显得义正词严。她突然想到那个女儿，不死也比她大两轮呀。那个女儿叫施小索，现在想来，施金教授就是想纪念高加索之行的卡秋莎，还美其名曰是求索的意思，永远学习求索。

那是施金教授在二郎山调查蝴蝶的一九六四年，夏吟荷一个人带着两个孩子，一天夜里，风狂雨猛，四岁的施小索竟然高烧谵妄，连连喊着爸爸。她抱着小索去医院，淋得像落汤鸡，可是在去医院的路上就没了气……这是她最大的痛，有时候梦见她，就会悄悄上落甲山，在那个大致的地方去烧点纸和纸衣，算是一种怀念和安慰吧。多年前还有个小土堆，现在被灌丛埋住了，也就不想管它了，渐渐地淡忘了。如果有个女儿，兴许孝顺些，至少会给你嘘寒问暖，但是这都不可能了。

拉着小张的手不放的施金教授简直太失态了，但他是个阿尔茨海默症的失忆老人，他在那儿夹杂着俄语和普通话说普希金，并且能背诵普希金在米哈伊洛夫斯克流放时的诗句，什么"风暴肆虐，卷扬着雪花，迷迷茫茫遮盖了天涯，有时它像野兽在嚎叫，有时又像婴儿咿咿呀呀……"什么"你怎么啦，我的奶娘呀，为什么靠着窗户不声不响？我的老伙伴呀，何许是风暴的吼叫使你厌倦？或者是你手中的纺锤，营营不休地催你入眠？我们喝吧，我的好友，我可怜的少年时代的良伴，含着辛酸喝吧，酒杯哪儿去了？喝下去，心儿会感到甘甜……"还有他过去在青年时代最喜欢朗诵的诗:"我记得那美妙的一瞬,我的眼前出现了一个你,有如惊鸿一瞥的幻影,有如纯美无瑕的精灵。在悲伤绝望的苦闷中,在嘈杂喧嚣的忧郁中,我耳畔传来了你温柔的声音,我梦中出现了你可爱的面容,岁月流逝,雨骤风狂,吹散了往日的旧梦,让我忘记了你温柔的声音,和你那天仙一样的倩影……我的心在狂喜中跳动,因此啊,一切都已重现,又有了上苍,又有了激情,又有了眼泪、生命,还有爱情……"

他的眼睛竟然濡湿了,他深情地、呆呆地望着小张,那个松弛的眼泡,就像一块猪囊脐。难道还能一切重现,有了眼泪、生命、激情和爱情?……

可怜的施金教授,可怜的老伴儿,他把他的浪漫一辈子压在心底,可他从没跟自己浪漫过,出差回来了,走了;走了,又回来了。就是这样,就是这样的生活。走是大部分的时间,家只是两三天的事情,一辈子在研究他的鳞翅目分类。他的学生给他们这些老知识分子总结的是叫"家国情怀"。也罢,就算吧,可怜可敬的施大爷,激情与爱情早就不在了,一具衰老的皮囊,日薄西山。你再次开颅活过来,就是为擎起这不肯毁灭的、久久在心底的激情和爱情啊?

后来小张明白了,就让他拉着。小张上过高中,终于听明白这个施金教授说的什么,她竟然在孔夫子旧书网上给他买了一本《普希金诗选》送给他。

但是小张勉勉强强坚持了一个月,因为施金教授要她每天给他读普希金的诗,给他讲普希金的故事,还要问她一些事,她答不出,让她不胜其烦。施金教授要小张讲米哈伊洛夫斯克的故事,小张就瞎编说,米哈伊洛夫斯克的凯恩,后来就嫁给了大别山罗田县的一个军长,是红四方面军。凯恩跟着军长参加了长征,是唯一一个参加长征的苏联人,后来晋升为将军……

"凯恩是一个商人的妻子,不是你这么说的,凯恩长得很漂亮,我曾经看过她的照片,你哄我的……"然后他自己也不好意思地笑了起来。

小张的离去也与夏吟荷有关系,夏吟荷要小张把染黄的头发染回来,恢复黑色,并且要小张最好穿老式的衣服。小张在淘宝上弄了两件扣襻布衣,夏吟荷又说太差,太难看。当然,她还有另外的原因离开。小张的老公是个不安分的人,觉得在武汉做物流搬运太累,看别人搞抖音搞快手直播赚钱,就商量与小张一起回村里搞直播。小张不同意，她老公就找上了他好吃懒做的表弟一起搞直播。小张老公家里有渔网，会撒网，就在网上搞起了撒网捕鱼的直播，这东西城里人喜欢。三个月才搞了三万多粉，设备花去了一万多，包括电脑、专业摄像、各种辅助设备。有时没鱼的地方还要自己买鱼放进坑里再撒网，一天赚不到一百块钱的打赏钱。在村子里周围十几里地的野塘都直播了，有一天跑到别人家的精养鱼塘撒网直播，被养鱼的塘主抓住打了一顿，打得头破血流，住进了医院，小张只好请假回罗田去照顾老公。

每天，小张来夏吟荷家干活儿的两个小时里，平时冷冷清清的屋子充满了生机，年轻人阳气足，全是正能量。晚餐前后是最美妙的时光，即使超过了两个小时，小张也只收一百元，她对这个研究蝴蝶的老教授非常尊敬，而且家里都是蝴蝶标本和绘画。老教授年轻时在苏联留过学，会唱《卡秋莎》《一条小路》《莫斯科郊外的夜晚》。而她的祖父跟施金教授同龄，一辈子就待在乡下种田，什么也不懂，牙齿都全掉完了，穿力士鞋，差别好大。晚餐以后，如果有时间，她还把施金教授扶下楼，让他坐在轮椅上，和夏吟荷一起，推着他在林子里散步。但是，小张说走就走了。

小张一走，家里又好像空出了一大块，这种感觉几十年前儿子出国留学时强烈地、长久地出现过。每次儿子回来，再离去，那种空荡荡的、惆怅得想哭的感觉又泛起来了。但后来，对儿子不在身边，她和老伴儿都完全习惯了。最早，儿子、媳妇、孙子的鞋子是要留一双放在门口的，哪怕落满灰尘，后来就收起了。有一阵子，儿子想把孙子弄回国，接受一段时间的中文教育，但这个孙子对祖父母没有一点感情，十分孤独，而且老是咳嗽，感冒，要每天戴着口罩上学才会舒服点。他完全无法适应国内的空气，在雾霾严重的武汉，留给他的就是上呼吸道感染，又加上没有朋友，只待了一个学期就回到了蓝天、白云、阳光、海滩的墨尔本。

现在，晚餐后，或任何时候，夏吟荷没办法将老伴儿弄下去散步，只能让他待在堆满礼品盒子的阳台上，遥望着山林中的薄暮和夕阳。

"你还能听到白狐的叫声吗，施大爷？"她问。

他的耳朵也像不好了，奇怪的是他的右脸上的肌肉开始下陷，这是开颅后出现的问题，可能伤害到了什么神经。每当他无法回答时，就会憨厚地笑着，他的脑子转不过来了，它的思维很浅。夏吟荷只想故意这么问，看一个失忆的痴呆老人怎么回答。这是有罪的，阿弥陀佛！

重阳节时学校组织离退休老干去九宫山登高看红叶，来回两天两个晚上，夏吟荷想去，就想到给施金教授做好共三顿饭，每一顿饭菜用碗装好，只需要在微波炉里转动两三分钟热一下就行了。

与小汪一起去买菜时，两人在楼下的花坛边聊了会儿天，也交代小汪，时常到楼上瞄瞄，帮照看施金教授。她说起万一不行的话，现在有好的福利院，他们老两口就去福利院。这想法也跟儿子商量了，去福利院要近一点的，有事可以回来做点菜带去吃。住福利院的好处是施金教授就可以不用管了，不担心走失，一日三餐也不愁。夏吟荷深深感到快干不动了，不仅身累，心也累。

哪知小汪一个劲儿打破说，千万别去福利院，千万别去！她说她过去在福利院搞过护工，如今的福利院只是赚钱，并不管老人死活，特别是老年痴呆的、大小便失禁的老人，就等于到了地狱。她说话是有点夸张，见她说得这么可怕，夏吟荷说："你说的是过去乡下的福利院吧，条件有限，会有这种事，现在你不知道，有很贵的养老院和老年公寓，一个月要上万元呢。"

小汪说："上万元的护工就是这个素质，现在的人只顾赚钱，哪有爱心啊！夏老师，武汉的一些老年公寓一个样，还有以房养老骗老年人钱的。乡下有的福利院真的好差，把老人送进去就是让折磨去送死的……"

夏吟荷说："你看到的不应该是普遍情况吧。"小汪说她在乡下的福利院干过十多年，那些老人都是有儿有女的，可把老人送进福利院就不管了。她是凭良心干活儿，从来不虐待老人。"有的护工偷老人的衣裳，偷钱；如果老人有老年痴呆，有的护工就把他绑在床上，有的大小便失禁就不给老人吃喝，连喝口个水都没有。她说她认识一个老油条护工，很坏，一个老人卧床不起，大小便失禁，她就不给他吃，有一次，三天不给水喝，说了您不相信。我每次去看那个老人，杯子都是干的，毛巾从来都是干的。我给了他一点水喝，马上就尿在床上了，那个护工还怨我多管闲事，你说这样的护工是人吗？生活也差，餐餐吃萝卜青菜，说是鸭子炖萝卜，每人打一块鸭子，还是骨头。我在一个镇上的福利院，院长让年老的院民去养猪，只是保证每周院民吃一顿肉，老人们养了那么多猪，杀了被院长卖的卖，送的送。"

　　小汪说得夏吟荷心情灰暗，心里十分难受。她越说越带劲儿，全然没看夏吟荷的脸色，还说起乡镇福利院的一些奇闻，说老人死前都是有征兆的，说福利院老人快死的时候，身上会冒出许多黑点点，乡下叫土斑。土斑多起来的人就要入土了。一般你发现他身上土斑多了，不出一个星期可能就会死。她说还遇到一个老人，明明脸上一颗痣长有一根长白毛，有一天给他洗脸毛没有了，可这老人能吃能喝，跟没事一样，她观察痣上毛没了，一般不出一周就会死，果然这老人一周后就死了。还有的快死前会浮肿，身上一按一个窝，出现浮肿，不出十天就会死。还有人身上长红斑，紫红色的，叫尸斑，出现尸斑，不出三天就死。小汪很迷信，说一些孤寡老人是前世做了恶人的，他们到死是会"挂标"，挂标就是眼前看到的全是秽物。她说她见过许多挂标的老人，有的挂蛇标，有的挂蜘蛛标，有的挂蜈蚣标。就是给他盛一碗饭，他看到碗里的全是蛇，全是蜘蛛，全是蜈蚣。他如果吃，还吃得脆嘣嘣响，吃得满口是血，满碗是血，后来就不敢吃了，活活饿死……好多老人最后死得好可怜。她说她当了这些年护工，在福利院送走了八十几个老人……

　　小汪神神道道，毕竟是没有文化的乡下人，但她见过这么多老人的死，一定对生死有许多独到的见识与感受，不可不信，也不可全信。按她说，施金教授挂的就是白狐标，白狐勾引他，把自己差点撞死了，不然，他平时根本不下楼的，咋那几天鬼使神差三天两头往楼下跑？跑不动也跑，结果让一辆神秘的电动车撞倒了，那个电动车就是白狐变的……

　　但关于恐怖的福利院的故事，人之将死的种种奇闻，还是让夏吟荷分外惊吓。平时没有时间思考死亡，可是老头子成这个样子，不得不让她面对什么黑痣、白毛、黑斑、红斑、土斑……

　　回家给老伴儿换衣，仔细观察了有毛的痣和斑，一切正常，什么都没有。他还是拖着脚步，在屋里来回走动，他现在没有痛苦了，因为失忆，什么痛苦都没有了。但是生活的问题越来越多，身体的状况越出越多。

　　他记住了小张，他后来叫她小张。小张走了，施金教授却念念不忘，问夏吟荷："今天小张咋没来呢？"

　　夏吟荷就搪塞说："小张不是刚给我们做了饭吃了吗？"

"要给她钱了，小张有孩子和老人在乡下要生活。"

"不是给了她三千块钱吗？你不是看我数的吗？"她说，反正他没有记性。

白天他会昏昏沉沉睡觉，晚上却睡不着，起来，不停地走动，拿着拐杖戳这儿戳那儿，那双棉拖鞋是小张帮做的，说要送给施金教授，是个硬邦邦的生胶底，加上脚很沉，走路拖拖拉拉，每天敲打着楼板，让二楼瘫痪的郎教授睡不安身，小汪也睡不安身。小汪就几次给夏吟荷说这事，呵欠连天，但没有办法阻止半夜爬起来到处走动的施金教授。而且，大半夜他还会摔东西，把卫生间囤水的塑料桶踢得烂滚，还有一次摔坏了他用镜框装裱好的蝴蝶图，他说画得太差了，要打碎重画。

有时候，最恐怖的是，正在酣睡的夏吟荷突然发现有响动，睁开眼睛，一个黑影站在她的床前，像一座墓碑，因为施金教授的身板非常笔直，一动不动。夏吟荷摁亮灯，冷汗直冒，说："施大爷，你、你这是怎么了？"

"我睡不着。你为什么睡到我家的床上？"

这是最糟糕的时候，这是要把人胆吓破，魂吓掉，如果身体不好，会吓得你中风、偏瘫、心梗。但这种极糟糕的时候不多，他身体好时，会像一个正常人那样生活，记得一些事，更多的是远事。他会讲在四川雅安二郎山头磕在石头上的事，讲在高加索昏死过去不能动弹的事，讲在神农架山里，看到过美蒋特务空投的宣传品和降落伞，还有到过残余土匪的帐篷和国民党的军服。他会翻来覆去地说，一连说三遍，跟他的学生一样说，学生们尊重他，不敢打断他的重复，忍受着这个老年痴呆症老师的啰唆，只好恭敬地装着是第一次听讲。

更多的时候他是沉默，坐在堆满了礼品盒子、连脚都插不进的阳台上，一坐就是一个上午或是下午。那个地方每到下午五六点钟，会西射来一会儿阳光，阳光还被树挡着，落到阳台的时间很短，但他会很欣慰，眯着眼睛享受阳光射到脸上的抚摸。其实，他是在打盹儿，而且不会想什么。一个老人，真的没有什么好回忆的，何况心里那么安静，是衰弱的心让自己安静，就像一座长满杂草的老庙。

有一次，他静静地哭起来。问他他什么也没说，谁也不知道他心底想起了什么悲伤，后来他的眼泪干了，没事了。

"你刚才哭啥哩？"夏吟荷给他几瓣丑柑问他。

他就吃，但他像没听见一样。

"你究竟哭啥？想什么？是想儿子施杰还是孙子大卫？还是卡秋莎？"

"……"

"又想在神农架碰上了土匪？"

"可不是。"

"想神农架的蝴蝶？"

"神农架有三尾凤蝶、中华虎凤蝶，是国家二级保护动物，都很漂亮。还有金裳凤蝶，是中国最大的蝴蝶……我捕金裳凤蝶在山里钻了两个月，浑身爬满了旱蚂蟥……标本都在学校的蝴蝶馆里……"

"外面的风大了，小心着凉，你回屋里，施大爷。"

施金教授松弛的眼泡里，汪着眼泪。他是否有一辈子的遗憾而未跟夏吟荷说？是否他在家里的生活都是言不由衷，心不在焉？问题是几十年，漫长的五六十年，他会对一个人虚与委蛇地敷衍过去，假惺惺地应付这种婚姻？那他不是太亏了吗？

已经老成这个样子了，没什么抱怨的了。死都快死，暴露出点隐私也没什么大不了的，一笑了之就好。何况他已经不是一个正常人，他是一个病人。对于一个失忆的阿尔茨海默症患者，他的灵魂早就不在身上而先于他的肉身进了天堂。一个衰老的、没有清醒意识的肉身，就是一架躯壳还晃荡在这个世界上。他真的很痛苦，他自己感受不到了，永远感受不到，只有他身边的人，他的亲人能感受到他的痛苦。何况，他是一个知名教授、学者、科学家。

晚上的秋风一阵一阵的劲厉，被隔绝在门窗之外。他像一个游魂，行走在各个房间。他孤苦伶仃，皮包骨头，颈上的皮就像是一件被扔弃的旧衣裹在那里，风会把这些褶皱吹起来飘荡。他穿上了棉睡衣，棉拖鞋，是夏吟荷强行给他穿上的。

"你又听到白狐的叫声没有？"夏吟荷指着楼下的林子。

他完全答不出了。

自从他两次开颅手术死里逃生，元气大伤。按民间的说法，开肠破肚就是泄了从娘胎里带来的元气，开天灵盖伤更大的元气。但他的眼睛却变得纯净了，就像孩子的眼睛，单纯、天真，他真的返老还童了。

有一次，他摔倒在卫生间爬不起来。夏吟荷外出买菜，等她回来，没有看到施金教授的影子，她到处寻找，门口，没有看到老伴儿脱下的拖鞋，莫非他是穿拖鞋外出的？她四处慌慌找寻，听到卫生间传来了轻轻的哼叫声，进去一看，施金教授侧身躺在地上，裤子脱了一半，有一股浓郁的、令人作呕的粪便味儿，一看，地上、裤子上都有大便。他是因为急于如厕，让退了一半的裤子给绊倒了。

拉起他来要一把劲儿，他毕竟是个男的，虽瘦了，但身体的架子依然在那里，她一个老太婆实在很难。就在地上脱了他的裤子，真的呕吐，扫地，清洗，将他拖到淋浴间里冲洗。实话说，她没有嫌弃过他，这一辈子。一个老人的粪便在坐便器冲了，虽有气味，但还可以忍受，如果是拉在身上和瓷砖上，那种气味就跟死尸的气味没有两样。

欲哭无泪的夏吟荷喘着呕着流着汗，心想：这个臭老头，让卡秋莎爱你去吧，让你们天天朗诵普希金的诗句去吧，让你天天喝罗宋汤吃黑面包……

"施大爷啊施大爷，你怎么成这个样子了，你可不要害我呀……"

埋怨归埋怨，看到他像个做了错事的小学生，垂头丧气地任她摆布、擦洗，心又软了，检查他的腿脚，还好，这就是不幸中的万幸。吼他，唬他，他都一声不吭，他又不是故意的，人到老了就这样了，何况，他没有记忆，他回到了三岁之前。

这一次她累瘫了，她感到她也要完蛋了，要先他而倒下。听见他那美妙的鼾声，看见月光溜进屋里。树影投射到阳台上，树枝几乎扫到窗棂。这荒凉的、无声的、狠毒的、阴险的月光，慢慢变成了葛藤，变成荒草，变成苍苔，要蔓延到他们的房里，缠裹着、啃啮着，将这个屋子占领，填满，覆盖，吞噬。总有一天，而且不远的一天，这就是最后的结局。这些房子曾经住过比施金教授更有名的科学家、大教授，那些民国的名人，他们也不存在了，被月光扫地出门，月光是永久的，它们最后将成为这儿的土人，一茬茬地看着那些人来来去去……

小张再次来他们家做钟点工不到一个星期，夏吟荷的一对耳环怎么也找不到了。这是儿子从澳大利亚给她买的，"澳宝"镶嵌的，七彩宝石，让人爱不释手。虽然不是很贵，但是儿子的孝敬礼物，放哪儿了呢？最后不想推断怀疑的，就是小张拿走了。

小张是夏吟荷央求小汪劝来的，小汪多次打电话，夏吟荷还为小张快递去了给她老公的药品，小张被感动了，小张再次的到来让夏吟荷感到一阵轻松，原来多个人分担就省许多事，毕竟她年纪大了。做饭、保洁、读诗，家里多个人，多了一份难得的生气，但是她的一对耳环却不见了。

小张也没在这儿住，每天回家，是哪天不见的，哪天她拿走的，是上一次她走，还是这次来后，她好问吗？这是不能说的，如果人家没有拿，不是会冤枉别人吗？她的记性也不好了，哪天不见的，她完全没有印象。这事跟老伴儿说吗？就跟石头说一样，他基本不存在了，他不是一个倾听和说话的对象，活着跟死了一样可怜。

又暗暗地找了两天，不排除自己的记忆力衰退严重，但耳环放哪儿，她是有固定地方的，就是床头柜的上屉格里，而且会放在显眼的地方，在左下角。那里面不会乱放东西，有一个小手电，一副老花镜，一些纸巾，空调遥控器，还有一把刀子。不是防贼，是壮胆。人老了，胆儿小，刀子是铁，铁在枕边不远可助睡眠防噩梦。她一生不爱首饰，但儿子买的她戴。后来也戴一天放一天，人老了，对这个兴趣不大了。

几次想开口，想了各种词儿，想问下小张，开不了口。观察小张，还是那么勤快做事，还是热心读诗，没有做过贼的样子，大大方方。她就想找小汪说说，让小汪旁敲侧击去问。这事儿她还是忍不住给小汪说了，她甚至这样说，小张为照顾施金教授很费心费力，又有文化，不应该是那种小偷小摸的人。

小汪听了，说不会吧，小张是个很好很正派的人，从没有听说过雇主家里丢失东西的事，比较厚道老实，不然不会给夏吟荷介绍。小汪好像生气了，意思是给夏吟荷做了好事没讨到好，好像她与小张都是坏人。就说"她若真拿了，那我可不客气了"，取出手机就要给小张打。夏吟荷连忙拦她说："不要打电话问她，也许是我记错了放的地方。"可小汪坚持要打，拨通了小张，劈头就问："你是不是拿了夏老师的耳环？"小张矢口否认并且在电话里大哭起来。两个人用方言吵得不可开交。最后小汪白着脸对夏吟荷说："她说她没拿，用全家赌毒咒，说拿了她全家死光。"

第二天，小张就没来了，五天的工钱也没结，五天五百，这钱夏吟荷交给了小汪，让小汪转给小张，还是希望她再回来。小汪不接，说再也不理她了，等于把小汪也得罪了。

现在，买菜做饭，又得夏吟荷全部亲为。夏吟荷本想找小汪帮再介绍一个，但是小汪有几次都有意躲着她，让她无法开口。

到哪儿能找一个"卡秋莎的妹妹"，而且能给老伴儿读普希金的诗，以平静他内心的烦躁？这样的钟点工可真是稀罕。"澳宝"耳环三千多元，不就三千多吗？就送给小张也没大不了的，这该省去多少事？

做了晚饭端上桌，施金教授东张西望，还嚷嚷着差一个人，说："那一个人呢？"

"谁呀？不就我们俩吗？"

"还有一个。"

"谁？阿紫？"

莫非这个小张也是一个狐狸精？

破碎的月光蹿进屋子，深秋，入冬的寒厉和空寂开始侵入房间。林中落叶萧萧，好像所有的树木都恐惧着，在夜里瑟瑟发抖。

夏吟荷又找了一家家政公司，她的条件就是要高中毕业的，至少四十岁以上的，不染黄发的。但她也希望小张能回心转意回来，她给小张发了短信，小张回了三个字：知道了。但等了一天两天三五天，再没有消息。也是，人家怎么好回？偷了你东西，断定不会回，以为是你设的套子要抓她；没偷，人家窝着一口气，也不会回。就这么，拖着沉重的双腿去买菜。

寒潮和冷雨和北风都一起来到了落甲山，风刮进屋后山坡的林子，落叶像浪花一样在山坡上翻滚，马上被雨水制服了，好像调皮的孩子被一伙人用大棒打下去。夏吟荷打着伞，想抄近路去超市买菜。她想煨藕汤，再买点肉和几兜大白菜。天冷，下雨，就大白菜炖肉，一锅煮，施金教授也爱吃。还买一点干果榛子、核桃什么的，电视上说这些东西能增加记忆力，不得老年痴呆症。风太大，用力撑着伞在山道上走着，突然一阵响动，她往林子扫了一眼，就看见一个白色的影子一闪。她的心一阵突跳，再定眼找那个影子，没有了，消失了，被灌丛遮掩了。还有雨雾，什么都看不清。她的心里一凉，猛然想到，这不是消失的白狐吗？它还在这里！可是一阵风猛然将她的伞一扯，像一只无形的手，要把她的伞生生抽走。她本能地紧紧抓住伞柄，就连伞带人一起带下了路边三四米深的岩坎。

夏吟荷虽说摔下去再不能动弹，右胳膊疼痛难忍，但她头脑异常清楚，知道失了足。她用勉强能动的左手去找挂在胸前的手机，还好，还在，还是亮的，谢天谢地，没有手机，她就会死在这里。她喊了几声，这荒僻的小路上本来就人少，风狂雨猛，她纵然喊破嗓子也不会有人听到。她拨通了小汪，好久小汪才接电话，她告诉她，从路上摔下岩坎了……

当小汪看到夏吟荷时，她正挣扎在泥水里。那里是一个老防空洞的洞口，荒草已经封了门，铁门锈迹斑斑。

夏吟荷摔断了胳膊和腿，最严重的是，下半身失去了知觉。

她在医院里躺了半个月。她的远在郊区的妹妹来照顾她。妹妹也过了八十，而且带着两个孙子。

学校派了人给施金教授做饭，他们的学生也来两边照顾他们。

现在，她虽然不能动弹，躺在病床上，但还惦记着施金教授。医院没有了家里的凌乱，简陋的床头柜、吊瓶、随时叫唤护士的按铃。就这么在病床上，大小便也全在床上，好像一生的奔波劳役结束了，生活变得简单了，都清理了，带着自己不能动弹的身子，来到医院。可她仍旧头脑清醒地活着，只是不经摔。她的生命突然改变了。

她给儿子说她还好，没有时间就不必回了，因为刚回来没多久。她一动不能动，这不能给儿子说，也交代邵武别给儿子说，只是说胳膊摔断了，不是很严重，是桡骨头那儿有点破裂，让他放心。她希望能够恢复，医生说，有了点知觉，但这康复得要时间。

她在病床上，想着在林子里看到的那个白色的影子，也是怪呀，看到这东西自己就摔下了，还一阵黑风。究竟是不是白狐？肯定应该是那个家伙，害人的家伙！让她一脚踏空，成了如今的惨状。是条白狗吗？是个大白野猫吗？是鬼吗？她其实什么也没有看到，老眼昏花，只看到了那么个稍纵即逝的虚幻的影子，就瘫痪在床了。心一阵阵冷，又不可说，现实这么残酷。

半个月之后夏吟荷被拉回了家。学校给她找了个护工，是学校后勤部的，不住她家里，每天做三顿饭，打扫卫生，还要负责夏吟荷双腿和各个穴位的按摩。这是个五十来岁的护工，叫她杨姐。杨姐老实，闷声不响地干活儿，像一架机器，把家里的施金教授收拾得整整齐齐，一尘不染，还做了可口的饭菜，是一个熟练的护工，曾经照顾过学校里中风瘫痪的院士，那院士瘫痪了五年，都没生过一个褥疮。她说，就是要心细，勤翻动，对夏吟荷也是这样。

瘫痪病人的多功能护理床是学校提供的，大半新，一定是别人用过的，现在轮到夏吟荷了。这张冰冷的铁床运到屋里，可以用电动左右翻身，调整睡姿，在容易长褥疮的部位有软垫、气圈等。便盆放在床下，也用一些尿不湿。这样，一个人就回到了婴儿时代。

夏吟荷想到她的外祖母，临终前一两年都是在床上度过的。那时候，就是将棕床剪一个大口，外祖母光着身子躺在床上，大小便可通过剪开的口排泄到床底下，床底下有一个大破铁锅，里面放着烧煤的煤灰。每天，母亲都会为外祖母擦洗身子，然后拖出大破锅，更换里面的煤灰。那时候，夏吟荷还是个孩子，可一晃，就轮到她了，不同的是，她有专人伺候，有设备更先进的床。

夏吟荷那只左手只能稍有动弹，甚至拿不起勺子吃饭，杨姐要给夏吟荷喂过饭才走，她回家去吃，她老公在学校做保洁，她还要回家给家人做饭。她收拾停当，就将门反锁，将这老两口圈囿在屋里，就相当于饲养了两个老人。明天早上等她开门，才开始了这一家的生活。

施金教授似乎明白了，老伴儿夏吟荷在外摔了一跤，导致骨折瘫痪。他会坐在她的护理床前，他甚至不再在半夜走动，有时还帮杨姐去给夏吟荷翻身，擦洗身子和处理大小便，有时还在厨房给杨姐择菜。

等吃了饭杨姐走后，他拉门不开，就去拉冰箱的门。看到剩下的尚有热气的饭菜，端出来，想到老伴儿还没吃吧，自己是吃了，就将饭菜端起来，对夏吟荷说："你还没吃，你得吃点。"

他用勺子喂给夏吟荷吃，夏吟荷紧闭着嘴巴，咬着牙齿说："我吃过了，杨姐喂我吃了！你把它放回冰箱里去！"

"你可不能饿着，明明没吃，没吃会饿出胃病的。"他用勺子撬开夏吟荷的嘴，硬是将一勺子饭菜塞进了夏吟荷的嘴里。

有了一勺就有两勺。这是一场吃饭与拒吃的搏斗，毕竟施金教授是一个男人，加上他心疼夏吟荷，为了不让她饿着，有坚定喂食的决心，锲而不舍地撬她的嘴，强行喂。

"我不吃，我不是卡秋莎！"

"你吃一点，你要吃一点。"

固执的施金教授使出全身的力气来完成他的爱心，他自己张着嘴，希望夏吟荷也张开嘴，他说："你不吃饭我难过，总得吃几口我才安心呢。"

这场战争持续了两个小时，吃几口吧，这个没了记性的死老头，就是个魔鬼，就吃两口，牙齿都撬出血来了，连嘴唇也磕破了，吞咽了几口，再给她水喝。肚子胀得不行，以为他会喂几口就罢手的，可他还是不停地喂。牛不喝水强按头，他竟摁着她的头，不让她摆动，饭和菜弄得到处都是。

"我这是在替那个俄罗斯的白狐受罪。"这样想时恨意袭来。

他坐在床沿，只有一些稀疏的头发，他的颈子耷拉，他用吞咽和咂嘴的动作帮助他喂饭，就像给小孩喂饭一样，可他动作粗笨决绝，她每吃进去一口都会磨出泪来，她只想哭泣。施金教授干瘪枯瘦的手不停地伸过来，像填一只鸭子那样，粗暴地将饭菜塞进她的喉咙，她呛得大吐。她把那些饭菜吐到他脸上，吐到被子上。他不惊不恼，手放在夏吟荷的下巴边，等她挣扎得没力气了，再喂，并把那些吐出来的饭菜捡干净，再用抹布擦干净，等于是销毁了罪证。

第二天，夏吟荷给杨姐说了，要她晚上收拾一下，将剩余的饭菜全部藏起来，或者干脆全部倒掉，不留一点，让冰箱空了。

等杨姐一走，施金教授找过冰箱又去翻箱倒柜，他找出了饼干、沙琪玛，找出了放在床头为夏吟荷准备的奶嘴水瓶，可以躺着喝。

这个没有刮胡楂的、曾经风流倜傥的施金教授，就像个流浪汉、神经病，像个疯子，而且老得惨不忍睹。

"施大爷，你去用剃须刀剃剃胡子……"话没说完，枯燥的饼干就像磨刀石往嘴里塞来。

"你又没吃，你要吃一点……"

他总有办法让她张嘴，无论夏吟荷如何反抗，如何咬牙，施金教授都能将饼干弄进她的嘴里。他不依不饶，掰开沙其玛几乎是捅进她的口腔，还要用奶瓶喂她喝水。

这是恐怖的夜晚，他老是心疼她，恐怖地惦记她，盯着她的嘴巴，怕她没吃。

夏吟荷吐着摆头，她突然剧烈地咳嗽起来，人老了，吞咽功能本来就差，喉咙的协调性也差了，喝口水都会呛个半死，这下，饼干的碎屑呛进了气管，呛进了肺部。她感到快窒息，猛烈地咳嗽，但怎么也咳不出来。她想让施金教授将床摇起来，让她坐着，但她已不能说话，只是咳嗽。施金教授看着老伴儿在咳，脸都咳黑了，额上青筋鼓起，眼珠子也凸了出来，像是母鸡要下蛋。

夏吟荷泪水滚滚，她的头朝向阳台，她呼吸困难，出现了紫绀，她哀求的眼里看到阳台上闪过一个银白的影子，在夜晚的月光里像一堆雪，她看那影子跳下阳台，悄无声息。她吃力地扭头追循着那团白影，那个白色的影子烟一样呛过来，扩大着，漫漶着，覆盖了整个屋子，最后像雪一样盖住了世界。

（原载于《北京文学》2019 年第 12 期）

黑　藻

　　雨打在顶篷上像一个无理的恶人。顶篷上结满了密密麻麻的雨珠子。这些过去盖货的旧油布，现在修船的季节盖着我们。我叹了一口气，把烟头随手丢了。我不知在这发霉的雨季丢过多少烟头，然而这棚子里却使你很难发现烟头。在脚板所不能及的地方哀哀生长着一些发黄的野草，收藏了我大量的烟头、鱼刺以及其他什么丢掉的东西。水从我的棚子里流出去发出潺潺的美丽声音。我穿着印满了桐油的衣服整天躺在床上抽烟或者睡觉。我常常让尿胀得足足之后就出棚外看看天色，也瞄瞄在对面的那条永远修不好也不打算修好的破船。现在破船里住着我的驾长狗鱼大叔和他的女儿黑秀。我不知道这雨季他们在干些什么，有时候我跑过去发现他们并没有闲着，在那破船的厨房里黑秀总有事可干，而狗鱼驾长见了我之后也不叫我坐坐就骂几句天气，他僵着脑壳面壁抽烟的样子迫使我马上出来而不能久留。我丢给他一支香烟就立即出来，手上沾满扶梯上的铁锈。

　　我们的船躺在河滩上。这条船也如此刻我们的心情。它在无休止的雨雾中霉暗着身子，它的身子很多地方都挖掉了，拆开了，艄楼揭去了顶篷。这条船和河滩那些白螺壳两相对照，使我的心更远远地离它而去。

　　河面上麻坑四布，没有一条船的影子好像岁月从此老去。我们的船与河流都失去了桐子油的光泽，我们换上一些什么打磨一层什么再放舟归水，那时候我们又会和一年一度的潮汛一起变得年轻。我们——确切地说是狗鱼驾长和黑秀他们就是这么活过来的。

反正船一年一修。

招工到船业社的两年，我从一条船换到另一条船上。现在我在狗鱼驾长的手下做事。反正我一直倒霉，没有谁欢迎我。狗鱼驾长没有拒绝我是因为社里的安排。他没有拒绝我的另一个原因我很清楚：他的船上正好缺少一个像样的男劳力，而他偏又万般嫉妒而不耻社里那些年轻的男劳力——他们除了喝酒后不是死命呕吐就是为输钱红了眼动棒子刮刀。只要有近身的机会他们就要下手同黑秀打打闹闹，一双双不安笼套的眼睛老是离不了她那抖动的胸脯。而最大的糟糕是这些家伙们存不了钱。有了黑秀就会对养出黑秀的这位主人不闻不问了的。狗鱼驾长是一位胸有城府的父亲。他深知我孤单一人，来到这个单位后目不斜视是因为不敢轻举妄动，而且也相信我半夜摸错了门也不会打他黑秀的主意，我毕竟是这个船业社有史以来的文化人，是与他们完全不同类型的招工知青，是一个他们永远也无法匹配的小伙子。我来到这条船上可以干黑秀不能干的事，黑秀也能安全无恙。这个位置让我占是最合适不过的了。

我爬上这条已被挖得千疮百孔的船，河流的呼唤它听不见，虽然近在咫尺。我站在倾斜的甲板上敲打着一颗颗硕大的抓钉，船上空空如也。河滩上到处是被庞大的船底磨成的土槽，光洁可鉴：很多船都从这儿拖上来又滑下去。这个荒凉的河滩是专为一些修船的人备下的，它有短暂的繁忙和永久的寂寞，而我们却是在这个季节遭遇最不幸的一条。

"拐子没来吗？"驾长问。

"没见着。"

拐子是他的儿子。他有一儿一女。狗鱼驾长披着一张塑料布巡视刚刚开始就被雨季破坏了的工程，他的烟锅里闪烁着一星我心中的希望，红红的。

我说："天气预报说，明天还有小阵雨。"

他没有埋找，一准他也听见了。他有一架肮脏的收音机，那里面的杂音比播音员的嗓子更富激情。

拐子的确没有到我的油布篷里来，我再次证实了这一点。我的棚子里从来不上锁——因为堆有许多船上搬下来的什物、木料和修船的工具，进出取来方便。但是我进去的时候看我的一切都没有被翻动，而拐子每一次都要随便翻我的东西的，这是他的习惯和爱好，而我的棚前也没有留下拐子那根拐杖的痕迹。

我实在惊叹狗鱼驾长突然想起了他的儿子，在吃饭的时候他又说："记住，如果拐子……"

我含着饭洗耳恭听。

然而驾长却认真地去装他的烟锅，他吐浓烟的同时吐出发酸的酒气，我知道他也没什么好说的。黑秀在很响地吃饭。

黑秀的弟弟拐子过去并不是拐子，她的弟弟小时可爱得像一颗土豆。拐子在船上没有家，在岸上也没有家，却很少回船来，偶尔回来时钻我的被窝，把发馊的独脚蹬在我的下巴上打鼾。拐子在有双腿的时候来了一位后娘，这位后娘是被船业社的人称为"吊坎"的女人，这个女人一到晚上就把狗鱼驾长整得死去活来，据说从来没有满足的时候。后来这位纵欲过度的女人带着永远的遗憾死了。在她没死的时候拐子便开始流浪，他九岁就已经走遍了大半个中国，世上的煤灰和土垢嵌进他皲裂得像树皮的手脚。这个小流浪鬼先是到长沙去找一个从没见过面的姑妈，姑妈终于找到了，但由姑妈送回来的时候，便只剩下一条孤零零的腿了。另一条腿留在铁路上。他回来之后还能用一条腿横渡长江。据说狗鱼驾长这一辈子就只在那天没敢喝酒，他跪在他老姐姐的面前，而拐子挂着新修的小桑木拐杖在一旁看父亲的那副模样傻笑。拐子的姑妈走后拐子并没得到什么好处，他的另一条腿又差点被他的父亲和后母打断，他像一条哀哀的狗那样逃跑了，等他回来的时候已是一个小伙子，拐杖吱吱地富有韧性，他的腋窝和手板已经有了令人惊奇的老茧，与拐杖自如和谐地结为一个整体。他的空裤腿掖在腰上，抽很好的烟。他说他进过一百多次公安局；从十三岁的女孩到五十岁的妇人他都干过。他不提细节，因此他很神秘。他的身后经常带着一个绝世的女人，皮肤好得像酸奶，她一上船就说："我喜欢吃放梗葱的炸鱼。"拐子的姐姐黑秀便忙不迭地炸鱼择梗葱。因为这个酸奶女人给她们家增添亮色不少。有了这个女人，黑秀便每天仔细地用香肥皂洗脸和颈子，抹一坨坨面友粉霜。有了这个女人，黑秀便同她讨论衣着和皮鞋的式样与色彩，但是黑秀仍不能穿，不能穿那些精巧的皮鞋，她的脚又宽又肥，她从小赤着脚在甲板上长大。拐子的父亲狗鱼驾长便不仅欢迎这个女人，而且最大限度地容忍和宽容了独腿的浪荡鬼儿子。

我们日日聆听着雨声干一些能在棚子里干的活儿，点燃炉火回炉那些从船板上取出的抓钉，修理索具、跳板，刨砍木料板坯。黑秀在一排钉着钉子的木板上挞麻瓢。

该干的事我们很快就干完了，结果是我仍然守着油布棚子他们住在破船里。

"还要拖两个月，还要拖两个月！"

狗鱼驾长忧心忡忡的，当着他女儿的面骂很粗的话。

黑秀说她愿意。她愿意一辈子待在坡上修船，她不愿意在水上跑。

狗鱼驾长心烦到镇上的茶馆去时黑秀就跑到我的棚子里缠着我打牌。我对牌没有兴趣对她没有兴趣却还是要陪着她打。她的手指又短又粗，甩牌的姿势一点儿都不好看，握牌也蠢。她一边惊叫着叹她的牌运一边跺脚，把棚里的积水跺得到处都是。我想取悦她让她大笑是很简单的，但她笑的时候我心里发苦。我老推脱着往外跑，她便骂我懒屎懒尿多。我喜欢偷牌、藏大鬼小鬼，我喜欢出错牌让她认真地纠正。我怕看她脸上总是泛起的一层油，我怀着歹意想象她被奶罩箍得不再像乳房了的大乳房，她的乳房抵在我那个自制的桌子上像一堆毫无作用的橡皮。有一天，我终于握着一把零乱的牌出去看见了天日，太阳发白地照耀着河面，我舒了一口大气回到棚里把牌交给了她，说："妈呀，解放了解放了。"我把牌交给她，她非常失望地用手拍着嘴打了一个哈欠，说："牌浪费了。牌还是放在你的枕头底下。"

牌是她弟弟拐子的，拐子有很多很多的牌。拐子在长江和虎渡河沿岸的小镇玩一种三张牌的把戏，叫"花姑娘"。这种把戏常常使一些过往的行人因一时的激动而输掉身上所有值钱的东西，他依靠这种骗术为生。常常是打一枪换一个地方，跑生路不跑熟路。拐子回来总是把一些旧了的牌丢在我的床上，使我觉得扔与不扔都有一种心理负担。

我们松动着睡软了的骨头走出破船和棚子。天晴了，该干的事很多。黑秀把有一点亮色的衬衣脱下来，穿上灰得要死的劳动衣服。狗鱼驾长进入一种亢奋状态，在河滩上颠去颠来脚下像安了一个魔轮。

"现在涨水他们船上一月要赚多少？"

驾长砍一下斧头，说一下。

我说不晓得。

"要赚多少？"

狗鱼驾长吭哧吭哧地喘气，使劲拔卡在木缝的斧刃。我在石碓旁边，用一块木片翻动白窝里的石灰、麻瓤，再细细地把黏稠的桐油倒下去。然后像昔日在农村车水一样，我双手扶住车杠，用脚去踏动沉重的石杵。

天气突然焦热得难受，太阳发疯地盯在这寂闷的河滩上。杵下惊起的石灰往这边刮来，辣我的皮肤，呛我的喉咙。汗和石灰搅拌在一起发出一股难闻的臭味儿。河滩上响彻着这种毫无生气的沉闷杵音，形成一种劳动的情调。

我把舂好的桐油石灰一臼臼刮起来，让黑秀去用。黑秀刚一身懒意地从舱里钻出来，她坐下来冲着我傻笑，露出很白的牙齿，一边去咚咚地捶打她的腰。

"腰疼。"她说。

我地震般地踏着石杵，说："搞好事（月经）？"

她说："你个姓陈的鬼，鬼精。"

我说："注意身体。"

没有她父亲在场我可以讲很放肆的话，但这得看我的兴趣。兴趣特别好或特别坏的时候我就拿她开心。那时候我学会了这种玩世不恭虚情假意的幽默。

她跑到破船里折腾了一遭回来，对我说："抽烟。"

我说："你家老爷不许的。"

她说："哼！"

我从石杵上下来，掏出烟，黑秀看了看周围，说："我帮你点。"

我说："怕你家老爷打断腿。"

黑秀便哈哈大笑起来，划燃火柴，我刚凑过去她又把它吹熄。吹了又点，点了又吹，吹了又哈哈大笑，笑过之后才马上顿悟似的捂住嘴。

"喂——"

果不其然，那边威严地喊起来。

"喂——"

狗鱼驾长光着脑袋从一堆旧船板里站起来，像一只蝎子。

黑秀赶快哑了口弯下身去挖泥灰，我又踏动石杵。

好些天，当我的腿劲儿处于崩溃边缘的时候，我真希望这条船就他妈的报废。这条船有如此之多的缝隙和裂痕仿佛永远也填不满似的，仿佛完全需要这种桐油灰泥来捏一条船像捏个面人。

晚上歇凉的时候狗鱼驾长不说一句话。船修了一个多月还不见一点起色。在星光如蚁的河边它总是一副病病快快不省人事的样子，它对五月的汛声充耳不闻无动于衷。狗鱼驾长的烟锅在没有顶盖没有窗户的艄楼里像一星游磷，映照着他那张老脸和这条船的荒凉无期。

我很想劝他，但是我心底里幸灾乐祸。黑秀随便，她无所谓。

但是这条船总是要复原的，只要你执意让它复原。不知多少天以后这条船折腾来折腾去总算像个样子了。狗鱼驾长不想为它大动干戈，船在坡上拖得太久对他家的收入无益。紧接着，我们进入了打桐油的阶段。

驾长以最麻利的手脚行动在我们面前，那时夏天的太阳已经毒到极点，他的干嘴唇含着熄灭的烟锅双手泡在桐油钵里。我们也同样，只有吃饭和撒尿时才能用干抹布擦一擦手。暗旧的船体抹了桐油像注射了激素，吸收了烈日的威风向我们烘烤，显得火气十足。

我爬进底舱给黑秀递去一钵亮汪汪的桐油，自己也端进一钵。现在所有的船缝都被黑秀那双手泥住了，透不进一丝风来，袭人的热浪把我们蒸得浑身是水。我们跪着或躺着在里面涂抹。

"黑秀，好暖和。"我说。

"嗯嗯。一点都不冷。"

"不冷。"

"不冷不冷。"

我突然发疯一样地笑起来，黑秀也莫名其妙地跟着我笑，笑声撞在短短的四壁上没有回声只是让我们头沉。我看到黑秀下坠着腮帮鼓着眼睛右手在船壁上乱动，她的油抹布又神速又一丝不苟。黑秀作为一个女儿是再好不过的了，她从来不敢同父亲顶嘴。狗鱼驾长管黑秀就像管他艄楼里的舵把。这是从小训练的结果。黑秀虽然黑，但毕竟是个女性，她从生下来就没有离开过她的父亲，后来也没离开过她的继母，她在她继母的棍棒和诅咒中学会了忍耐并且懂得让现在的日子忘掉一切，她不敢学她的弟弟拐子用一只腿走遍陆上的世界，她只是河流的女儿，水的女儿。

黑秀已经被汗紧紧糊住了，她的头发像梅雨中的烂草窝，我靠近她的时候闻到了一股难闻的女人酸气。

"还有一钵。"她说。

黑秀在衣服上胡乱地揩着手，从不知哪个地方掏出一块勉强能称作手巾的东西让我擦汗，我也先把手在衣服上蹭了蹭接过来不知擦了擦身上哪个地方，再还给她时发现她衣服上没有口袋，我塞进我的裤兜里。后来我把这个手巾放在桌子上既不想擦鼻子也不想擦桌子更不想洗净了还给她，让她有一天该自动消失的时候便自动消失。

我说："你好大的闷劲儿，哪个敢娶你哟！"

她若有所思地撮了一下嘴，身上极不舒服地动了动：

"我长得不'姐'，我又不到大路上卖。"

她僵硬地抖抖油抹布，我知道我的话刺伤了她使她一下子心灰意冷而我说的是实话。

我说："你健康哟，健康是桩好事，好，好。"

她说："我晓得，我晓得你们喜欢哪种女伢，我们生就不是那种人，我们……"

我说："到你们船上来都脱了两层皮，都差不多的了……"

她说："一到冬天你们又蓄白了啦。"

我说："我羡慕你老爷子的那身皮肤，雨落到上面刺溜一声就滚下去，从不感冒。"

我说："你那老爷子起码要活一百岁，寿比南山，福如东海。"

她说："活长了又怎么啦，活长了害人。"

我说："黑秀，里面的小布褂子箍着舒服吗？"

她又把油抹布往我眼前一抖，露出天真的女性本色来。她没有脾气，她有时有一丝可爱。我爬出底舱，黑秀也爬出底舱，我瞅瞅没有狗鱼驾长的影子便讨好地拉了黑秀一把。我从心底里可怜这个船家姑娘。她想过男女之间的事但是我敢肯定说她想不出头绪来，她怀着一种希望，希望有人来关心她。对于她，别人关心她也好，摆布她也好，是一回事。

给这只船打第二遍桐油的时候，又下了几场雨，使我们的工程断断续续。

这回狗鱼驾长到镇上蹲茶馆认识了一个事务长。

事务长来到修船的河滩提着两副又烂又臭的猪肠子。事务长说猪肠子油厚，事务长说百草都服油。狗鱼驾长把事务长让到破船上泡茶，狗鱼驾长说他就是喜欢吃猪肠子。事务长便大热天抱着个茶壶走遍河滩，检查我们的每一项工程。事务长用手沾了一点船上的桐油，擦在他的皮鞋上，事务长的皮鞋从未有打过油而他的上衣和裤子却很有线条。事务长大概已三十多进四十的年纪，一看就是个读过书不怎么开窍的没落之人。事务长爬到一个阴凉处看黑秀缝外艄楼顶盖的油布，黑秀飞针走线旁若无人手却更灵活。事务长不同黑秀说话只跟狗鱼驾长搭讪说今年四川很可能发大水，说现在粮票不怎么值钱了吃早点不带粮票一样而四川很差粮票几百斤就可以换一个姑娘回来。事务长谈吐不慌不忙，在这儿像老熟人把一条腿架到另一条腿上温文尔雅慢镜头地颤抖。狗鱼驾长光着油亮的头皮说，太阳来了往这边阴处挪挪。

"嗯嗯。"

事务长挪挪又挪挪挤出眼睛来看黑秀有梅花窝的手指和膨胀的胸部。

"添茶吗？"

"嗯嗯。"

事务长也像老熟人似的同我说话，说当年串联身无分文吃遍天下又不明不白从一个中专学校回到老家的故事。

事务长无事可做经常到这里来帮黑秀绾尼龙线，帮狗鱼驾长劈柴做藕煤。

"你好呢，小陈。"

"你好呢，老陈。"

事务长也姓陈，并且反复说他是耳东陈不是禾呈程，并且从上衣口袋里抽出一杆新式圆珠笔在一张纸烟盒背面写出他有毛笔风味儿的名字，事务长写出很多字证明他曾经练过一段时间的正楷，事务长写任何字都想方设法用繁体。

"百草都服油，"事务长说，"就是这样的草用油一烩也像吃豆芽菜。"事务长指指脚下的荒草。于是事务长就提了一副肠子来，狗鱼驾长就指使我和黑秀去顶着毒日打桐油而他便在破船上臭气熏天地洗那些肠子，又在一个煨罐里香气迷人地煨那些肠子。

"是肥肠，"他说，"好烂。"

"自然好烂。"事务长说。

"喝汤吗？"

"喝汤，自然是喝汤的。"事务长让让说。

事务长喜欢把筷子搁在酒盅上，一副欲说又止的笑意，显得气氛很好。事务长抿了酒喜欢把手从鼻梁往下抹，表示酒菜都很满意。

那些天我讨了一点好，每餐都跟着他们吃肥肠喝酒，在酷暑燎人的河滩上，太阳直射，破船的艄楼里有穿堂风，我们中午把酒喝到日影变位，晚上把酒喝到月上篙头。我们三个男人总是烂醉如泥，仙风道骨，说话的时候都不认识对方。狗鱼驾长独压群芳，他喝酒不要谁劝，他脱下被桐油涂硬的衣服光着膀子拍打着蚊子直喝直喝，他喝事务长买来的好酒总是让瓶子老底朝天。狗鱼驾长那破船里的空酒瓶渐渐丰富起来而事务长也随便起来。事务长给黑秀买来了一件很时髦的衣服显得既别扭也不真实，那衣服在她浑势逼人的身上变了个样子。

"黑秀应该学学算盘。"

不知哪一天我们都这样默认了。因为不知是哪一天晚上我看见黑秀坐在破船的桌子旁边，事务长坐在黑秀旁边，一男一女一胖一瘦的两只手开始扒动起算盘来。狗鱼驾长在一旁含烟锅或是听那架杂音很大的收音机或是甩扇子。黑秀学算盘肯定是经狗鱼驾长默许的。事务长肯定能打能吹一手好算盘，而他在这里总要找一点事混着，找一桩能接近黑秀那热气灼人的身体的理由。

黑秀说很困。那几天修船的时候黑秀总说她困。

"学会了吗？"我看着她近日来嘴角处的秘密。

"学了一点，哪能几天就学会了！"她说。她又说："小陈你会？你一定会吧！"

我凄楚万分地说："我会也没有权力教你呀。"

她说："陈大哥说跟我们社李书记说说，让我去渡口卖船票的，陈大哥跟我们李书记关系很好。"

我说："不跟你家老爷子在一起了？"

她说："驾船没意思，驾船没一点意思，驾船讨人厌，讨死厌。"

我说："几时走？"

她说；"八字还没一撇呢，晓得的！"

我酸酸地说："这位事务长大哥对你倒不错。"

黑秀的眼光走了神，黑秀手捶着一根缆柱掩着心事重重犹犹豫豫："你不喜欢我父亲哟？"

我说喜欢，我说我谁都喜欢。

有一天月光很好，狗鱼驾长趿着布鞋到镇上茶馆去。闷热的油布篷里蚊子把我挤出来，我一再钻进水中用毛巾揩背。月光很好很早，河面上还留有晚霞的余烬，我看河面泛动起水波淋熄了紫色。那破船的灯下又坐着两个拨拉算盘的男女。那破船也有蚊子和盛夏吧，然而那两颗靠得很近的头顶着灯光风也吹不进去，成群的水虻叫嚣着穿进穿出如头晕时眼前的点点金星，我在很远的地方看着看得那样真切。破船的短桅直竖，瞎火的桅灯如木瘤在青空结成黑色的剪影。那灯光一线从河滩闪露出来，依然照着远方的荒凉和空旷。河水无声东流，我的目光深刻地自嘲我没有犯罪心理。那灯光终于熄了熄得好快在我的预料之中。一切都没有发生。一切都可能发生。一切都正在发生。破船歪斜着陷在沙滩里剪影如墙。

我把脚泡在水里吹不怎么响的口哨，我不知我的那丝嫉妒有什么意义，这嫉妒究竟怎样发生。

我坐在水边。一只河蚌爬上岸来，很慢很慢。

一块小小的软沙崩下去。

一片月光分成十片月光。

颗星星打碎脑浆四裂。

我想，这月夜如果有人吹笛子该多好。

我想有人吹一只笛子该多好啊这沙滩月夜，我想。

狗鱼驾长很晚才回来，唱着呓语的京腔从河堤翻过，那布鞋沙沙有声。

狗鱼驾长喝了很足的茶在沙窝里撒尿如一群蟹声。狗鱼驾长爬上那破船，黑夜对他无所谓，他熟练得像一个游魂直到破船也把它吞没。我像一个傻子一个无耻的偷窥者夜不能寐。

第二天一早我发现事务长睡得很好，黑秀在准备早餐像一个司空见惯的主妇。那破船上的炊烟直线上升淡薄如云。

我们开始往已经修复的船上搬东西。

我想我那个竹叶刨花垫子要好好晒晒，我想把尖舱布置得像个样子不让任何人光临，黑秀想打牌就见你妈鬼去吧你也不会打牌了；拐子你回来也休想往我被窝里一拱拿臭脚熏我了，你的一只腿集中了你家族中所有的臭气，那船古佬的脚丫子生成是藏污纳垢之所用，铁刨子也刨不光堂。你们全家看不出真实的年纪，那事务长也看不出真实的年纪，他说他分明有了三个小孩。你们是怎样生活怎样生活的啊，你们吃肥肠子，那肠子装过大粪而你们又把它变成。大粪用酒精来加速消化，你们整天在河滩把这些老朽的船板劈掉来煮肠子，你们把过去的船烧了你们没有故居没有回忆全家都是流浪鬼。你们的结局都像拐子，都像拐子用一条腿独立于世。一副肠子买去整整一代整整一代的贞洁竟是与我相同的一代。我真他妈混蛋跑到这条船上来自寻烦恼为一个大字不识的船家女牵挂不安，她现在整装待发在船头梳头，那秀发虽然漆黑却已经被人蹂躏过抚摸过不再值半文钱，晨光虽好贞洁已去，这是她唯一的资本，却让一个供奉肠子的不长胡须的男人代为收藏。

狗鱼驾长对他新修的船痛感满意，他背着沉重的米柜、锚爪、滑车以及其他什么。狗鱼驾长把结余的肠子熏得焦黄挂在漆光闪射的艄楼。狗鱼驾长把造型很好和很不好的酒瓶子一筐筐排列在床下，酒瓶空空地散发着余香回忆起往日破船里与事务长的友情，打一个隔夜的嗝醉眼蒙眬看世界。八月猛水九月秀。八月狗鱼驾长带着一身的酒刺酒足饭饱赶潮头。

我盘坐在甲板整理锚链。船已经下水犹如一条鱼又开始摇头摆尾起来。

这时候，我看见在灼热的阳光下走来了拐子，拐子在启航的时候准时赶到河边。

河滩上光秃秃的，拐子在烈日下敞开着一件衬衫艰难地走着，他的拐杖每一下都深陷在沙子里。他停下一只腿来看了看我们，再接着走。

拐子的父亲狗鱼驾长打开艄楼的门出现了，狗鱼驾长含着烟锅像看一个陌生的乞丐那样看着沙滩上孑然一身的儿子：儿子什么也没有。狗鱼驾长是那么空虚，目光像冬夜。狗鱼驾长坐在艄楼的门口目不斜视，等拐子爬上船头他还一动不动。

"你个狗日的！"

狗鱼驾长说。

拐子含混了一声，瞅瞅我，我瞅瞅驾长。

"你个狗日的！"

声调跟第一句一样，表示他已经气昏了头，说不出什么话了。

黑秀出来了。

"拐子，你也是的，死到哪里去了？"

拐子笑笑，拐子站在甲板用拐杖拨赤脚上的泥沙。拐子的衣裳肮脏得像从土里抠出来的一样，头发里落满了灰尘。拐子揩脸又挖耳垢，一副远行归来毫不在乎的气概，这很能平息船上人的火气。

拐子往艄楼里走去，拐子的衣兜瘪瘪的，印不出一个钢镚子，拐子赖以生存的纸牌也没有了，拐子的后面也空无一人，那个要吃梗葱炸鱼的女人没跟随他来，拐子一个人负责一个人的影子。

黑秀把她的弟弟让到艄楼去，看他抱着凉水一鼓作气地喝，她的弟弟终于喝还阳了，吐了一口气，一屁股坐到甲板上，把空空的裤腿整了整，满头的头发便耷下来，露出精疲力竭的本色。

后来拐子跟我讲他非凡的经历，讲他赢了五辆自行车、二十多块手表以及几十段布料，还有活鸡活鸭，讲他还赢了一个家伙的老婆，那老婆还真答应了跟他睡一夜抵丈夫欠下的钱。说那女人还想跟他私奔而他觉得一夜就够了，第二天早晨跟那女人睡了个懒觉起来吃了那个女人打的四个荷包蛋便溜之大吉。后来那女人去政府告发说他强奸了她，而拐子哈哈笑说强奸还能两人抱着睡一个懒觉吗？然而拐子也终于说出了他这半个月是在派出所度过的，说他越狱了两次都给抓了回去，他妈的这个地方的派出所蚊子真多，那些苍蝇白天也咬人咬得跟夜蚊子一样难受。这个流浪鬼，他说，他喝空了几个酒店，有一天晚上去敲一家没有了存货的店门执意要挖店老板的肉吃，但是后来兜里的钱和纸牌都被派出所搜去了，他从此一贫如洗。这个流浪鬼还说他一拐杖扫倒了五个赖账的乡下人，后来他的拐杖断了他独腿跑了两里才免成刀下鬼。

拐子回来后依然看上了我猪窝似的尖舱而不愿到高朗的艄楼去与他父亲和姐姐同住。拐子这次回来可能要住上一段了，因为在这个地区他已臭名远扬，他的特征太明显，他的三张纸牌的骗术也很少有人上当了，他要等一些时间，很可能要再换换地方。

拐子什么都说，就是不愿提那个要吃梗葱炸鱼的女人，看样子那个梗葱女人一去不复返了，虽然漂亮得像一泡水。

拐子在船上必须得干一些事，因为他的父亲狗鱼驾长经常骂他，骂他吃闲饭。拐子英勇风度已经不行了，俱往矣，一到船上就必须在他父亲的面前俯首贴耳。他的父亲说养他不如养一条狗，一条狗还有四只腿呢。拐子气在心里，拐子因为吃着他父亲的饭，完全像寄人篱下，在这条船上既陌生又没有了活力。拐子的自由在陆地上，虽然他在那里失去了一条腿而在颠簸的船上显然一条腿不够用，但是他已经没地方可去了，想必他已经到了绝境。

拐子在船上很懒，经常躲着抽烟。拐子的烟瘾很大，找他的父亲和姐姐讨钱都是可怜巴巴的。我的烟也不能拿出来，只要拿出来就会完全彻底消灭。而且拐子的饭量不大酒量却无限，每当船停到哪儿他都上岸去找个酒店空喝三杯再数兜里的钱点菜。拐子说："女人和酒。"拐子经常这样说。他的父亲狗鱼驾长总是把酒藏着而拐子总是有本事把它找出来并且喝得滴水不漏。狗鱼驾长气愤至极摔过事务长的几个空酒瓶但摔了还是打酒来。唯一能消气的也还是喝酒，喝了酒就酒气凌人地骂儿子偷酒。这一对父子在酒的问题上永远争吵不休纠缠不清最后双双醉倒在甲板上不了了之。

只有那个事务长来之后，这船上才有了轻松和谐的气氛。

八月，我们的船在虎渡河流域跑。每当我们的船一停靠码头，就会有一辆破自行车和一个事务长及一副流脓滴水的猪肠子候在岸上。事务长有机灵的消息得知我们这条船的行踪。

黑秀没有到坡上去卖票，她只能在船上然而事务长却依旧来。黑秀的算盘恐怕早就忘了，她本来就不需要这些，然而夸了海口的事务长却继续受到狗鱼驾长的欢迎。

这是一定的。

事务长累了些，因为总是路途迢迢风雨无阻，但是他抹鼻子抹嘴依然表示吃得富足。

事务长常常给拐子兜里塞零钱，拐子不好意思但他父亲看在眼里暗示要他接住。拐子便认识了这位事务长，拐子有钱买烟买酒后就不再问事务长的来路。

黑秀缠着事务长要把她调上坡，事务长说他还认识另一个单位的书记，说书记吃过他送去的肠子肚子要黑秀不要太急，心急吃不得热豆腐一切只能慢慢来。事务长是一位乐于助人的男人。

事务长喝过酒之后就到河里洗冷水澡。事务长露出一身白生生的肉来，事务长游得不远，脚总是踩着泥巴看拐子中流击水。我也游得不远，于是事务长就拉我谈话，说驾船的太苦太苦太苦，说我有这么好的水平怎么就招工到这个破单位。当初为什么不让爸爸妈妈活动活动，说河风吹老少年人行船跑马三分命歪船劣马快如风，说驾船的是最没有用的家伙旧社会种田种不下去了受别人欺负了杀妻了输光了才去下河拉纤，说驾船的个个都是孤老即使有家庭也一个个是孤老心，说旧社会沿岸都是院行窑子驾船的是最下贱的嫖客。而且事务长还继续不改初衷坚定不渝地宣传他"百草都服油"的理论。河底下的藻叶很厚很长，事务长说狗鱼驾长就是典型的孤老心，事务长用脚趾丫勾起一撮来拿在手上："这些草简直是浪费，至少没有人发现它的经济价值，如果拿到市场上完全可以换钱。这草不能吃吗？用香麻油一炒煨排骨汤一样鲜。"事务长把藻叶一匹匹涮得干干净净，涮得干干净净之后卷起来又打开，打开又扔到河里。洗净的藻叶在河里慢悠悠地沉浮，沉浮不定，事务长便要黑秀也下来冲凉。黑秀不从，事务长便拉，拉下后便淋黑秀一身精湿。黑秀精湿了现出更大的乳房且明显有了些卜坠。事务长用洗净的藻叶缠住黑秀像五花大绑，黑秀被半怒半喜地缠住。我只好逃跑，逃到一边使劲儿吐唾沫。在夕阳的紫光下黑秀缠住藻叶像一个可怕的水妖，我兀然生出某种预感。事务长不懂驾船的诸多忌讳而我看见狗鱼驾长变了脸。狗鱼驾长在上面大唤："黑秀，上来！"藻叶是一点点都不能近人身的，特别是在水下。藻叶是龙王爷的绳子。索命绳。

黑秀一边去了。黑秀游泳的姿势很好看，黑秀在水里很好看。黑秀像一只水老鼠，黑秀本身就是一只水老鼠。

"日妈。"我很晦气。

拐子一入夜便不再到艄楼去，拐子有时候闷头闷脑，但更多的时候是高兴：只要他握住一副纸牌，情绪就上升，玩给我看要我下注，烟亦可，硬币亦可，牙膏牙刷亦可。拐子稳赢，赢过之后又稳给我。拐子的技术已经到了炉火纯青的地步，然而现在英勇无用武之地了。

拐子掏出很好的烟来让我抽。我就说："陈事务长对你们全家都不错。"

拐子吞吐一口浓烟，用拐杖把底舱戳得咚咚响，忽然说："我要杀掉那个老杂种。"

是指他的父亲狗鱼驾长。

我发冷地说："你讲瞎话。"

"瞎话？哼，瞎话！"

拐子的声音不高不低非真非假。拐子把烟灰死劲儿地弹。一只独腿慢慢地颤，在乌黑的马灯下，他的脸逆光，凸出两颗茫然若失的眼珠，僵硬的嘴角却又射出毫不在乎的神色。这家伙内心存得住东西，处处给人神秘感，不愧走南闯北过。

我惴惴不安地躺在床上，我怀着一种不良的心理兴奋地期待着什么，又怕出现什么。拐子已经打出了很隆重的鼾声。我听见急促的舷水一拍一拍的，有失眠的孤鸥在沙洲鸣叫，世界荒凉如水也丰腴如水。拐子的一句话使我感到了一种古老的仇恨：这对父子的古老仇恨像河流一样叫我百思不解。河流漫漫，月光里流出森严气象，一片恍然多姿。我听着那鼾声渐渐平息，与夜融为一体。

第二天一早，拐子不见了。拐子悄悄地下船又去浪游世界，拐子的拐杖留一串痕迹在沙窝如点点银盅。

事务长又在船尾刷牙，他的牙刷随身带，跟出公差一样。

"嗯……走了，怎么走的，是打酒去了吧？"事务长含着牙刷吞吞吐吐地说。

"这拐子……"黑秀哀哀怨怨。

但是拐子还是走了，去岸上寻他的自由。事务长在闷闷不乐的狗鱼驾长那里感觉到了一点什么。事务长出钱要黑秀去打酒帮狗鱼驾长消气，黑秀说路太远，要我去，我也说路太远。事务长对着空酒瓶口吹了一口仙气，说："拐子走了。"

狗鱼驾长划了很多根火柴点一锅烟，转过头恶狠狠地说："黑秀，你个狗杂种还想到哪里去？你给老子死在船上！你哪里都不得去！日你妈鬼！去哪里，去哪里，进宫做娘娘？！"又似乎冲着天涯海角的拐子："这屋里，不是他死，就是我活，不是我活，就是他死！"

黑秀不吭声，黑秀的脸黑中透灰，灰中透惨。事务长在一边干咳，全身气脉不通，事务长一双眼睛没处放，他说："这不能怪黑秀，这是拐子的事，拐子在船上待不长。"

狗鱼驾长用烟锅磕甲板无计可施绝望地说："都走，给老子都走！走好了，走！走！"

事务长眼睛瞄着我说："这脾气，这脾气。"

事务长待不下去了，事务长要走了。我无动于衷，黑秀也无动于衷。黑秀盯着船帮的流水，不敢看我。黑秀知道她的弟弟这一次出走是冲着她的，黑秀于心有愧理屈词穷。

事务长走了，沿着拐子的拐杖窝，事务长垂头丧气，临行时对狗鱼驾长说："你忙。"

狗鱼驾长欲说又止。狗鱼驾长要我把跳板抽上来与陆地隔绝。狗鱼驾长骂拖轮不准时来把他的船拖走。

黑秀淘米，把几颗米放在瓦盆里细细地搓。我动弹不得，我只好找来一根旧钢缆刷铁锈。

那一段时间，我们的船充满了寡妇气氛。事务长果然识趣不再来了。至少近日不会来。黑秀哀哀地看着岸上，我早知道她的希望是很渺茫的，但是她的眼神自欺欺人地不想让一切都落空。

狗鱼驾长，我想，他并没有过多考虑事务长的许诺，事务长只不过找一个借口能经常来，这种许诺跟他手里经常提来的群蝇逐臭的肠子一样，都是一种工兵式的探雷器，一种形式，牵着一个急功近利的个人嗜好。然而狗鱼驾长陶醉在黑秀——这棵自己栽的摇钱树下悠悠纳凉，悠悠地嚼着肠子且神且仙，狗鱼驾长拴着她像拴着一个鱼饵静静地等候着愿者上钩，而上钩者含着它又把它吐出来，那浮筒子时动时停驾长以为候到了一条大鱼。狗鱼驾长赔去诱饵是否最后剩下一口光秃秃的钓钩不得而知，水下的黑藻很厚是否缠住了他的秃钩，纠缠一阵仅拉起一根什么也没有的断线来？狗鱼驾长也许根本没有意识到拐子的此次出走与他有什么关系，就像这多年没有意识到拐子的那条断腿与他的关系一样。作为一家之主，一船之主，他极力维护着这个家庭和这条船的存在，以他的冷漠、狠毒、专横以及昏庸显示他的地位，证实他存在的理由。狗鱼驾长显然是无能为力的。

"……不来就不来！不来老子安逸！"

有一天在艄楼里传来狗鱼驾长的怒吼，接着有摔酒杯的声音。黑秀在一个角落里抽抽泣泣，不知道黑秀说了一句什么，狗鱼驾长大骂道：

"贱货！生成的贱货！你妈都一样的贱货！"

月色凄迷，黑秀在船上梳理她的头发，她的头发并不好看，但是很长，很长很长。离船不远有一排黑色的鱼栅，鱼栅将月光揉成软泥，一团团沉浸在水上。黑秀看鱼栅而我听见了有鱼想跳出去的水声，那鱼栅旁一只渔火独明的小船寂然不动。鱼栅梳理着流水，黑秀梳理着月光。我终于忍不住向她走去，我说：

"去睡吧。"

黑秀说："你去睡吧。"

我们都无话可说。仔细想想，黑秀原来对我是很陌生的，她坐在船头，她是谁呢。仿佛我们都不是这条船上的人，看那鱼栅我们都似乎是误入歧途。岸在远远的，河心有岛，岛上有树。我忽然对河流产生了一股由来已久的陌生感并且根深蒂固。事务长、黑秀、我、拐子此刻都虚幻在一个世界走马灯似的从岸到水、从水到陆晃来晃去，一切的行动都是鬼使神差没有任何理由。

我说："你还是想走？你不走了吧？"

黑秀点点头，我不知道是什么意思。黑秀不说话，不说话的黑秀突然在月光下很有情调起来，我的心也被一种情绪制约着如水柔波动，我说："拐子已经习惯了在外面混，你们也省去了一份心思。"

她说："不是这个。"

我说明天早晨我要上街去买面条了。她说她也要去买菜。

早上我们就上岸去，我挽着一个大篮子，黑秀跟着我走，有时我也跟着她走。在岸上的人堆里黑秀一看就是船家女子，很黑，走路一飘一飘地很轻便也很浪但又时刻不忘坠地时脚步有声想踩住实处。黑秀跟我一起上街总是拿眼睛瞄着别人对我的目光，那目光不会是很羞的，黑秀便故意靠近我大声说话以引起别人的注意，黑秀内心的痛苦随时都可以忘掉又随时可以唤起来。在菜市场我们买了肉又都同时看到了挂钩上一排滴着臭水的猪肠子。我觑觑黑秀才发现她想极力摆脱某种引诱。我本想说一句"买肠子吗？"，但我终于不敢说就匆匆往河边跑，我们都一言不发沉重万分。我说："今天买的菜算多了。"

她说："又是一个航次。"

这只冷清的船又冷冷清清起锚开拔了。起锚时忙乱了一阵但终归没有什么盼头，守着无边无际的长水看天看鸟看一晃而过的陆上世界觉得岁月就像我们这样流舟无味。

我们装稻谷，装石头，装药材，装硬货干货和水货，我们闯激流越险滩拉纤打锚撑篙抛缆吆风唤雨呼爹骂娘走浪桥。船不过是我的身外之物一如我的生活已经变形，早晨的曙光投着桅杆的影子向我射来，抚摸我苍白的心灵想搅动深处的潭水提醒我已形神枯槁。没有温情插入我的心坎我昏睡百年，在尖舱厚重的黑暗中企求解脱企求遗忘企求过一种既不要欢乐也不要痛苦的梦游生活，人生的节奏好似浪花夜夜拍打我的寂寞与悲哀。我在河流中悬着双腿面临着深渊而河流总是深不可测变化万端。这漂浮的水上活棺材给了我既不能哭泣也不能欢笑的权力，组成找生命的基调让我分担一份河流亘古的痛苦，教会我遗世独立游韧八荒。我们的船经常要堵漏这使我们都有事可干每人准备了一个屏斗，我们的船吃水差水阻力大瘦骨伶仃地缺乏浮质稳质抗沉质适航质和快速质。我们的缆柱被磨得像一朵朵干蘑菇，滑车涩涩哑哑锚掉了一只爪而钢缆都失去了弹性像一些老妇人的腿。狗鱼驾长无滋无味地喝酒经常带着眼屎骂人，可能又怀念起煨得稀烂的猪肠子然而事务长再不见人毛一根。事务长在吊狗鱼驾长的胃口吊黑秀的胃口或是去找电线杆上的治阳痿广告去了？事务长没来但是有一天拐子又回来了。

有一天，我们的船停在一个长长的半岛边检修，我们为这只营养不良疯疯癫癫的船伤透了脑筋。狗鱼驾长保护它像保护独儿一样，抛下首锚又抛下尾锚，并且在桅尖挂上了一个篾制的黑球向世界宣告这只船正在抢救。我们在荒岛上煮饭，那炊烟袅袅实在有几分野趣。

那天，我们正在甲板上拼命砍木板，忽然看荒岛上惊起一群鸟雀，野草摇摇晃晃。等野草摇摇晃晃到这里的时候，草丛间出现了一个人，这人光着脑袋，面目干黑，衣衫破碎，但是那根拐杖和单腿我们都认得又不敢认：拐子出现在我们面前。拐子看到了这个熟悉的黑球。拐子这次是从派出所里逃出来的，拐杖都走短了一截。拐子又是在无处容身的情况下归来的。他现在呆呆地看着我们，他的年纪看起来还是很小，却那么可怕，直视你时令你毛骨悚然，好像藏身多年的野人。

在这个荒岛上，他们一家没有说一句话。

他的父亲仿佛一下子苍老了许多，他似乎闻到了儿子身上的一股异味儿，那异味儿完全不应该来打扰他的，完全不属于这条船，带着叛逆和险怪。狗鱼驾长看到了这个虎视眈眈的儿子眼里的那种仇恨，狗鱼驾长想要那种仇恨的目光变成他所喜欢的求恕和卑从，狗鱼驾长不认为他得罪了儿子什么而儿子却完全违背了他所有的意愿。终于，拐子认输了，拐子的眼皮垂落下去，拐子像一条呻吟着趴伏在地下的丧家之狗，露出一副乞怜惨相。拐子把眼皮关闭而嘴角却依然是固执的。拐子把凶野之火压向内心，把它圈住，故意对父亲的责骂表示漠然，也许他的确是山穷水尽了，他只能回来，因为他是从派出所逃跑的。

拐子惊恐未定地坐在甲板上，拐杖当凳。拐子一连吞了三大碗饭，他也许很久没沾筷子了，像一个饿死的饕餮鬼。拐子终于说："妈呀。"

黑秀看着自己弟弟的这副惨相，眼里含着怜爱和迷惘。拐子摸摸肚皮就跳下河去，舒舒服服地洗了个澡。拐子坐在荒岛上拔一根芦芽，吹不太响，但拐子回家后总算有些自由自在了。

"你这下给老子老老实实驾船，你想干什么事，你干得好什么事？！"

狗鱼驾长对儿子说。

这一家的重新团聚使我多少有些慰藉。我干活儿尽量地卖力，尽量地听从狗鱼驾长的调遣。我对他们家庭的关心超出了我自己的意料，我有时发觉自己好像成了他们家庭中的一员，他们的情绪直接影响我的情绪，我不再无所事事，心不在焉。我与他们同呼吸共命运。

八月的最后一河猛水下来了，暴雨一连下了几夜，河上的泛滥标到处设置，天昏地暗，潮声如雷，影影绰绰得让人不得安宁。

狗鱼驾长对他的船一修再修本来就够恼火的了，这天气使他整天龟缩在艄楼里嘴吊烟锅脾气变得越来越暴，他不想看见拐子不想看见黑秀也不想看见我。他说现在兜里都空了都白吃干饭干不了一点事。荒岛上雨流如注船边的水浑浊不堪，狗鱼驾长经常光着头把自己淋得精湿在几米长的船上转来转去，踢踢靠球踢踢缆绳跺跺船板像一头困兽。拐子躺在我的床上闷不作声。我邀他打牌也动都不动，说："赌钱，不赌钱没味儿。"他知道我不会赌钱他也就不能进入亢奋状态，那外面甲板上他父亲摔东西的声音搅得我们心绪全无。我说："派出所不会再找你的麻烦吧？"

他看着舱顶上的缝隙，很久说："唔。"

我说："被子都湿了。"

他说："我不怕他们。"

我说："派出所吗？"

他说："……嗯，也许是的。"

天黑下来了，拐子翻了个身，他一只腿显得很笨拙，床上接连发出响声。我说："好大的雨。"

他含混不清地呓语了一句什么，在沉沉涛声中睡去了，雨打在舱顶上如一群无休无止的长舌妇。昏暗的马灯轻轻摇晃着，光影斑驳，照着在自己船上也像无家可归露宿街头的流浪鬼一样的拐子。

我看见他旁边的那根拐杖——他流浪的唯一伴侣，也疲惫着也坚韧着，木胎黯黑，像一个饥饿者挺起的几根肋骨。拐杖安静地放在他身旁，跟他一样令人可怜，令人敬佩，令人不可捉摸。

后半夜的时候我被驾长吼起来，一看，拐子早出去了。我爬出尖舱，发现大雨滂沱的甲板上堆着几筒大木。我拢着上衣看到了河面上的奇景：波涛漫漫的水里远远近近漂浮着木头，木头一筒筒拥着、推着、撞着、旋着，成群成堆。这是上游的木排被山洪冲散了，打翻了。

借着河光天光，我看见拐子在水里拖着笨重的湿木，他的水性很好，在水里他非常矫健，像一只水老鼠，一头河豚，时隐时现，时起时伏。

"快下呀！快下呀！"

狗鱼驾长扑通跳下水去，精神抖擞地帮拐子拉一根流木，狗鱼驾长的声音既低沉又激越，掩饰不住内心的惊喜：这是一笔横财，像这样的机会是千载难逢的，我过去听说过。我忽然也被一种新奇和神秘激动了，我跳下水去。黑秀在船舷边用钩篙候着，镢住了便往岸边拖，船上抬。

"喂，拐子！"

狗鱼驾长在水里严厉地吆喝。我划着水，我在水中看河面像一张被风鼓起了的幔布，我瞅准机会，抓住一根从我身边冲过去的木筒，那木筒差点带住我往下游漂去，我稳住木筒，用一只手划水，又要避开横横竖竖向我撞来的流木。我好容易把这根木头推向岸边，黑秀随即拿过缆绳来，我把一头拴住，同她一起拉到坡上，再慢慢地从跳板滚上甲板。

我在甲板上喘了一口气，看着这些木材，都是上好的松木和杉木，它们现在没有了主人，谁捞住便是谁的。然而这段河上再没有谁，只有我们这条船，荒岛上连老鼠都藏在地缝里了。

我们反反复复地下去，抓住那些一旦流过就会无影无踪了的浮财。这需要勇气和冒险精神。拐子的头已经被砸伤，狗鱼驾长的手划出了几条口子，血堵住后那肉在水中泡得发白了，伤口翻着已经不晓得疼痛。

我们坐在捞起的木头上歇气点烟，湿手湿嘴吸一两口就得马上扔掉，狗鱼驾长不许我们休息，说快没有了，都流到了下游不知要让哪些家伙们发财。然而我们已经捞得够多了，我们一个个都面色乌青，干瘦的拐子光着头像一颗秋西瓜，他只有一只腿比我们更累。

"喂喂！"狗鱼驾长举着伤手又跳下去，像一头江猪子一拱一拱好古怪。

我们看着狗鱼驾长又拖住了一根。我和拐子都没有下去，不知是他影响了我还是我影响了他，我们，还有黑秀坐在船上，狗鱼驾长拖过来从浅水里爬起，淤沙把他搞得腿软人歪，黑秀站了好一会儿才抖着湿衣裳跑下去帮他用绳子拴。

狗鱼驾长气呼呼地上船，筛着浑身的水珠子站到我们面前，他完全像一头怪兽了。此刻我们都在雨里。他突然闭住嘴不骂，站在我们面前像冻僵了一样，他显然看到了我们难看的沉默，三双眼睛交叉后都发现了对方的陌生，对方的相貌古怪，丑陋不堪。我们实在抬不动脚了，我们站起来，我们想看看狗鱼驾长究竟要把我们怎样。

然而怎样都不怎样。

狗鱼驾长的目光畏惧了，觉出了我们的敌对情绪，感到了他地位的危险和失效，特别是在这时候。

天光已经有些开了，河面上布满了凝重晦暗的青色。我浑身的肌肉和骨骼都疼痛难忍，特别是背脊，好像有人踹过我一脚，我几乎快瘫软下去，但是我跟拐子坐在一起面对狗鱼驾长我必须一动也不动，我必须像一具无生命的雕塑漠视一切淡化一切而又必须是一个清清楚楚的实体矗立在狗鱼驾长面前。我斜瞅了拐子一眼，拐子的头不知什么时候耷下去了，他很不自然地揉着头皮上的伤，一只手扳起脚趾头来。

"下去，拐子！妈的！下去抢呀！"

狗鱼驾长使出平生的力气喊。他此刻的命令才真像命令，他找到了对方一个非常虚弱的突破口，他用这种声音暴露了他的惶惑、恐惧和毫无力量的绝境。他无地自容却要把别人赶下去，他虚弱也同时去对付另一个虚弱的人，他疯了却想逼疯另一个情绪坏到了极点的家伙。

拐子站起来。

拐子一条腿金鸡独立。

但是这个家伙在我的意料之外决断地张臂向河中一跃，像一只青蛙无影无踪了。拐子从很远的地方探出头来，他没朝后头看一下，义无反顾地向前凫动。拐子划水的动作富有灵气，也许他本该只需一条腿，在这条他祖先的河流上。他运用自如了这条腿，把它当作舵和鳍，他的身子具有先天性的浮力寂寂无声地游向大河深处。

这时天光大亮，青中带黄，拐子继续向前游着，对身旁匆匆流过的一些小木筒看也不看一眼，他拨着水，前面有些更大的原木，他也许想下水一次就捞一点大的，以向他严厉贪婪的父亲显示他的力量和胆气。也许他需要来一次发泄，从精神到肉体，他都憋不住了；也许，他是屈从了父亲的驱赶，在那种淫威下山穷水尽，走投无路。

他还在向前游动。

我非常紧张，我的心一下虚脱，肠胃下沉。我和狗鱼驾长，黑秀都在船上，我们都望着河面，河面只有拐子一个活物。

拐子抓住了一根大木筒。

拐子扒在木筒上。

拐子的一只脚击出一点水花。

拐子的头像一颗被水泡软的葫芦。

黑秀把头发紧紧绞住。黑秀冷得浑身发抖。

一只鸟从荒岛上飞起来又被雨击落下去。

狗鱼驾长眯缝起眼睛。

狗鱼驾长的裤腿又大又肥，脚和趾头像龙爪菊，歪歪地蹬紧在甲板。

狗鱼驾长的头收缩着，如谛听什么的乌龟。桅尖上早已发白的小红旗像卡在篱笆上的鸡翅膀，拍打拍打。

这时候雨忽然更密集地下起来，砸在我们身上和甲板上咚咚有声，雨雾如妖雾腾起，人织在雨中，雨织成青色，青乌乌地又回到傍晚。我侧过身看到狗鱼驾长的口张开了，脸拉直了，喉咙被什么深深地掐住。我惊悸地甩过头，天！好壮观！像从天上流落下来的无数天神天器，河面上突然布满了流木，没有边，没有际，没有尾。

流木在滚动着。

流木压碎了隐雷涛声，暴雨直下，整个河流骤然沉入荒寂。

流木滚动着。无声但有力。

那一排排在天意的安排下列队而来的流木，使我突然想起了拐子走上铁路的铁轨，那铁轨最初咬断了他的一条腿。现在这铁轨又从神秘的远方铺来，追踪他，围猎他，不放过他的另一条也是最后一条腿。

流木在滚动着。互相牵制，左顾右盼，忽东忽西。河流在倾覆，河流在颠簸。潮水忽然漫过荒岛又忽然退向河心，好像河底下有一头巨兽用虹吸管把它吸干又吐出来，吐出来又吸干。

而这时候天地退去，河流的梦突然醒了袒露它的一切：满河沸沸扬扬像万头攒动的广场，无数小巧的妖孽破壳而出，跳荡着，簇集着，神神鬼鬼，如醉如疯，不可名状。

"黑藻！黑藻！"

狗鱼驾长声音发直地喊，像一个白痴。

"黑藻！黑藻！"

那声音一出口就消失了，那声音没有弹性掉入魔鬼鼎沸的狂欢广场像一块石头。河床翻起来了，河底现出来了，翻出光滑的卵石、沉船、动物的骨骼、渔人生锈的滚钩、软泥。巨大的水藻在远远地摆动，跳着魔鬼的群舞。巨大的水藻黑森森地向我们眼前压来。缠住我们，缠住胆敢喊叫的，缠住胆敢动弹的。缠住船，缠住世界。

传说一个船工一生只能见到过一次这奇景。传说没有福气的人是见不到的。

"黑藻——藻……"

最后的声音越来越细了，我看见狗鱼驾长从水中爬起来，抓住满手的泥。这时候雨住了，阳光焦红，已到正午。水面上波光潋滟，白鸥闲飞，水清如碧。狗鱼驾长端坐荒岛，面朝河面，在毒烈的太阳下狗鱼驾长坐了一个世纪一样如一冥想者。他的身上那些纠缠的藻叶晒得枯焦紧贴在皮肤上像一些再也无法抠掉的干鱼鳞。

拐子被火葬了。拐子火葬的时候只用了一个小时，因为少去了一条腿化掉的工夫。拐子的拐杖也投进了火葬炉，是他的姐姐执意要这样的，他的姐姐黑秀说：拐子到阴间要走路，要奔生活。

我回到尖舱，看到拐子只留下了一副纸牌，我洗着这副又脏又潮的纸牌，看清了大鬼是一个玩杂耍的艺人，抛着纺锤似的东西，永远在牌上幽默着。小鬼也是同样一副面孔。大鬼是红的，小鬼是黑的。

在沿岸的一些小镇里，我听到了人们谈到狗鱼驾长和他船上的几个人抢流木碰到黑藻的事情。在那些街灯摇晃的青石小巷里，我感到了那个传奇的真实撼力。

狗鱼驾长现在鼓着咬肌一脸凶狠更认真地在船头船尾忙着干活儿，他有浑身的劲儿无处发泄，他像一头爬坡的骡子，他用眼睛横着看人，他不喝酒的时候也有一股酒气。

黑秀瘦了，瘦了的黑秀比丰满逼人的黑秀更难看。黑秀一到天黑就洗了脚趿着一双自己做的布鞋，倒了洗脚水就钻进舱里哪儿也不去。

"死了倒好！"

狗鱼驾长经常恶毒地骂着拐子的亡魂。而黑秀总是躲在一些角落里承受着这些对活人和死人的诅咒。我不明白狗鱼驾长为什么对他的后代生出这种仇恨来，这种莫名的仇恨对他们父子、父女关系有什么必然的因果？是否与生俱来？这种仇恨作为一种长幼有别的标志是否跟河流与船工一起源远流长形成了不可更移的格局像岁月和历史一样合理？是否没有它，一条船一个家就会解体，就无法上演只有河流和船工们才能演出的悲壮而诱人的传奇？是否这古老的仇恨莫名的仇恨本身就是一种非凡气度，一种壮举，一种慷慨的行歌，一种河流的情调？

然而不幸的事还要继续降临在他头上。命运惩罚他就像他惩罚他的儿女一样。

没几天，船上来了两个政工干部模样的人，那两个人故作神秘，先要我这个局外人避开，关好艄楼的门郑重地与狗鱼驾长和黑秀分头谈话。

两个政工干部不敢学船工在船上撒尿，从艄楼里烟雾腾腾地出来揉着两坨眼屎上岸到野地里去，然后扣着裆扣又上船来钻进艄楼复又把门关死。根据两人当时的态度确定犯罪的程度。政工干部一丝不苟像医生解剖死尸那样深入细致地盘问，然后按黑秀的口供代拟了一份交代，要黑秀当晚过目后在上面签字他们第二天再来取。

我带着压抑的心情走出尖舱，看见黑秀和狗鱼驾长故作无事的样子：黑秀在淘米，捅炉子，狗鱼驾长含着烟锅在织一张罾或是网的东西。然而他们不敢看我。

我惴惴地躺在被拐子空出的尖舱觉得那狗事务长此刻上我们这只船来也好。黑秀和狗鱼驾长现在一定没有了主意没有了依靠。然而真叫人奇怪的是他们完全像无事一般。

第二天一大早，我的尖舱盖就被别人掀开了并且有人朝下面大喊：

"黑秀！黑秀！"

我睁开眼睛一看是狗鱼驾长。狗鱼驾长看了我像没看见一样又喊：

"黑秀！黑秀！"

狗鱼驾长喊到别处去，我马上跟了出去，想问问狗鱼驾长但无法问。狗鱼驾长四面喊着眼睛惶惶不可终日。我说："黑秀呢？"

狗鱼驾长也连连说：

"黑秀呢黑秀呢黑秀呢？"

"黑秀呢？"我的喉咙哽了。

"黑秀呢黑秀呢？"

狗鱼驾长在每个角落找过了又找，翻船板翻碗柜翻锚链，旁若无人地像在找一只耗子或是一只蟑螂。狗鱼驾长已经完全糊涂了但还在行动。

"怕不是失脚了吧黑秀？"

"失脚了？"我说。

我懂得船上"失脚"的含义。黑秀无声无息地就那么失脚了？天哪，黑秀黑秀！

我跑进艄楼去房里找，找床底下，找百叶窗下，翻黑秀的枕头。在她的枕头下翻腾出一团纸，揉得乱七八糟的。我发白着脸展开，那是一份别人代笔的交代材料，我一目十行地跳着浏览：……他说我长得蛮漂亮……说我的奶子很好看……他教我打算盘……亲了嘴……很晚了，我的父亲留他，他洗了脚之后问我父亲："我怎么睡呢？"我父亲说："同床睡，各盖被。"他果然跑到我房里来跟我睡一床。睡到半夜……他把手伸到我的被窝里来，我吓了一跳。先是摸我脚，再摸我的腿……找不让……他又爬到我这头来，跟我亲嘴，我不肯……我父亲没睡，在那边咳嗽，紧隔着一层舱壁，我不敢喊……那个晚上跟他三次……他让我……每次……

最下面一项"交代人"后面没有落下名字。没有黑秀的名字。

这些狗日的政工干部！

我的眼前发黑，船开始摇摆，我扔下这一团乱纸，跑出艄楼，仍看到狗鱼驾长满船窜着喊黑秀黑秀黑秀。

两个搞专案材料的政工干部来了，又唉声叹气地走了。两个政工干部从艄楼里找出那团揉坏了的交代材料，把它抚平，慌慌地装进黑色的公文包里去，连连说：“要把她找到，要把她找到，要把她找到……”

找到黑秀是第三天，在下游的一个河滩上。那里长满了芦苇。那里到处都是浅水。黑秀的长发裹着自己，裹得严严实实，裹得她动弹不得。那长发如一捆绳子有万根解不开的仇结。

狗鱼驾长的眼定是花了，像狼一样哀号着去解黑秀身上的头发：“黑藻！黑藻！”

那是一头秀美的头发，垂齐屁股一走三摇，黑秀靠了这一头头发上街，靠了这一头头发装点她寂寞的少女岁月，她只有这一头头发是美丽的。现在她全身都出奇地膨胀了，腰像水桶，屁股像气球，被事务长称赞为很好看的一对奶子已经被野狗啃得皮筋吊吊……

“黑藻！黑藻！”

狗鱼驾长在浅水里手脚并用拍打水花，狗鱼驾长把头埋进水里去大口吞咽他搅起的泥浆。狗鱼驾长呛着喉咙在芦苇丛中虾米般跌蹿，狗鱼驾长笑得绝望也哭得绝望。

我说：“黑秀走了就让她走吧，拐子在那边也要人照顾。”

狗鱼驾长呆住了，我扶他站起来，说：“回去，驾长。”

他说：“嗯嗯嗯。”

我说：“我说过的，黑秀在水里很好看。”

芦苇稀稀落落地为我们让路。其他的人在后面把黑秀丢进一辆板车，都捂住鼻子。车轮斜陷在河泥中缓缓地挪动。现在已是深秋了，天高地旷，该凋落的已经凋落，该成熟的已经成熟——一切都无声无息干干净净地结束了。

是的，结束了。

云很淡很淡。

我们这条陈旧的船再也不能航行了，我又被安排到另一条船上去当水手。

初春的一天，我在我们船业社的码头上看见了我们的那条船和狗鱼驾长。我们的那条船没有了一点油光，船罅深黑，用铁链缆绳固定在岸边，为阴气所困。船上很多地方竟生出了新枝荒叶。狗鱼驾长还住在船上，守着这条老船。

狗鱼驾长有大量的闲时坐着，晒着刚刚变暖的太阳。潮汛也许快要来了，对于狗鱼驾长，潮汛来了又怎样呢？

我看着他，我害怕看他的一双眼睛。他的眼睛眯缝着，那些死去的人都静静地存放在他的眼睛里，他守着那些亡魂，那些死鬼，那些默默消逝的人。

他时不时动一下身子，露出说不清是船工的机警还是船工的惊恐的残余，那些残余让我记起了他是谁。他一准又碰到了那些黑藻。巨大的黑藻从河中又兜底向他远远地摆动，又黑森森地向他扑来，缠住他，缠住他……他终是有福之人。

"黑秀给你送过一块手巾儿，还……给我吧。"

狗鱼驾长艰难地转过身对我说，要求很急切，并且把一双老船工的僵曲的手伸出来。我迟疑着后退了一步，我实在记不清那一块手巾儿，我更记不清黑秀的相貌了，哪怕我努力回忆，此刻却一点印象也没有。我扶住绞锚车，我抓到了一根车杠。好久，我悲哀地说："时间到了，要开船了，驾长。"

"要开船……了。"狗鱼驾长若有所思地说。

"是的，要开船了。"我说。

狗鱼驾长蹦起来去解一根缆绳，显得脚步不稳。那是一个很久了的死结，他僵硬的手指在死结上拉，久久地拉，久久地拉。而且露出一丝微笑。而且我发现狗鱼驾长的脖子上新添了一圈勒痕，已变成黑色，不能消去。

我离开了。我不知怎么就走向了城郊的火葬场。

我走进布满灰尘的骨灰存放室。我很快就找到了黑秀和拐子这一对姊弟。他们的骨灰盒并排放在一起。

我突然感到膝关节疼痛起来。我想起狗鱼驾长告诉过我一座山上有一种凉膏药，是老道士们用一些鸡血藤加桐油和什么仙丹熬制的，老道士就靠了它在潮湿的山上一辈子住下来，也靠它养活自己——卖给个个都患有风湿关节炎的船工。

拐子和黑秀的遗像在骨灰盒上对我微笑。

拐子也许又去快活地流浪了，拐子也许又去了长沙的姑妈那儿：他寻到了一条自己丢下的腿骨。也许，他现在又退回到九岁时的光景，双脚完好，在长沙的铁路上空踏着无人小站的铁轨，是一个美丽而寂寞的少年。

黑秀呢，黑秀也许又在淘米吧。在我们停靠过的任何码头和任何荒岛，一定有一条过去的船，有她，黑秀。

我从兜里摸出一副纸牌，是拐子留下的。我洗了洗，合在手掌上，看着照片上的拐子，说："玩牌吧。"

我开始发牌。给拐子的骨灰盒发一张，给黑秀的骨灰盒发一张，给我自己发一张。

我发了三圈，发了九张。我把其余的牌都塞进兜里，我一步一步地走出去，仰头看了看外面的天，又闭上眼睛。我把手放在兜里，兜里还放着一本复习的书，高考制度已经恢复了，我要去报考大学。

（原载于《青年文学》1987 年第 10 期）

夜深沉

一

一个人没有故乡，就等于死后没有棺材。隗三户在路上一路这么想。他在网上看过"虎渡河人论坛"，一帮在外的老乡对本地的豆皮子、锅盔（类似烧饼）、鲊胡椒大力推崇，仿佛在家乡每天吃的就是这个，不过是对家乡的一种意淫罢了。

隗三户开着他的二手广州本田从广东回来，已是凌晨一点。他的车在路上坏了三四次，本来十个小时的路程，跑出了十八个小时，人差不多散架了，身上是机油，手上也是机油。在湖南境内，一次爆胎，差点冲进汨罗河中；还一次发动机不明原因地着火，要不是车上有个灭火器，车肯定烧成了一副骨架子。还有，一路开来，减震器的原因，车一路摇头晃脑，蹦蹦跳跳，发出哄哄的猪叫声。若不是换了个减震器，人肯定会疯。一个曾经的农民，现被虚名蛊惑，企图抓回来一把乡人的艳羡和夸赞甚而是嫉妒。让人嫉妒是很开心的事。一个村里老是受人欺负的隗结巴的儿子，冬天没裤子穿的隗三户，在外混得不错啊，竟开着小汽车回来了，这还不牛逼吗？其实，两万多块钱的旧家伙，打肿脸允胖子，自欺欺人，自作自受，这样的破车，没把人害死，还能指望一路跑出奔驰宝马的感觉来？！

自欺欺人的隗三户终于回来了，回来却如走在异乡，没有一点儿回家的感觉，家乡已没有了亲人，房子早卖掉，已经拆了。承包地早就退了。心茫然而虚空，没有坝岸，车不知往哪儿开，人往哪儿停。一阵汹涌的伤感向他袭来，车就慢了，在路上迟迟疑疑。好在路上空旷，半夜三更，鬼都没一个。这个清明才真叫人断魂哩。路上似有游荡的鬼魂，孤魂。是不是自己？自己就是一个孤魂野鬼。车子是热的，自己肯定活着。是鬼魂一阵风就飘回来了，不会一路这么折腾。

　　不过，让他兴奋的是一浪一浪的油菜花的清香，开着车窗，那香味儿就一阵一阵扑来，活像个妖冶调皮的女子，填满了他周围的每一个空间。过去也未曾觉得它的香味儿，只是离开时间长了，对故乡的气味敏感起来。满田里都是油菜，都是那黄色的花，这闹闹嚷嚷的气氛。过去没有过，过去好像没栽种过这么多的油菜，油菜种也没这么好，这么高，这么茂盛。听说油菜籽今年价格不行，忧心的是种油菜的人，对于回乡祭祖的诸多游子来说，这满原野的油菜花和香味儿，就是他们的乡愁，任何惶然不安的心都将被打下去，取而代之的是高兴和激动。如果住在这油菜花海中会是什么感觉？……于是回乡建房的念头被灼灼地燃了起来，更加强烈了。

　　最早的念头缘于他去年的一场大病。是在去年底，死里逃生。医院已下了病危通知书。也不是狗日的什么绝症，脑膜炎，来得陡急，送进医院就昏迷不醒了，身上出现大块紫斑（民间叫尸斑！），血压一度下降为零。他自己反正不知道了。更有甚者，脚趾头一个一个坏死。还能活过来，这只能证明隗家人没做过什么恶事，前世都是好人。当然也可以说是生命力旺盛，视死如归。遭了这一劫，就不信什么卵的迷信了，人已是在地狱门口兜了一圈，花去了五六万，七八个趾头烂光了，走路绝对九晃十荡。三周后出院，不出院这些年在外挣的几个辛苦银子，将要全部贡献给广州医院的GTP。

　　还是说那场病，隗三户昏迷，接着下病危通知书，老婆除了哭，束手无策。平常老婆只是个家庭妇女，一切听他的。没有亲戚六眷在身边，打电话后有一两个老乡来看过，丢几百块钱安慰两下就走了，人家不可能陪在这里，各有各的事。若是隗三户死了，那就像广州的一只苍蝇死了，说不定骨灰还弄不到老家去。等他病好后，他就决定再怎么也要回老家去养老，在外太孤单。老婆也同意，有个什么事，离家几千里，叫天天不应，喊地地不灵的。回家一定要起个房子，现在有钱人都这样，古代在外做官的，官做得多大也是这样，咱家乡的杨尚书，官做到三品了，死了还是葬回来，老房子做得跟宫殿似的。但问题是看能不能把地要回来，特别是要块宅基地回来。

想回来踩青扫墓也是因这场病，想是不是父母的在天之灵在抱怨他，这么多年都不回去看看他们给培个坟，烧个香，磕个头，如此不孝，就不保佑他了。说到此事，特别在这清明之前，几个广东的生意朋友都急急地准备打道回府扫墓。广东人说每年不管怎样都得清明回乡扫墓。人亲自回去，这个是基本要求。当然这也可以说是怀念祖先的一种感情。每年自己虽说没回乡，但也会买一堆数亿元的冥钞烧了，念几句父母的名字要他们来取钱。鬼是随叫随到的，比坐火箭还快。但今年这么糊弄肯定不行了，有一种强烈的暗示，必须亲自回去一趟。这就筹备了买个二手车，假模假样，人模狗样地"衣锦还乡"。病后问过老婆，两个孩子在自己昏迷后来看过他没有。老婆说："伢读书，哪儿来时间看你！"闻此天就黑了。这比死还难受。假如他没醒过来，两个孩子不就连看都不看他一眼就走了？寒心呀寒心呀。如今的孩子与父母感情淡漠，以后老了找什么依靠？决定，再怎么也要回老家养老。虽说没了直系亲属，还有一些隔代的亲戚吧，还有一些乡亲，一些儿时的玩伴，一些小学中学的同学吧。有个小灾小病不缺人来探望，嘘寒问暖，走走串串，就是死了，还能埋在故土上，与父母在一起。人就是这么不争气，不是你想这个，是那会儿迫使你想这个。人他娘的总是要死的，无论是美国总统还是非洲难民，怎么阻挡都没用啊。

眼看就快要到镇上了，突然间发现路中间有一头牛！七想八想的，差一点撞上。以为是看走了眼，定睛一看是真的，还有一个牵牛人。深更半夜的，不让牛归家？牵牛人牵着牛，车灯扫了那人那牛，那牛闪闪发光的绿眼。猛踩刹车，吓出一身臭汗。却突然见那个人甩开牛绳就跑，像兔子一样快；是横着往路边跑的，一下子就钻进了高高的茂密的油菜地里。

"怪事呀，怕我？"

一忽就明白了，牛是偷的，偷牛贼！训练过百米冲刺。

那牛直挺挺地站在路上，一动不动，像个傻逼。隗三户停下车，打开车门，去看个究竟。牛是头水牛，当地也称白牛，红皮黑点，毛色金黄，蹄壳双角锃亮如乌金，四五岁的牙口，眼珠饱满浑圆，亮如宝石，特别是头呈黄色，这可是牛中之王啊。可也这么老实，像咱这儿的农民一样。

怎么办呢，这牛？不能走了让牛丢在这儿，偷牛贼肯定藏在田里，只等你走，他还会牵去。牛定是偷的无疑了，牛不跟人走，就不是自己的牛。心想丢牛的人家还在睡梦里，醒来可要急死了。如今，牛可是庄稼人的宝贝，又到了犁耙水响的时候。等在这儿，等天亮寻牛人来？不行，才凌晨一点多钟，且又饥肠辘辘，又困又乏。这儿也应是咱武家渊的地界了，离镇上也就两里地的样子，必须到镇上寻个旅店过夜，还要弄点吃的填饱肚子，洗个热水澡。这牛咋办呢？那就只有一个办法，车带着牛走。牛是认生的东西，不能在前头走，若是主人可以。拖着牛走？试试。一只手开车，一只手在外牵绳。头伸出对着后头的牛大喊"嘘——"，牛就走了；"喔——"，牛就站住了。不愧为本地牛，还听得懂他用荆州的方言指挥。当农民的感觉就回来了，人也兴奋了，睡意全消。慢慢开，慢慢吆喝，就像条虫在公路上爬动。又不能大踩油门，牛总会犯迷糊，不听话，鼻枒儿都快拉翻，牛桊是黑色的。这么一手牛一手车，要功夫啊，一身汗又下来了。就下车去劝说："你总得回家吧，老牛啊，你妈妈喊你回家吃饭！"——这话是网上的一句笑语，很流行的，就这么喊了，"嘘——"，牛又走了。又大步流星走到了前头，把车拽得一哽一哽的。"喔——喔"！这样拉拉扯扯，走走停停，走到镇上，已是三点多钟。累虚脱啦！

敲开一家临街的宾馆，将车和牛开拉进院子，长着一张搓板脸的老板娘眼瞪得像两颗鳖蛋，说："这、这是怎么回事？"隗三户叫她天亮后报警。问她找吃的，结果吃了"来一桶"，就是来一盅。汤汤水水唤醒了饥饿的肚子，肚子喊声更大，轰轰隆隆的，只好就寝。

梦中混乱不堪，还在路上厮杀。突然被一阵广播声惊醒，是镇广播站的人喊话："哪个村民昨晚丢失了一头水牛，黑色的鼻栓，请到镇幸福宾馆来认领……哪个村民昨晚丢失了一头水牛，黑色的鼻栓，请到镇幸福宾馆来认领……"反反复复。老广播啊，还在啊！播音的也还是那个王站长，声音一点都没变。可隗三户太困，又睡了过去。梦又是急流险滩，天上地下。后来，一阵惊天动地的拍门声，差点儿心肌梗死，一个骨碌滚下床来，搓板女人已将房门捅开，一个驴脸男人就进来了。

"大……大雨书记兄！"差点没破口而出喊成诨名"大驴"。就是本村的书记村长武大雨，还是他小学的同学哩。大驴的脸很有特色，脸长，腿短，小时总是受人欺负，叫他大驴。人还很犟。后来贩猪娃。犟的程度可用"极品"二字来形容。还是小孩时，与父亲犟了，站在冰坑里，整整一天，冻得硬邦邦的，用牛都拖不上来，后来十几个人用锹才把他挖出来。他爹准备用开水把他烫死的，嗬，竟把他烫活了。

"三户啊，隗老板，怎么感谢你呀！"

"感谢我？"

"咱村的牛啊，又回来了！牛跟你有缘，雷锋啊！你咋晓得是咱村的牛呢？"

他知道个鸡鸡，撞上的。

真没想到这么快就跟大驴打了照面。

"哎呀，不客气不客气……清明回来啦。独独我们村没丢过牛，全镇丢得厉害，咱们村一直保持治安先进，综合治理社会治安也是一票否决制，你可帮了我啊，隗总。"

不是应付，好像是真的，真心话。了解他的人才知道，大驴有虚荣心，也是极品。万事都想争个第一。听老乡说村委会的会议室挂满了各种奖励，从中央，到省市县镇，一堆一堆。要不咋叫省劳模、市人大代表呢？不容易，一个猪贩子。

到了楼下，牵着牛爱不释手的老农鸡啄米一样地谢恩。大驴说："谢隗老板。"又给隗三户说："武爱秀的爹哩。"

是同学的爹，这就不用谢了。他哪儿是来要谢的呀，撞着了，瞎猫碰死老鼠，人家扔下的。

"哦，想起来了，三三，三三呀，小时候调皮，又聪明，偷过咱们家的黄瓜掉进塘子里去过……"揭短啦。可是隗三户的心一震，老人叫上他的乳名儿了！

他是三三，他就是三三。这乳名儿有多少年没喊啦，他都忘记了，忘干净了，他还有乳名？心里想哭。一个乳名，把自己和家乡紧紧联系起来了。

"武伯，武伯，不用谢，没什么。"人一激动就想流泪，话就没了。只想着自己的。在外谋生，红尘暴土，凶险莫测，你来我往，就跟斗兽似的，甭说乳名，就是大名也忘了，只是条在滚滚车流中寻路走的狗而已。给武伯递烟，大驴递烟，亲切，家乡，家乡人，故土上。隗三户就说中午请大伙儿吃饭。

"早都没过。"大驴说。（过早：吃早餐）

"我请你们喝早酒去。"武伯拉着书记和隗三户就走，膀子都要拉脱臼了。这老人的一把劲儿！

荆州人有喝早酒的习惯，早晨眼睛一睁，一碗面，二两酒就下了肚。或是一块锅盔，一瓶啤酒，对着瓶子就吹了。打个嗝，吐着酒气，干活儿去。

这一碗面是要吃的，这二两酒是得喝的。牛肉面，辣兮兮，二两"监利荞酒"，绿英英的，苦中带甜，好喝。大驴不喝，说有糖尿病。他脸皮浮肿，神情黯然，嘴唇青乌，是有病在身。前两年大驴去广州时隗三户就知道，但不知多严重。其实隗三户也是不能喝酒的，大病后就戒了。但今天在老家他得喝点。在老家，生命就不重要了，感情重要。

"我呢，三高，血糖，血脂，血压，全鸡巴高了，"大驴拿出一个很细的针管来，"每天自己打一针。有一次在市里开会，在洗手间打针，被抓起来了，还以为我在注射毒品哩，嘿嘿嘿。喝坏了嘛，作死地喝，不喝如今你能办事？这几天，搞我的猪场沼气大项目天天喝得半死。"

"是呀是呀，你的猪场发展蛮大了吗？"

"马虎相，万把头的存栏。母猪加大猪加子猪加保育猪，一起。哪能跟你们在外头比，你们是做大生意的，咱是小农经济咧。"

大驴话中有话。或者只是他多心吧。话中就是两年前去广州，隗三户小气了呗，捐村里少了呗。可当着武伯的面又不好拿出来——他是准备了的，再补捐一点。这肯定要见面礼，再说有大事要求大驴。是捐给村里还是给他本人？模糊奉上。但这要一对一。当着别的人就不好"捐"了。

"我有事要找你的大雨书记兄，什么时候去看看嫂子？"他说。

"不看了不用看，这些天全家都在猪场忙，今年春天荆州大猪瘟咧，别的猪场死了不少猪，我们要严防死守。去年我就死了一千多头……"他轻松地说。在炫耀哩。

二

"三三咧……三三哦……三三回了！……"

进了村里，一路走去，一路亲切的乳名。小伢儿们是不认识了，小伢们可以忽略不计，村里的老人。老人是村庄的历史，是村庄的记忆，变成坟了，也是。泪流满面。大难不死，人就爱流泪了。多美的村庄，武家渊，他是三三，对对，他就是三三，一个在这里有小时记忆的人，隗结巴的儿子，喜欢钓鱼，言语不多，高考不中，有许多烂事儿，老辈子的人还记得。看啊，渊里的路也修好了，田野圹垠无垠，所有的庄稼植物都像潮水一样暴涨。在这个季节，阳光正艳，天空很蓝，油菜花是金黄色的浮金，铺在广大的天空之下，仿佛大地就是一场香喷喷金灿灿的盛筵。而小麦已经有一尺多高了，大麦开始秀穗。细看油菜也开始自下结荚。田野纤尘绝无，烟岚如缕，黄的耀眼，绿的葱茏，整个田野色彩饱满润泽，青春逼人。鹧鸪一声一声，叫声含着水雾。路边的野芹菜蓊蓊翠翠，半夏、天门冬、麦门冬、绿蒿也同开满红花紫花的野苜蓿一起茂盛着。水中的蒲草绿芒初现，榆树从疙瘩里抽出枝条，在阳光下抖擞着透明的叶片。高压铁塔牵着雄壮的手，跃向大地的尽头。坟地里，亲人的祭奠五彩缤纷，生生死死多热闹啊，在家乡，真是热闹非凡生机盎然哩。

自己没家了，去了表哥家。表哥是个老实巴交的人，因为年龄和椎间盘突出总算待在家里了。家里就是两老。女儿在城里跟女婿一起做事。表哥也姓隗，单家独户的，从来不引人注意，住在一个角落里。"武"在这里才是大姓。表哥要他一定住在他们家里。是个陈旧的楼房。表哥说他女儿女婿要他们去城里住的，但家里还有一点田，想种几年再说。表哥说逢年过节都给小爷小婶娘上了坟的，是指隗三户的父母。隗三户谢了表哥，要了把锹就要去父母坟上。表哥坚持要陪他去，他谢绝了，表示他是去给父母赔罪去的，只能一个人去，也是尽个孝道。

从镇上买回的香烛、冥币和清明吊子和一些随祭的物品，一大包，拿好就出门了。空气中传来一股隐隐的畜便的臭味儿，这是过去从来没有过的家乡的气味，让他有些走神。气味来自"大雨生态农庄"，就是书记村长颇有规模的养猪场。这个养猪场非常有名了，至少在荆州地界名声响亮。猪场够大了，少说有两三百亩。囊括了隗三户曾经的责任田和祖传宅基地共十亩五分地。在荆州这地儿上，一亩基本是按一千平方计算的，最少八百平方。这也是祖传的算法。过去的荒洲苇滩钉螺窝，一望无际，了无人烟，祖先们开垦肯定以大计算了。算个整数，不搞小眉小眼鸡肠尺寸，敢来这儿开荒住下的，必心怀阔朗，大气磅礴，舍得一身剐，把命赌上算事。往上溯，这地界紧靠湖南，从湖南来"杀青皮"（就是开荒械斗争场子）的嗨鸡巴多了，虽去了七八代，还是一口湖南腔，有时候假模假样讲点荆州话，但回了家必"妈妈鳖""嬲你娘"，吃重辣椒，唱花鼓戏。话又说回来，湖南湖北是一家，都有匪性，都吃辣，打架都能下狠手。你骂"妈妈鳖"，他骂"娘的逼"。一样的不讲道理，一样的义气为重，一样的说"一炮个"（十个）。两年前，在广东就听大驴说他的猪场存栏就有三四千头了。村里修路他带头捐了二十万。现在这个阵势，这么大的地盘，一排排的猪舍，存栏数肯定一万头不止。还把隗三户的胞衣屋场给弄成了猪圈！胞衣屋场就是埋胞衣的门口，哪儿生，哪儿埋，以便让魂儿锁在这里，不要丢了，记得这里。这是荆州的风俗。

父母的坟也不远。"父母呀，你在地下可没保佑我，差一点让我把命丢了，丢在广东了。"丢下锹就使劲儿磕头，恶狠狠地磕，有点怪罪。"你们的儿子这么辛苦是为谁呢？还不是想让隗家爬起来，让人称羡，给隗家挣个面子！……爹呀娘呀，你们以后可留只眼照扶咱一家了，宝琴、隗龙和隗凤，一家四口！给你们带东西来了，带钱来了，带烟带酒来了，带吃的喝的来了……"一股脑儿地烧，烧得大火冲天，烧得纸灰乱飞。又培坟。坟是表哥培了，十多年来没有坍塌，坟前还有破碗破盘破杯子，这表明表哥是上了饭的。这儿给死人敬了饭菜，是得敲碎碗盘于坟前的，表示亡者受用了。

又是火烤又是挖土，身上就热了，头上有了汗。就坐下来吹风。风是小南风，懒洋洋的，猪粪的味道吹走了，青草泥土的气息来了。父母双亲的坟在一个高岗上，视野开阔，颇有气象。野芹菜长得茂翠可人，娇柔万端，无人采摘。若是弄到城里，那可就不得了，就是金价。一株野樱桃斜长在土坎边，开着粉色的花，异常打眼，仿佛是被遗弃的美人。一些蒲公英的黄花开得明媚动人，坦荡恣肆，两只蜜蜂突然从那里飞走了，像受到了惊吓。高岗下，一片荠菜花开的田野，白白的有如小雪。它们在风中一浪一浪地卷走，又一浪一浪地回来。鬼打伞（漆泽）是墓地的景色，它们为亡魂撑着郁郁葱葱的小绿伞。蓝色的婆婆丁也在这儿凑着热闹。草下的小泥堆是蚯蚓拱出的，神秘有趣。

唔，确实好，这儿，这个地方。儿时的地方。死在这里，活在这里实在好。当初出去是因为太穷，种田负担太重，现在想回是外面太冷。这个清明的热力，这个田野，真好。如果死了，就陪伴在父母身边。城里想想都可怕，一点点骨灰，挤在密密麻麻的公墓里，死了都不得安逸，腿脚都伸展不开。死就是休息嘛，长久地、永远地休息，可不能怠慢自己，委屈自己。最好的位置是家乡，就是这里。这个地方，实实在在的，就是这儿，野樱桃，野芹菜，荠菜，婆婆丁，风，蓝天白云。大口舒气的地方。魂在这里，离胞衣屋场一步之遥的地方。人还能到哪儿去？人只能到这里，在这个地方，在这里生生死死打转儿。生是这儿的人，死是这儿的鬼，谁又不是这样呢？谁又能逃得过这样的结局？

"三三哩，三三喔……"一个老者。来走走的。手上抓着一把草，来找草药的，或是什么也不找，揪草玩儿。他还说："前天还梦见你爹跟我钓鱼，只怕是他喊我去给他打伴儿哩……""呵呵，伯伯不会的，您啷嘎这么精扎（精神），活一百岁。""那成精啦，儿孙们讨厌死的……三三回来踩青好孝顺，难得哩……"声音和人魂一样飘走了。他死了以后，大家都死了以后，他这么喊隗三户，该多好，该多暖和。这个地方隗三户定下了，他不会反悔的！

心里有些急切，就是怎么向大驴讲了，要回田，要个宅基地。事情还扯得很远，怎么向他赔罪，怎么补些上次的捐款？……两年前，人没有病的时候可能有些冷酷，大驴为村里修路到广东去找老乡化缘。一是，隗三户当时确是资金周转不灵，再者也没赚到钱，有时候跟人瞎吹的，喝了二两骚尿，就是百万千万富翁了，老子马上去买宝马的，家里三套房子。那是瞎鸡巴说的，反正吹牛不上税，要人跟你一介农民做生意的，"广广"（广东人）有钱的人又多，当然在家乡人面前也不应输了形象。最重要的是，他认为这辈子也

121

不想回去了，又没了房子又没了田，那是个什么家乡呢？过去大驴爹当大队书记的时候还不是把他爹欺负得半死，那时候武家这大姓是怎么欺负隗家小姓的，隗姓几户人家在武家渊过的是人的日子？把隗家不当人看哩。心里一想就不舒服。就只捐了两千。也有捐五千的，那是武姓人，多数是捐一万两万，三五万也有。可人家说："你隗三户做建材做防水工程做得大呀，你拿得出手？"大驴肯定有想法，当时是怎么想的，由他去，老子又不受你管了，就一个身份证在你那儿，是派出所管的，再说你大驴书记搞得一辈子？总要下的。可现在，你要来求他了，那不正撞在他枪口上？唉！

地是咋没的呢？自己弄没的。

十年前一大批在外打工做生意的人都失了地，跟他一起出来的，基本都不要了。那时的地是个吃人的老虎，张着血盆大口，一亩竟要四百多的税赋，送给人家代种人家也不要。那时也没有这么高产的杂交稻，这么高产的油菜。稻谷也便宜，根本卖不出钱来，刨去种子、化肥、农药七的八的成本，根本赚不到钱，还倒贴，隗三户的田一年就要交近五千块，只好抛荒。钱村里还是得找他们收，抛荒了也收，你名下的地嘛。听说乡里的干部腊月二十八还在村里。有钱的交钱，无钱的揭瓦牵猪。杀了猪的，收猪肉。村里就说："交钱呀，不交我工资都拿不到。这样，你不找我要钱，我不找你要田。""好呀，你说的。行。"村里贷款交。村里就把田收回了。至于收回后是怎么变成大驴的猪圈，他这就搞不明白了。

回到表哥家，表嫂已经做了一大桌好菜，当然有炒豆皮子。这炒豆皮子不是武汉人吃的那个豆皮，是用绿豆做的，吃起来有嚼劲儿，是晒干了的，再炒，加了腊肉，大蒜，可当主食也当菜吃。还有一个甲鱼火锅，一个南风盐菜炖螺蛳肉，一盘野芹菜炒腊肉，还有野藜蒿。最好最爱的是表嫂腌制的萝卜皮儿，特脆，不放糖的。荆州人不喜菜中放糖，只喜辣椒。满桌都是勾魂的味儿，看着那些东西红红绿绿地在那儿咕噜咕噜，就吞口水。十年没吃这些啦，十年吃的是些啥呀？半生不熟的，还有猫啊鼠啊蝎子啊，广东人都吃了些什么！如果他去年没醒过来，死了，今年就吃不到这些东西了，这将是多大的遗憾啊！还好，他活过来了，就要多吃，猛吃，像饿牢里放出来的一样吃。

这一顿吃得！表嫂说："你胃口还好。"他就说，人死了一次了，就扒本地吃了。表嫂说，这是早稻，平常不吃的，都喂猪。他说，早稻好吃嘛。荆州的米就是好吃。荆州的米在广东是最俏的。表嫂看着他悲惨的吃相，说："三三兄弟可苦了你。"隗三户吃着吃着竟哭了起来（也是喝了点骚尿吧），说捡了条命，还是想回来。当即就脱出鞋来，把表哥表嫂吓了一跳。这兄弟的脚趾头被谁砍去了哩？

"这病，啧啧，这病，这厉害的病……"表嫂语无伦次，就给他奉菜，把他的碗里堆成了菜山。

"这应该要回来了，死在外头魂都没个依的。"表哥说。

这就扯到要田的事，还有宅基地。表哥不乐观，说地现在是金贵了，确有要回来地的，都是武姓的或与大驴很好的人，要回来包租给别人，一亩地两百五，干赚。以后土地流转，听说还要多哩。

"我有办法的。"隗三户说。可心里虚着。做生意有头脑，不见得跟大驴打交道就灵。但话总得挑明，早晨碰到太突然。没想清楚时不要贸然动手，这是他的经验。恐事情过早砸了。不能一口吃个饼。心急不喝滚粥。

下午，几个乡亲来看他，有儿时玩伴和隗家远亲及与他们家很要好的人。撒烟喝茶，一人两包黄鹤楼。清明的事也办完了，全力以赴办那个事。想想，给大驴打个电话预约，外头办事都是这样。可大驴说他在县里，关于沼气项目的事。电话那头解释：万头养猪场国家投入一百五十万建沼气池，可供三百家用气。这个项目已经差不多了。到时全村都用沼气做饭洗澡。

"大雨书记呀，你可为武家渊做了大好事，一桩桩一件件，我回来听大家一个劲儿夸你，能干啊！……"

对方一番谦虚，说："饭就不吃了。"

隗三户急了："大雨兄你别推辞，我还有事找你的。"

"电话里说呀。"

"不不，要当面跟你汇报。"

最后还是没有准信。没拒绝也没同意，含含混混就挂了电话。大驴有有意躲他的企图，莫非知道他要找他要田？这是一定的，这家伙有点精了。

最后与表哥商量，只有到猪场去堵他，听说他每晚都要去猪场转转的。

这阵子，春天，猪瘟多。

三

臭。一个字。用两个字说是：骚臭。一朵猪粪是乡村的景色，十朵猪粪是猪圈的景色。一万朵猪粪只能用恶心来形容。这是地狱的气味！这不是人过的日子。那条我走时还能钓鱼的沟里，全部塞满了猪粪，快与路平齐，臭水不荡漾，在泛滥。大门口很荒凉，全被圈进去了，过去这里是敞开的田野，现在这里进去要进行消毒。"我就住在这里。"他说。守门房的女子不信，他也不认识。那女的想这人说猪话，这全是猪住的嘛，哪有人与猪住一起？消毒！

"大雨生态农庄"的牌子挂得并不起眼，但也是金属长牌，很闪亮的。这个生态，把人熏死了。他头疼。疼死了。他说是武书记要他来的，见他开着车子，态度还好，被带进个紫外线房间，就头上悬两根发出紫光的灯管，两排木椅。一排柜子里放着一些农药之类的瓶瓶罐罐。头疼时与那个讲外乡话的女子闲聊，女子话多，什么都说了，说去年死是死了一些，五六百头，是不明原因的高热综合征，没治。还不是卖了的，说是深埋，还有一口气，贩子就来了，两百块钱一头收，还不是拖到城里当好肉卖了，哪个晓得！他们赚了，一头至少赚一千，去年的肉价比今年高。有一口气就放血，你们看不出来。放血的肉是白的，真死的猪是红的，血瘀了。告诉你点诀窍，以后买猪肉见红色的千万不能买，是死猪肉。这个他知道，小时候没猪肉吃，吃过死猪肉，是红的。爹说用开水多煮一会儿就能吃，也没见出什么问题。当然啰，现在不比往昔，现在的病多些。女子说武书记能挺住，去年好多养猪的倾家荡产，东边四台河子村的，买回的九十头猪死了八十七头，两老喂的，自杀了，喝农药。一头猪两百五十斤出栏，平均一千七百块钱。我们猪场也是大几十万……这猪都是三元猪，就是长白公母猪配种，下一代跟杜洛克配，瘦肉率高，生长速度快，"料比"低，就是一百斤料长一斤肉，料是自己生产的，有饲料厂。一头母猪国家还补贴六十块哩……头疼的时候思维还很活跃，这是做生意做出的毛病。他在算大驴一年要赚多少钱。他依稀辨认他的胞衣屋场，已是种猪舍了，呵呵。保育场、沼气池、养鱼池、钓鱼台，往更远的地方有门，通向一些楼房，是休闲处，吃饭玩牌的地方。一排排的猪舍望不到边。这就是一个曾经百无一用的猪贩子武大雨的家产？十年间家乡发生了什么样的事情？不过，这些年里人人都在拼命积攒财富，你本人不也是吗？还赚出一个脑膜炎来了！

曾经有大量的田地抛荒，人们纷纷外出去寻生活，有的是举家南迁。有一点本事的，有一点路子的，几乎全部走光了，那可是千军万马弃土离乡啊！在武家渊，举家外迁的当然不止隗三户一家。大驴也想走，不过他脑子较笨，又不精明，也没这个胆往外奔，老婆也这样，就留下了，骑着个破自行车，一边吊一个篾笼子，从荆州城贩来猪娃卖，走村串户，一年四季，风雨无阻，裆里的卵脬都挺破，屁股磨出碗大的茧，晒得跟驴屄似的，人家更在背地里叫他大驴了。"猪娃，卖猪娃呀！"喊得白泡子直呼的。后来他看猪娃好卖，进价又高，赚点跑路钱，就想干吗去贩别人的猪娃卖，自己不会养母猪？一窝猪娃繁育要三四个月，生出来了，满月就可出栏，供不应求。就十头二十头母猪这么滚雪球，滚着滚着滚成了养猪大王，现在场里就有大小车四辆，你外出的人哪个敢跟他牛逼？

地是怎么到手的呢？要大量的地。表哥给他说："你们当年丢了地，谁都不敢捡，他捡了。这个人别看他苕巴拉叽的，有眼光，没晓得地今天值钱的。就是不办养猪场，今天一亩光租给别人种也干赚的，国家还有百把块的种粮补贴。他种粮啊，一年就贴他三万了，坐着吃也吃不完！当时别人不种的地可减税，一亩只要交八十元。他拣了一百多亩，一年交一万，人家长了后眼，该他发。

巨大的生态农庄，它属于一个坚守者，而我们都走了，或者说逃离了。隗三户在算账，算不出，头疼得像炸裂似的，这是那个病的后遗症，犯过几次。这账也着实太大，跟他比，自己不过小本生意而已，一个天上一个地下。补捐五千？他看得上眼吗？立马将另外的五千全装进一个袋子里。钱光了，还不一定能办得成事，还是看不上眼，或者人家接都不接。往办公室里走就碰见了大驴老婆张英。已经胖得不成名堂了，气鼓鼓的屁股，这是张总。过去叫嫂子的。现在就叫张总。

张总是书记夫人了，眼界有些高，不认人了，半天说："喔，隗总啊。听说你差点儿死了？"

十年没见就是这样一句话？又是清明，听着噎人哩，刀子捅心哩。难道不会问"你病好了呀？"还是个猪贩子之妻，有钱的乡巴佬。或者说书记的老婆，没什么好话说了，腰杆子硬了，对谁都是这么一副阎王腔。

"是呀是呀，捡了条命回来了。"就脱下鞋给她看那残忍的脚趾。平常是秘不示人的，这下要弄成叫花子，天下第一可怜，让你看个饱，给田。

书记老婆的脸马上扭了，像个鬼似的发出一声惨叫："三户你快穿上别吓我！你咋这个样子了？赚了几多钱把你搞成这个样子？不是梅毒艾滋病吧？"

"不是不是，"隗三户说，"张总别怕，一个脑膜炎，我也不愿得……"
这女人竟吓走了。

只好坐在办公室里等。看那豆粕样品，是江苏的转基因大豆豆粕，生产出的猪肉就是转基因猪肉了。然后拿起一张猪场的当日饲料配方，给肉猪、母猪、小猪的都不同，但加的却是差不多的五星畜宝、血浆蛋白粉、各类菌素、赖氨酸、粗蛋白、亮安宝之类，不下二十多种。加这么多添加剂，难怪猪肉不好吃了。

他走出去看饲养员在猪圈下面扒粪，那些猪，无所事事，膘肥体壮，就是个吃。猪给人的感觉不是猪，是有生命的饲料，一个个眼睛匪红，像些异类，不像是他在家里时过去喂的猪，那时的猪叫猪，现在这些猪像一些组装的鬼。这些猪细看出现了精神症状，发惊，无缘无故的，突然吼吼地往一边跑。吼得像武疯子，嗷嗷！又站着了，又吼，嗷嗷！令人恐怖，绝对神经错乱。这样的猪，人吃进去，人也会犯神经。难怪现在有这么多神经出问题的人，与吃了这种猪的肉有没有关系呢？他内心为这样的发现而骇然。而这种猪竟是在自己的故居之上！故居是三间平房，当时快倒了，就卖给了村里一个人，五千块钱，靠这个钱才出外闯天下。后来准是被大驴又买去了，统一做他的农庄，上了围墙。这些肮脏的东西占领他的胞衣屋场让他难以接受，但已无能为力。他突然想起爹时常叨念给他取的这个名字："楚虽三户，亡秦必楚。""我这个三户能亡谁？……"

等到大驴现身，到了吃晚饭的时候。那辆真正牛逼的全新东风本田气势磅礴地就停在了猪场。他精神倦怠，一副死相，但也得意扬扬，见了面就说："中午是三斤，你请我我也喝不进了。"

屁股气鼓鼓的他老婆已经火山积蓄在喉管那儿，这时忍无可忍，用急得有些哮喘的喉咙大声怒吼说："你个苕逼，喝死的！喝死我是不去收尸的！"哭了！

这女人有些霸蛮地哭，过去可不是这样的，过去让大驴打得像脱毛鸡，常常青肿起眼睛。哪敢这么大声大气地哭，简直声若洪钟，旁若无人！今天莫非大驴当了官成了千万富翁还让她狠了？事情就是如此。一个成功男人的背后肯定有一个稀奇古怪的女人。刚才很英雄的大驴这时捋着裤腿快了，嗳嗳嚅嚅说："死了你再找人啦，真是的，人就是纸做的？……"大驴一蔫人就像死了的，满脸乌肿，眼神悲伤。

隗三户赶快去劝书记夫人："嫂子不急，大雨书记是为全村人，为咱们新农村建设，让大家都过上好日子，都烧上气……"就把大驴拉出来——这是个机会，好机会，将包里包好的钱一万元递给了大驴，"大雨兄，嫂子关心你的身体是对的，一定要注意少喝。这里是点小意思，上次你去广州，我那段生意不好，伢要读书，别人欠我的钱又不还。现在稍微好点了，我补捐一点是个心意，大病一场也花了不少，不好意思表示一下吧，你收下就完了，你为村里辛苦了辛苦了……"

大驴不拒绝，他拿着看隗三户："你这是……"

"没事没事。有事也与这个不相干。"就抓着大驴的手协助他放进了那个时兴的夹包里。还帮他拉拉链。大驴接受了，看着他，等待下文，肯定有事的。隗三户就说出来，机会稍纵即逝：

"我呢，大病过后，老是想家想武家渊，心就老苍苍的了……想呢，把过去家里的田你再给我，咱就在田头搭个茅草棚子回来住也就踏实了……"

"宅基地啊？田是没有了。"他就往保育室走。

"哎唷哎唷，大雨书记兄啊，咱们是老同学，可是仗住了的。"他给他笑着截住他的话中意思。

"你要那田干什么啦？你过去几亩？十亩。一亩地租给别人两百元，一年才两千块钱，你在广州车都有了，几套房子，你一年在乎两千块钱？十年才两万，闯到鬼了！"

"哎哎大雨书记兄，不能这么说，不能这么说……那个是那个，这个是这个。"

"钱我收了，村里公益事业就是差钱，现在强盗多，要赶快装路灯和摄像头。说个不好听的话，我可是当村长没找村里报一分钱，交通，请客，买烟，全是我自己掏荷包，有账可查的。还要修路修涵闸铺涵管，过去村里的财务窟窿两百多万还没填完……"

结局就这么定了？钱收走了，成别人的了，姓武也好，姓村也好，反正不是自己的了。但肉包子打狗也还得弹一弹啦。

"大雨书记，你总得给我退点田，我还是这儿的人，是你的村民，全家的身份证还是你这里又改不了的变不成城市人，回来总得有个地方落脚，有点田，种点东西，你说呢？……"

"田真的没有了，到月球上开荒挖去？能去我带领人去，不是你一个人……事情麻烦，偷又偷不到。我现在急着去镇里汇报，再说再说……"钻进车里一溜烟跑了，消失在暮色苍茫里。

"遍地英雄下夕烟。"他想起这句话。现在的农村，现在的中国大地才真是遍地英雄下夕烟。农民一辆辆的私家车，猪贩子四辆，隗三户这穷鬼好歹也有了一辆，这在十年前是想都不敢想的。十年变化真快啊。可十年，他的地没了。他还是农民吗？答案是肯定的。他不是农民是什么呢？他是这儿的村民；他不是农民吧？也对。他十多年没种地了，不知农具怎么使用了，不晓得用什么种子什么农药种几季怎么收割怎么出售自己的产品，他没一寸耕地。他出售的是另外的东西，是建材是城里人用的东西不是粮食和蔬菜，不是鸡鸭牛羊。可他什么也不是，既不是城里人也不是乡下人。他成了虚无。

太可怕了，一个虚无，站在自己的故居跟前，站在胞衣屋场这儿，像没有的一样。这分明是一个他不熟悉的现代化养猪场，一个所谓的生态农庄（新词儿啊）。

"我要我的田！"

他在内心里滴血狂喊。

黄昏猪场的猪叫声像海潮一样响了起来，一万头猪们齐声怒吼，无名的嘶叫，仿佛对抗着黑夜的来临。

四

月光如昼。隗三户辗转难眠。在深夜十二点半的时候，他给大驴发了一个短信：

大雨书记兄：看到你个人事业奋斗的成就，看到你呕心沥血给我们村带来的巨大变化，小弟我打心眼里佩服。十多年未回家乡，才知家乡变得我已认不出，这全是你的功劳。老话说：在家千日好，出门时时难。金窝银窝不如自己的草窝。恋乡情结，只要外出的人都会有的，何况我是死里逃生。要田不是为了那所谓的转包费，我不要都可，无偿给他人种，没有事的。要田是因为想家，想回家养老。我在外混得一般，一场病，又回到了从前，因为在外没有医保，全自己掏了。希望兄念在同学旧情分上，退点田给我，低洼地荒土岗也可，只要是咱村地盘的。我回之前还给我们家宝琴打了包票的，说老同学一定会关照的。我代表宝琴感谢你！
三户致意。

希望他能改变态度。

有了蛙鸣。但更多的是虫吟。这是回到村里的第一个晚上，风向很好，空气没有太多的臭味儿。植物生长的气息偷袭过来。虫吟却如奔腾呼啸的潮汛一下子涨了起来，比着它们的嗓子。这是一个正在苏醒的春夜。这些虫子啊，它们的声音咋就这么洪亮？他过去咋就没听到过这么洪亮的虫吟呢？是不是这样的夜晚它们有太多的心事向这复苏的大地倾诉和呻喊？它们比人的喉咙还粗，真是不可思议的怪事哩。这些生灵是不是这片田野上千百年来所有死去的生灵的魂？是亡灵们的声音，人，牛，兽，狗，鸡，所有死去的生命在夜半发出了它们的喊叫，化作喉咙？它们还活着，它们的魂还活着，眷恋这片土地哩。蛙声倒显得很落寞，很少，三三两两，主要是虫子。太吵了，太吵了！这是咋回事啊？它们扯着嗓子，就像是弹在钢片上，叫吧，叫吧，聒噪吧，它们永远活在这片土地上。它们用它们的语言在夜里拼命诉说着它们的情怀，它们的爱和恨哩……

跟表哥是这么商量的：一定要请一桌客，把村里的干部都请到，还有能说上话的，跟大驴很好的，同学，拉几个人，说话就好说些。最好有镇里的人。他就想起高中同学夏圣水，共过饭菜票，共穿过一条裤子，常吃他妈带给他的鲊胡椒，里面还有鲊肉，忒好吃。

迷迷糊糊间，鸟开始叫了，鸡再叫。鸟是白头翁之类，叫得吼吼的，拐许多弯儿，生前肯定是个快嘴飒辣的女人；鸡叫得粗粗的，鸡是雄鸡，前世定是个男人，没那么多花拳绣腿，直直地嚷，喔喔喔，有气势，把黑夜狠狠地打落，把天划开，呼朋唤友，寻找村庄远远近近的支持，于是整个世界都是鸡叫，大起哄，每天凌晨就这么发生。把村里人好睡的这段时间闹腾得鸡飞狗跳。过去习惯了，不认为是吵闹，还以为这才是正常的，照样酣是酣屁是屁地沉睡。现在哪睡得着！不过觉得还是很美妙，这夜晚，这乡村的夜晚，很有趣哩。一辆摩托在乡路上颠簸咆哮的声音，引起了狗的愤怒，狗也叫了，天就亮了，人开始活动了。

没睡好，起来用冷水洗了脸和头。他要赶到镇上去，求助于夏圣水。车开出村路就接到大驴的回信：地真的没有了，你又不差这点钱。

"我不是为了钱！"真伤心，好像他根本没听你昨天解释的，他忘了，他昨天喝多了，喝麻了？

清晨下了点小雨，现在天又晴了，太阳在田野上滚动，在曛气的揉搓中像一团铁泥向上抬升，红得圆润润的，冒着热气。油菜长得真好，油菜花像金色的大海，四处流淌。布谷鸟的叫声从天空划过，但看不到鸟儿。布谷鸟的叫声是季节的闹铃。

一会儿就开到了镇上，就找炕锅盔的摊子，还要找油条，锅盔包油条，这是他在家时的最爱。当然还有豆腐脑，他们叫膏子豆腐，表明是石膏凝固的。锅盔叫鞋板锅盔，比鞋板还大，大得有些夸张，表明这里的人做生意纯朴实在，一个就饱，不要两个。吃的味儿形容不出，绝对天下第一好吃，焦嫩适中，香味儿扑鼻。不然他这种在外混了这么多年的贱货咋也想回来呢？难道没有锅盔包油条召唤的功劳？师傅从火炉里取锅盔，全是赤裸着膀子，那可要快，炉内温度少说几百度。锅盔用火钳一叠，夹了油条，递来："师傅来点什么酒？""今天不来酒了。"像老熟人，老食客。几个喝早酒的，一小碗辣椒炒顺风，一碗鳝鱼汤，一瓷杯散装纯粮酒，一个锅盔，喝得有滋有味。喝早酒，全国独一无二，东北人敢这么喝吗？咱荆州人眼一睁就是一顿酒，当水喝了。咱荆州鱼米之乡，鳝鱼当青菜吃，螃蟹当玉米啃。天天淡水鱼，顿顿纯粮酒，　皇帝有的我都有。这日子过得小神仙似的。

边吃边看街景和行人，人都不认识了，卖的东西也变了，人都骑摩托，满街乱窜。狗多，苍蝇也多，农资店也多。喝早酒的特别多，满街咂咂声。突然想到大驴已搬到镇上来住了，至少镇上有房子，公司总部也在镇上，何不去他公司看看，得盯着，一万块钱甩出去了，泡都没鼓一个，把脸不要也要把这事办点眉目。正这么想，抬头就见大驴的那辆车，也是准备停下来吃东西的，却又看见它开动了，嗖地飘过去了。"他躲我啊？……"心咚咚跳了两下，平静了，吃也没味儿了，去追？不行。先去夏圣水那儿，这事得有个人商计一下。

经管站旁边堆着一些牛屎，围墙外就是一块油菜田，花开得正盛，一头老牛系在一棵树上，歪着头在吃草在琢磨它的一生。进得里面去，荒草遍地，雀声寂寥。所有门都是关着的。就坐在车上等。等到日上三竿，终于把个夏圣水等到了。夏圣水看是隗三户，眼似乎还没睁开。夏圣水是个高个子，居高临下看着隗三户。空着腹撑着高高的躯壳，脸上因为缺乏水分，就跟锅巴似的，焦黄焦黄，已经严重脱水，说："你个鸡巴日的。"

"鸡巴日的。"隗三户也说。把骂当说。

夏圣水接过隗三户的烟，点燃，就当早点吃了，开了门，一股烟味儿霉味儿扑面而来，与大好春光不相符。办公室里也是冷冷清清，桌子是十年前的，报纸是去年的。

"你个鸡……"

隗三户说："你醒醒啊，我的田要不要得回来？求你来了。"

"你个……关我屁事！整天就是要田的，我又没田，一个月九百多块钱的工资。你在外头发了大财，也不拉兄弟一把。看你车上跟我带的啥来的……"起身就要去看车子。

隗三户忙说："没有没有，中午请你喝酒。"

然后就说到了正题上。夏圣水听他讲过后，就说："你要他老婆他都给，要地肯定不给，这是顺理成章的。为啥？地如今就跟他的娇娇乖宝宝一样的，他舍得给别个？"

"地又不是他的！"

"地如今就是他的，在书记手上。一个地权，一个财权，这两样他书记是不能放手的。再者，他更需要地，他的养猪场你没看到是多大的摊子？还在扩张！荆州地界的养猪大王，哪个不知，哪个不晓。"

"也有人要到了呀。"

"那是前几年，还要看是什么关系。有人托过我，我都没办法。你要晓得，他今天这么大的规模，这么大的农庄，跟我有很大的关系哩，嘿嘿。"

于是夏圣水就讲了这里面的缘由：

"……平时的武大雨闷闷寂寂的，可这人是个长心眼的人，谓之闷头鸡子啄白米。那时候人都不要田，他不是把田自己捡了吗？他说自己当村长，不捡又完不成夏征秋征款咋办？自己垫钱填这个窟子。你信他的！事情是，我那时刚好从省委党校学习回来，他就来了，是打探上头有什么新的政策。这人常打听这个，只要是从上面来的人，他都要挖苑挖底地问的。我一回来，他就问又听到什么新的政策没有。再是你只要透露有什么好事，什么项目，什么人，他就记在心里了，就会去钻，去活动，一定要搞到手。什么丑都不怕丢，跟人磕头都行，站在别人门口不走，把人家搞烦，让人家不能做事，只好答应他。这是个人物，一般书记做不到。他的家业，村里的发展，全是他这么弄来的，不简单，不服不行……他问我有什么新政策是吧，当时谈到农民负担过重，在场的还有几个村支书，我就说一个省政研室（政策研究室）的主任跟我们讲课，讲三农问题，说别看现在农民负重，等到我国一加入WTO，种田不仅不交钱给国家，中央肯定还要给农民补助，倒贴。这要与世界接轨，西方国家种粮食都有补贴的。其他村的书记不相信，说这是鬼话，种田纳粮，买卖当行，千年的规矩。可武大雨记住了，且完全相信。他后来说，共产党是为人民的，现在人民种田负担这么重，活不过来，一定会像这省领导说的不交钱还补钱，人家是专搞政策研究的。他长期盯着这政策那政策，嗅觉就特别灵，他就看准了押这一把，回去就把你们不要的田全接过来了。只要证明抛荒一亩就只交八十元嘛——这是〇一年，果不其然，年底就加入了WTO，大雨只交了两年，一夜之间就翻了天，〇四年咱这里就基本取消了农业税，钱不交啦，后又搞种粮补贴，他赌赢啦。有一年春节，他背了半边猪肉到我办公室来，浑身油津津的，说：'圣水呀，我可要感谢你。'我摸头不是脑，不解，他就说：'你圣水一句话，让我有了今天。'事情弄明白，才知是这么回事。正所谓说者无心，听者有意。那些年，他贩猪，贩得跟兔子一样精了，很懂得利用政策和关系。你没到他村委会看？电脑、办公桌、空调、饮水机、村里的运动器材，哪一样不是在县里各科局讨回的。他是蚂蟥听不得水响，你说个什么事他就记在心里了，四点钟就堵在人家门口。你们村沼气项目，我冬天跟他讲的，透露有这个政策，他下雪，清晨巴早的就去荆州能源办，坐到了人家花坛里。人家领导一看，屁股是湿的，一摸花坛，是热的，就感动了。只补一百二十万的，补他一百五十万。再就是喝酒了。拿命拼的……电话来了……"

夏圣水就去接电话："……噢，哦，批了，医院打吊针？"再对隗三户说："看，说吊针就吊针，一百五十万到手了。"

夏圣水说："我在想本来让他中午请咱们的，当面说一下。哪晓得他又在医院里了。他要喝死的。"

隗三户说："那我们去看看他？"

夏圣水已经靠在椅子上打起了呼噜。

五

隗三户提着无糖奶粉在镇医院扑了个空。医生说武家渊的武书记的确来了，输了一瓶液就走了。隗三户怅怅地站在医院门口，突然就拨大驴的手机。关机。

想发火，坐在汽车里，捶方向盘。突然有走投无路的感觉，突然绝望。

133

突然想广州那两室一厅的家，老婆孩子。这不是家了，这里离我的心千里万里，这是哪儿不知道。这是异乡？这儿与我没有关系了？

一种苍凉的意绪轰然升起，不可遏止。他忽然拿起刚才在夏圣水那儿弄到的一本宝贵的《中华人民共和国农村土地承包法》。"这个承包法上面写得清清楚楚，条条款款都是在支持我。哪怕跟大驴翻脸我也要把自己的田要回来。我是这里的人，我还是农民，而且永远是农民，我的身份证上写得很明白，我是荆州武家渊村二组的人，我应该有自己的田。"

车停处有一家农资店，里面有不少买农资的农民，季节到了，买种子要播种了。他有些好奇，就去看看。农资店花花绿绿，已不是过去的格局，各种种子、农药、化肥、除草剂，瓶装的，袋装的，数不胜数。有人买辣椒种，买豇豆黄瓜种。隗三户就突然也想买点，没地种可带回去种到阳台上，种在自己门面门口，用花钵和破脸盆种，好玩儿。清明前后，种瓜点豆。到了下种的时候了。过了清明节，犁耙水响牛不歇。清明前，好种棉，清明后，好种豆。隗三户也跟在别人后面，像个老道的农民点了几袋，也不贵，两块钱一袋的，最贵的十块。一袋上架的豇豆，一袋不上架的豇豆，一袋本地黄瓜，有刺儿的那种，就是要本地黄瓜。还有一袋灯笼椒，一袋尖椒，一袋丝瓜，让它们把他的阳台爬满。要不了地，总要弄点与地，与老家有关的东西回去，不能空手而归。这之前店里一个打照拂的小姑娘已经塞给他一些资料，全是广告，什么洋丰肥，生命植保素，劲农产品病虫害防治宝典，春种一斗银、秋收十斗金——金大地，农帮水产专用肥，美国隆氏科技——猛蘖。培两优1108、天两优2号、华两优103、荆楚优42、鄂早18……这些是早稻种，还有中稻种一大堆，还有无籽西瓜种、金瓜种、棉花种——鄂杂棉10号F1、鄂杂棉27号F1、鄂红棉6号F1、中棉所66号F1……这F1可是个新鲜玩意儿，该不是玩什么概念唬农民的吧？小姑娘什么都懂："F1就是第一代杂交棉的意思，高产，抗病。""哦哦，是这样。""您想买哪个品种？""棉花就不要啦，三月的种，四月的苗，五月的蕾，六月的花，七月的桃，八月炸。现在早出苗啦。""嘻嘻，您蛮懂的呀。""不懂能种田？""谷种咧？""清明的种，谷雨的秧。""正是的呀！""我先买点蔬菜种再说吧……"

提着蔬菜种子，心里好受了些。接到夏圣水迷迷糊糊的电话，一定要请他吃饭，说不好意思，自己有呼吸窘迫症，坐着坐着就会睡着。

去了经管站，夏圣水说给大驴打电话关机。其实隗三户已经打过几遍了，就是关机。夏圣水上车指点他开到偏僻的河堤边，绿树掩映中是一个挂着不起眼牌子的"银杏园农家乐"。树全是银杏。一些野鸡在草丛里乱窜，还有一方方水塘。车上夏圣水就告诉他了，是大驴舅舅的女儿、武家渊的副村长副书记胡妖儿开的。这里过去是武家渊最偏的，方圆也有百十亩。夏圣水说，胡妖儿在荆州念过大专，是大学生，很有头脑，水平也比大驴高。要跟大驴争村长的，大驴发动族人要她别争，条件就是收回外人承包的这片河滩，给她承包种树搞农家乐，这事儿就这么搞定了。

这也是一个不小的庄主呀，大约就是武家渊第二大了。在树林子里打工栽树的人一群一群。前来这儿吃野斑鸠火锅和野兔火锅和野鸡火锅和钓鱼的人络绎不绝，摩肩接踵。银杏有了绿色，间或高坡上有油菜花、豌豆花，黄黄紫紫，鸭鹅胡叫，狗无声，鸡乱跑，牛低头啃草。老牛啃嫩草。这是真正的农家乐，房子也是木头的，包房一间间在树丛中，在水边。蒲草藕芽从水中钻出来，触到他们的椅子了。我渴望的就是这样的生活，这样在故乡的养老生活。可这已经不可能了，这需要很大很大的本钱，争斗和权力，需要长时间的累积和营造，在这里连一个角落我都没有了。隗三户坐在包房里，啃着野斑鸠，怅然若失。野斑鸠做得太好了，像儿时母亲那样炒的，少放汤，放了拍烂的生姜至少十个，姜出味儿。辣椒有红尖椒、黄尖椒、灯笼椒、辣椒豆瓣酱。那辣味儿能让人飞起来，但又不突兀，是慢慢进入的，深入骨髓，有点儿刺痛，但快感已将全身包裹。处女破瓜不过如此吧。

隗三户说做得太好了，他不解地问："咱荆州的菜咋就越吃越辣了咧？"夏圣水说："人麻木了嘛，如今兴重口味。我猜想你那一万块钱，口味轻了，这点钱不入他的眼。"

夏圣水接了一个电话，音乐很恐怖急遽。于是叫来服务员，要拿单子来。隗三户赶快掏出钱包，被夏圣水按住了："还说些咧，到广州去了你请。你没吃好，继续吃，车来了，失陪了。"果然有汽车喇叭响。

一个人面对着一桌的斑鸠骨头，残羹剩菜，坐在春风扑面的绿树丛中水塘之畔，坐在四月，远处河水碧蓝，在正午的太阳下正流淌着耀眼的金色，把他的眼都快刺出泪来。这里过去曾是一片芦苇滩，每到农历五月头了，母亲就要他们到这里来打芦叶包粽子。芦苇丛里非常闷热，要打最好最宽的芦叶，不要打荻叶，荻叶窄，划手，包粽子不香。打了芦叶，机会好会抓到几条鱼，都是到浅水里来产卵的鲤鱼和鲇鱼，还有鳊鱼。没鱼也要摸点螺蛳回去，挖出肉来炖南风盐菜，那也是天下美味啊。可现在这里已大变样了，也不能自由进入啦。你不是来吃饭的、钓鱼的或是买树木的你休想进来。地都被他们圈了，连自己的胞衣屋场都不能去，要消毒……一块一块的童年记忆都在消失，都被别人占领了……

有点幸运是看到了胡妖儿胡书记。可以问问。他离开村里的时候，胡妖儿好像是刚在家里招婿的新媳妇，现在风采依旧。电话里听过声音，因为她还兼妇女主任。每年一次向在外的已婚妇女了解节育生育情况。若是说跟家乡村里还有什么联系，这个女人是唯一的联系，让他记起他们还是遥远湖北荆州武家渊的村民。

"胡书记，你好。我是二组的隗三户，现在广州。你生意好啊！"

胡书记与另一个小姑娘在剐斑鸠毛，羽毛乱飞。胡书记从羽毛中抬起头来，有点陌生，后来大约记起来了，或者假作记起来了，就给他以规范的笑。

"我老婆刘宝琴，感谢你每年都关心她们，都要给她们打电话。"

"感谢谈不上，不骂我就好喽。"

"哪里哪里。在外面听到家乡来电话特别亲切。"

"你们没有计划外怀孕吧？如果在家,过两天镇里要到咱们村三查(查环、妇科病、计划外怀孕)，免费的。现在全部免费。"

"首先我没家了，地没有了房子没有了。这次实不相瞒我是想回来要回我的责任田，要块宅基地做个房子，回来有个落脚的地方。"

"你房子卖了吗？"

"卖了哟。"

"找过武书记没有？"

"就是来找他的，没找到，给他说过。"

"他同意没？"

"唉，还没个信儿。武书记那儿还要你帮忙美言几句哟，我会感谢你胡书记的。"

"哦，好好。"

"都说你很能干，是当书记村长的料。都说哩。"

"哪里哪里，当官不当一把手，走路不在前头走。"

她这么说，以为他隗三户不知道她跟大驴争书记村长的事。她后来拧着血淋淋的斑鸠头说：

"地可能没有了，地只有这么多，地是一个常数。你们在外头做生意的，想回来搞农业规模化种植，可以包别人的田嘛，现在土地流转正是机会……"

"我不是想承包别人的田，我是想回来住。"他说。

"住啊，住买房子嘛，镇上的楼盘一个平方才一千八不到两千，私房更便宜，广州一个平方只怕到了两三万吧？"

胡起身去干什么了，他没细看，他也不知道自己是怎么开出这个银杏园农家乐的，是怎么来到河堤的。反正他感到跟人讲这事就像跟墙讲一样，也没人愿听他的陈述，他的苦恼和想法。每个人都对别人不关心，敷衍，漠然。

变天了。下起雨来了。清明终于哭了。

六

老婆说，干脆就回来。短信。

他没回答。没回信。老婆也认了武家渊这一方不是自己的家啦。

雨和风压下了那些臭味儿。细雨蒙蒙。油菜的籽荚已经洗出剑光，蚕豆花在雨中跃跃欲试，毫不颓败。燕子在雨中忽高忽低地飞。杨树上，几只鸟又蹦又跳。水田已经翻耕，正准备耙后插秧，还有人陷在田里耕田，身上的塑料雨衣在雨中翻飞。秧鸡在田里叮叮咚咚地叫，响亮无比。家鸡们躲在屋檐下，一副生不逢时的样子，缩着打湿的颈子无事可做。村庄湿漉漉的，黏糊糊的。一条狗浑身精湿昂首挺胸地从猪场走过来，又走过去，不知去向何方。它突然在一片茂盛的野芹菜那儿撩起后腿撒起尿来。青葱的田野上，好像有什么阴谋似的。

因为太静了。什么事都没有，因为圈地在这儿悄悄地结束了。他想他得扯一些野芹菜带回广州去，炒腊肉。野芹菜没有被圈进去。表嫂已给他备下了两刀腊肉。他还看到了镇上有一个店卖腊肉，好久没吃老家的腊肉了，这回有车，多带点回去。还有豆皮子，表嫂也准备了十斤，够了。鲊胡椒也有一塑料袋，也够了。

但是他不能回去，现在。还没有到完全绝望的时候。隗三户要找到他——大驴，当面锣，对面鼓，把话说清楚。要钱没了，要命……他也不跟他拼命。

是在村委会逮住大驴的，大驴好像真病了，裹着厚厚的棉袄，脸色非常难看，像涂了一层灶灰。一打听才知道，昨晚又有偷牛贼进村了，后来好不容易把一头牛撵回来。难怪听到昨夜有敲锣的声音，以为是清明人家做法事呢。听见大驴在那儿唠叨说到今年全省先进行政村评选，包括计划生育和社会治安综合治理就是一票否决制，村里有人报案你就完了，差一点出了大事。现在他还在申报"全省生猪养殖第一村""全省沼气第一村"。那些牌子真是布满了四壁，但苍蝇很多，进进出出，因为离猪场太近。

"……盗贼太疯狂啦，竟把人家里的墙打了个洞把牛牵走了。要不是给撞着……隗总也给撞着搞回了一头。一头就完了，没把我整死……"他在那儿发脾气，"我们要装至少一百盏路灯，三十个摄像头，你捐的这一万我全部用在这上面，你还要回广州帮我们宣传一下，让他们支持村里的亮化工程……"

他又准备走。他是决定要躲隗三户的。隗三户就死死盯住他，盯到卫生间里，在外头一个角落，没人，这正好。

"大雨书记……"

大驴可能有前列腺问题，细水长流地排泄："你们在外几百万几千万地赚，现在应该是回报家乡，不能找村里伸手啊。给你十亩，要让村民退出来给你，老百姓在家遭罪。在家种田的还很苦，又赚不到什么钱，像你们这些有能耐的人都外出了，在家的都是老弱病残，脑瓜子不是很灵光的，没能耐的，他们在家守着咱这个村。都出去，那不没武家渊了？得亏他们保住了咱们村子，是不是？在家种田的，自从盘古开天地就是种田，你割他两亩，他割他两亩，人家吃什么？"他甩着快快的尿器，收进裤子里。

这一泡尿，这一番话，都是滴水不漏，貌似无懈可击。"问题是你们占了大量的田，是你们，我又不找农民要。再者，在家种田的遭罪，我们就不遭罪？我们的钱是抢来的？我们这些离乡背井的人，应该比他们更苦更遭罪。可也不能这样说出口，还是拦住他，赔笑脸地拍着夏圣水供应的那本《中华人民共和国农村土地承包法》，指着说：

"老同学啊，你做做好事救我一命。我不拿国家的政策来压你，我只讲咱们老同学的交情好不好？"

"呵呵，"大驴尴尬地笑，被逼得有点站下坡，后头就是沟渠，"你念给我听看看。"

"……第五条：任何组织和个人不得剥夺和非法限制农村集体经济组织成员承包土地的权利。"

"哦，这个对。还有啵？"

"第十四条第一款：维护承包方的土地承包经营权，不得非法变更解除承包合同……"

话音刚落，大驴马上接上了："是你先解除的。"

"我？"

"当时你不交钱，这不就解除了合同？"他把那小本儿抓过去，翻开一页，点着一条递给隗三户说，"你再给我念这一条，第二十九条看……"

隗三户小声地念道："……承包期内，自愿将承包地交回发包方的，在承包期内不得再要求承包土地……"

"你念大声点。"大驴得意扬扬，他的嘴都笑歪了，死鱼样的眼珠子突然放射出光亮。

"我没有将承包地交回发包方呀。"隗三户说。

"那你说我们不找你要钱，你不找我们要地，是说了吗？"

"这个……当时是说了，当时是特殊情况，负担重。"

"但不管怎样你不要地了就是交回了，由我们给你交钱就是收回了。"

隗三户怎么说呢？这是事实。可好像又不是事实。当时哪个不是想甩了地？为什么有的人又要回了地？他就说了。可大驴说人家搞到前头了，现在没地了。"你为什么前几年不回来说这个事呢？"

前几年，前几年我还没病哩，没差一点死掉啊。

说到后来，气急的隗三户把这样的话都说了："老同学，你总得给我一块埋我的地方吧？"

大驴说："三户你都说的啥呀，年纪轻轻的，我这里保证，你死了我一定给你一块好墓地，只要你瞧得起这里埋回来。"

找到夏圣水是在镇上一家餐馆的二楼，四个人。夏圣水劝他：

"……哎哟，急个什么事吵，没田就没田，像我们没有田的还只拿几百块一个月的，不是照样过，比你们跟大驴过得还舒服些。喝点小酒过点小日子，不晓得多快活！"

"地这个东西是很难要回来的。"有人说。

有人对夏圣水说："你带隗总去找找镇里的邓书记看看。"

"那还坏些，"夏圣水说，"镇里现在要靠武大雨武家渊村评'全国生猪养殖十大乡镇'，全镇要发展到一百万头生猪，你说邓书记替谁说话？我没想过吗？不中！"

"你给武书记说说吵，他那么照你的买的。"有人说。

"这家伙我还没逮住他，手机这两天又经常关机，不知何事。土地这个事，你怎么说他也不会软的。他还巴不得再要一千亩，一寸也不会让出来的，我还不晓得他的！"夏圣水说。

"你是不肯帮忙。"有人激将。

"好好，我去帮忙。"夏圣水就起身。

走出餐馆，夏圣水说："千万莫在邓书记面前说大驴坏话，很简单的事我告诉你，邓书记老婆就在他场里当会计，几个亲戚在那儿打工……"

他是故意要让隗三户心冷的，搞得隗三户踟蹰不前了。

夏圣水问他带了第二轮承包合同没有，隗三户说带了，他要他停下车："拿给我看看。"

夏圣水眯着睁不开的眼睛看了之后，说："是九八年三月。我跟你讲，三户，国家有这么个政策，九七年以前抛荒的你丢了田，村里不管；九七年九月后，也就是第一轮承包到期为止，你再续签的承包合同，抛荒后由村里处理了的，可以要回来。"

"是不是啊？！"隗三户惊喜，他终于有了柳暗花明的感觉，"你怎么早不告诉我？"

夏圣水马上泼冷水："我本来不想讲的，讲了白讲。你不是没交几年的税费和三提五统？你不是过去说了村里不找你要钱你不找村里要地的？你就等于先行解除了合同。"

"那是口头说的，不算数呀。"

夏圣水摇头："嘿嘿，算不算数，你说了不算数。"又说："地的问题，他真的没有了，你要跟他大驴打官司。几年磨不死你。就算赢了，也没地给你，不能执行。何况你能赢吗？你现在人生地不熟，十几年没回了，跟个外乡人有什么两样？他现在全是通的，人称路路通，这是要靠长期经营的。就算把地给你，你人全得罪光了，你住这里还有什么意思？我说三户，还不如在镇上买个房子，生活玩乐都比村里方便。你们那个村里，不是我说，请我去住我都不去，臭气熏天，苍蝇成堆，是人住的地方？就是个大猪圈！以后还要发展。你想窄了老兄！再者你这里要房干什么？广州好好的，冬天没我们这里冷，夏天又没我们这里热，舒服死了，都想往那边住，哪儿不是中国？比我们这儿肯定强万倍。你要那个每年出租的两千元打鬼，别人还说你小气，不像个千万富翁……"

"我哪是个千万富翁哟！瞎传的！"他心里在滴血，喊。气全泄了。

七

陈述极其干瘪，无趣。听者近乎没听。听者是镇党委书记。去时书记正在网上种菜。隗三户一眼就瞄到了，他的女儿也是这样的，常常半夜爬起来去别人"菜园"里偷菜。打过几顿了，死不悔改。此人估计也是个偷菜贼，不过很亢奋，颇有关心天下网上菜园和天下现实菜园的劲头。

"我就是来要我的菜园的！"他心里说。隗三户心里说。"我有权在武家渊的土地上种菜，我家祖祖辈辈在这块土地上种菜，种粮，生活，生儿育女。如今你们凭什么剥夺我种粮种菜的权利？我已经买好了种子，准备在你们退回了我的承包地后，我就在上面真真实实撒种种黄瓜丝瓜辣椒豇豆扁豆。你们不要欺人太甚欺我们隗家势单力薄……"

隗三户尽量压制自己的激愤，按想好的条理简明扼要地给书记陈述，时间不长不短。只说地的事，不说捐款和这次回来补捐的事，不说父辈恩怨。书记就要说了，要表个态了。书记说：

"这事还是要找村里。"

等于不管。

"就是村里不能解决我才来找镇领导的。"

"超鸡巴复杂，"邓书记说，"村里咋说咋搞。"

"村里再不肯呢？我不是只有找县里省里国务院？"

"县里省里国务院也没有地哟，找上级没用的，还是找村里协调……刚才夏站长说你是大老板哩，我们镇里出去的人都发了财，回来投资啊。我们镇现在搞百万头生猪养殖建设，商机超鸡巴多，合作大家赚钱嘛，互利双赢。我们有良好的投资环境，欢迎你们回家乡投资……嗬！夏站长，你怎么样哟？昨晚值晚班了的？"

叭！

在一边拉着鼾声的夏圣水被邓书记拍桌子拍醒了，红着一双杀人眼："啊啊，对不起邓书记，我呼吸窘迫症犯了……"

与呼吸窘迫症患者夏圣水走在阴沉沉的街上。天欲晴不晴。他好像不怕越级上访，这种带点威胁的话他不在乎。又不关他的事，又不是打死人贪污受贿有黑幕，一切都在阳光下。是阳光下慢慢形成的既成事实。你就是没地，他就是有地且有很多，很多很多，成了地主，比过去的地主还多，你又能把他怎么样？人家又不是强取豪夺，你能怎么办？……

晚上在土鸡火锅咕咕的冒泡声中他们纷纷安慰他给他出主意。主意千奇百怪。他没听进去。他只是在强烈地想他的："我反正要种大片大片的地。"他按他的想法，沉浸在他的幻想中。越绝望越幻想。"我要让麦子种到墙脚下，像我看到一家的油菜田，油菜花开到了窗户边上。"他开车回村里回表哥的屋时，在起伏奔腾的油菜花中，车子像一只小船。即将惜别的时候，一种渴望更加强烈。他想的是早上起来，迈出门槛儿就是田埂，背着手，趁晨光初露，大地还在沉睡之时，在田野上巡视、行走、散步。就像他看到的一些老农，就像当年结结巴巴的父亲——父亲最爱在自己的田头站着，披着衣，抽着烟，一言不发。想到父亲，父亲无数次出现在他的梦中，都是在自己的田边，都是头戴斗笠，衣衫褴褛。他已经给父亲烧过无数次衣裳的祭品了，各种皮袄，各种西服，各种羽绒服，各种羊毛衫。一回来就问卖冥衣的，买了一大堆，烧了。可父亲昨天在梦里依然衣衫褴褛，叫花子似的。

田野非常温暖。这是春天。故乡的春天。他想流泪。

十几年的打拼，什么苦没吃过？什么辱没受过？酸甜苦辣，风霜雨雪，世态炎凉，走投无路，绝处逢生，都过来了，弹指一挥间。可这个事儿为什么让他这么难受呢？

夏圣水让他别找了，先回去，他来给他慢慢说。他丢了两千块钱在这儿打点。夏圣水说："宅基地肯定要给的，还有两三分田的菜地，这个要求不高。要是在镇上买房也要有菜地的，前后院的，我记住了。"他已经辣得不行，那土鸡。他已不适应这儿的辣了，胃早就不是这儿的了。他肚子疼痛，头也痛。他就走了。他走时回过头坚定地说："我就是要全部的十亩地，一分不少！"他也拗住了。夏圣水目瞪口呆。

薄暮降临。群鸦归巢。田野上嘎嘎的鸟叫声铺天盖地。

他又来到了父母的坟头。他又烧了一大堆祭祀衣裳。纸做的。

他捧了几捧土到父母的坟顶。这一下后，又不知何年何月再回来。

他俯下身，跪下来，用舌头舔了舔黄土。准确地说，是黄棕色土。过去他尝过，吃过，家乡的土在记忆中有一种甜腥味儿，现在的感觉却是一种腐烂的苦味儿。

他再尝尝。是苦味儿。是很陌生的、毫不亲切的苦味儿。

他用喝茶的茶杯装了些坟头的土，装满了，杯是透明的，以后天天都能看得到这些家乡的土、父母坟头的土了。

故乡的清明吊子正在四合的暮色中哗哗啦啦地飘响，这些故乡死去的人在沉睡着，不知道这村庄，这世界发生了多大的变化。

猪的叫声一声紧似一声。

他必须承认这样的现实。他只是一个过客。

他看着灯火闪闪，猪群号叫的养猪场，大雨生态农庄。什么农庄，就是一个庄园，武氏庄园。尘埃落定了，它已经在故乡的大地上出现了。而他们这些离土离乡的人再也回不来啦。

八

表哥表嫂已经给他准备好了大包小裹。表嫂已经把洗好的衣裳放到了卫生间要他洗澡的。他突然觉得他应该回去了。他应该走了。他先去看了两个远房亲戚，他只能开到大路上，小路表哥打电筒陪他。表哥说："你想搬回来，别人想搬走。有本事的都搬走了。"他说他姑娘要他们二老去荆州城住，但现在这几亩田还得人种，就扯住了，还能收点钱。现在种田又不辛苦，全是机械。就一个插秧没用机器，今年他是抛秧，也不累，不弯腰。打田用旋耕机，除草用除草剂，割谷用收割机。现在听说他这一片几十家的地大驴都要搞猪场的，到时包给他，每年得点钱，到荆州住比这里好些，这里也没了个好空气……

他是在晚上十一点多钟离开表哥家的。归心似箭。野外的虫吟声非常嘈杂，它们可能是癞蛤蟆，地咕子。想一早走，睡不着，就临时决定夜里走。加上接到老婆宝琴的信儿，说儿子这次考试都考了高分，语文数学都是九十几。他急切想见到自己的一双儿女。当然包括鬼精鬼精的半夜网上偷菜的女儿。仿佛离开他们很久了。另外，趁着晚上还在发热的酒劲儿，开个夜车兜兜风，这几天太憋闷啦，人有透不过气来的感觉，加上这臭味儿，人的肺部全充斥着秽气，得吐出来。晚上车少，可开快些。别憋死在这儿！

他穿衣给表哥表嫂说走了，脚一踩油门，车子就飙上了路，远去了。

经过养猪场的时候，他朝外啐了一口，停车出来，又啐了一口，朝自己的胞衣屋场，老屋。自己的魂儿在这里哩。跪下吗？不跪。决不跪。

他穿过小镇，上了河堤，转了一圈，让那一线白白的河水划过心间，留下一点温润的尾光，然后上了公路，心情轻松地向南开去。他估算着明天上午就到家了。这是一个很不错的夜晚，没有月亮，也没有雨。如果半路觉着困了，可以停下来在车上睡一觉。这是一个不错的选择。

又是一个很深静的夜，公路上没一个人，一辆车。这是一条被各种车辆踩蹋过的乡镇公路，两旁的树有些荒密。正踩油门加挡，发现正前方有黑影。

看清了，又是一头牛，一个人。

跟上次几乎一模一样，那个人丢开牛绳就跑。不同的是，那个人不往路边的油菜地里跑，却是往前面跑。是小跑，跑跑停停，而且边跑边朝后头看。后来干脆停了下来。他是在试探？他是舍不得？好不容易偷一头牛，他妈的碰上了一辆车一个人，坏了他的好事？

隗三户只能将车停下来。因为牛总是苕瞪瞪的，站在公路中间挡了他的道儿，车绕不过去。牛没人吆喝就不走啦，一动不动，像一尊黑煞，两只眼睛在车灯里闪着野兽一样的绿光，令人发怵。隗三户心里对那人说："你个傻逼，你把牛牵着闪开不跑，给我让个路，我又不知道你的牛是偷的。"看来老话说得对，还是做贼心虚呀。这是一个偷牛贼是没有疑问的，不可能牵自己的牛见了人就跑。

那偷牛贼不走，站在那儿，他本来想大喝一声把那人赶跑的，然后再把牛……可他没吭声，牵上牛绳却对着远远的灯柱中的那个人这样喊："哎，伙计，你跑个什么事唦，牛都不要了？"他想把牛交到那人手里，那个偷牛贼手里。他是带着一种发泄的快感这样喊的，这样有一种报复的快感。当他喊"伙计"把牛绳高高扬起的时候，招手的时候，他有一种快感。

那个人，那个偷牛贼站着还是不动，像雷打痴了一样。是在审度，迟疑。

当隗三户把牛牵着向他慢慢走去，靠近，牛绳再一次扬起，非常肯定地示意那个人来接时，就见一道寒光一闪，偷牛贼突然从袖笼子里滑出一把亮晃晃的尖刀！偷牛贼一定以为这人是来使圈套抓他的！或者因为慌恐，那刀像一条鱼一翻，只听见扑哧一声，那个东西就坚挺地扎进了他的身体。他胸口突然有一种豁然开朗的感觉，顿觉爽亮了，这几天的憋闷呼呼地涌了出来，一扫而空。刚好刺到他最痛的位置。他睁大眼睛盯着那个人，那个偷牛贼，想看清他，把他记着。没有任何特征，就是一个家乡常见的农民，农民的装束和农民的形象，农民的表情，土麻啦叽的、传统的、老实本分却又带着一股崭新的凶机与决绝……他突然想，这下就可以死在家乡了。这下终于就有

145

个他想埋的地方埋他了。一切都解决了。解决得这么容易，解决得这么彻底，这么突然，这么迅速，简单。他真高兴，有一种解脱。

他倒在路上。这时风向转了，没有什么臭味儿，或者离猪场渐渐远了。他艰难却深深地呼吸着，漆黑深沉的夜里，从田野上吹来的风，带来了油菜花、荠菜花、蒲公英花、野樱桃花、野芹菜和野苜蓿花，以及植物和水面的香味儿，清新无比。这香味儿抚摸着他，像母亲抚摸一个孩子，一个万里归来的游子。他牢牢地用鼻子吸嗅着，抓住这种气味，沉醉地吸着，因为脸贴着大地，吸得透心沁骨。从没有这么近吸土地的气味。他吸着，直到把所有田野的气味都吸进体内。谁在那儿喊"三三"呢？"三三，三三……"谁在那儿大声急切地喊？他终于满足了。

（原载于《人民文学》2010 年第 4 期）

湖上往事

一、找金麻喝酒去

老皮待在家里。他筒着手，很不自在。他想喝酒。这么冷的天，不找个人喝酒那可难熬。就找金麻。平时在湖边见了金麻，金麻坐在船舱里，伸出个麻脸来举着杯子："来，老皮喝一杯！"金麻这人热肠。金麻的船在水边。这么冷的天，船一晃，酒就晃，一晃就醉。

老皮抱着酒瓶去了湖边。老皮想吃鱼，他很久没吃鱼了，他馋鱼。老皮看到金麻的船了。金麻的船像个破庙，船篷的席破了，用塑胶布盖着，上面压了些土坷垃，破席在风中直响。

"金麻，我找你喝酒来了。"老皮喊。

"是老皮？"船篷里应声，"老皮你不守在家里顶风出来喝酒？"

金麻钻出来了，金麻笑，金麻一笑就不像个人，金麻的嘴撕得很开，像个破书包袋子。金麻有几颗稀稀的麻子。"老皮，我有两匹干鳊鱼。船上冷，船上生火烟子呛人，咱们到你家去。"

"你有干鳊鱼？"老皮惊喜。真能跟金麻碰酒，那是幸福的事。老皮有点不敢相信眼前的现实：吃金麻的鳊鱼，在一个桌子上碰酒。

"走哇，老皮，"金麻披着棉袄出来了，金麻的手上提着两匹干鳊鱼，熏得又薄又黄，就像两匹烟叶，"走哇，老皮。"金麻拍他的肩，金麻真亲热人。

"叫我家凤儿给咱们温酒去，叫她给咱、咱们焙鱼，咱们想、想喝多少喝多少。"老皮说。他太激动了，他有些语无伦次。

他们两人沿着稀疏的芦苇路往老皮家走。老皮把金麻领到自己有短墙的院子，老皮喊凤儿。凤儿出来了，凤儿是老皮的闺女，穿着臃肿的衣服，她从烟气腾腾的树蔸火塘边站起来，一站起来那身段就好看了，不是一般的身段。金麻就是这样，爱看女人的身段。金麻喜欢荆州花鼓戏，那古戏里旦角儿走路，就是走出了一个身段。凤儿不瞧金麻，凤儿极不情愿地接过酒瓶和鳊鱼，扭头就去了厨房。

"这伢！"老皮说。老皮招呼金麻进屋，老皮要金麻坐在火塘边。老皮要金麻坐上风头，老皮说这烟熏眼儿，咱泪水串子都熏干了，一个冬天就蹲在边边上吹火。老皮说，金麻你坐，家里没什么看头，乱糟糟的。凤儿贴了些窗花，咱要她莫贴，贴也是白贴，可我这闺女就爱剪个窗花描个鞋样什么的，女孩子家就是闲不住，不像咱们，整天就恋点酒。冬天真不是人过的日子，板妈养的！

老皮说了些话，老皮看着和蔼可亲的金麻，他的话就有些多了。

"凤儿。"金麻喊。

凤儿在房里，没应声。

"凤儿，你金麻叔叔叫你哪！你出来喊一声金麻叔叔。"老皮敲筷子了。

"算了，莫叫我叔叔，闺女大了，不好意思了，"金麻说，"喝酒，老皮，咱们喝酒。你吃吃咱的熏鳊鱼，用蒲蒿熏的，你闻香不香？"

"香，香，"老皮说，"金麻，咱们往死里喝。"

金麻说："那还不！跟你喝酒哪儿还有不往死里喝的理！宁伤身体，不伤感情。"

老皮点头，老皮看金麻娴熟地撕扯着干鱼，把鱼刺用牙齿一根根挑剔出来。看金麻吃鱼真是一种享受。

金麻喝着酒，他的眼珠子转了转，他用手抹嘴髭，说："闺女大啦，老皮你要享福了。"

"闺女大了享什么福，金麻你取笑我哪，金麻老弟。"

金麻说："凤儿得找个好婆家，百里挑一的闺女嘛，郎浦村选不出第二个！"

老皮说："吃藕长大的，能寻个婆家就不错啦，你莫夸奖。"

金麻神秘地凑过去在老皮耳根上说："老皮，我给你凤儿说个媒。我金麻得帮这个忙，凤儿不能在家里吃老米。我来给她说个好婆家。"

"行，行，金麻，你见过世面，你去过汉口，一切仰仗你了。"

"喝呀，老皮你喝酒，别尽顾着说话。"

"喝，金麻兄弟，到时我买小茅香给你喝。"

金麻红着麻子，老皮敬的一杯酒全倒进喉管里去了。酒在金麻喉咙里汨汨地流淌。

二、凿　冰

村里的人在冰上凿洞。他们准备凿出洞来后用麻罩罾鱼。他们用冰铲凿，一人一支冰铲。他们，村里的男人，他们哈出的气像一团团雾，在冰湖上飘散。

"老哥子，早啊！老哥儿，瞧你冻出的鼻涎！"

循着声音，老皮把头扭过去，是唐朝。唐朝也来凿冰了，这老家伙，少说有十年没下湖了，这么冷的天也来凑个热闹。于是，老皮应付说：

"早哇，早哇。"

唐朝把麻罩放下，他放在一条冻住的渔船那儿，渔船的舷冻得特紧，几根芦苇在风中摇晃，芦苇的一半也冻在冰下。

"老皮，你过来，你吃我儿子三撇从荆州带回的烟。"唐朝让老皮把烟叼着，唐朝划火柴让老皮吃烟。在冰上吃烟，烟头的红火异常明亮。老皮吃了两口烟，唐朝就说："老皮，我跟你结亲家了。"

"放屁，哪个说的？你说的？"

"金麻说的，金麻说你同意跟我结亲了，我家三撇讨凤儿做老婆。"

"放屁，哪个说的！你罩鱼去，你凿你的冰去，你莫在这里放屁。"老皮火了，老皮呸的一声吐掉了荆州烟，吐掉了唐朝的烟，烟滚到一边，马上就被冰滋熄了，化作一股烟，熄了。"你看你放的瘟屁！"老皮气愤，老皮说什么也不会想到与唐朝结亲家，唐朝算啥玩意儿，唐朝的儿子三撇结过两道婚，都把媳妇给打跑了，这样的人，想讨凤儿，真不要脸！老皮心里骂着，手上的冰铲就狠狠地凿。

"老皮你这是……金麻的话我不信？！是真是假，你发这么大的火做什么！"唐朝后来喊了起来，"老皮发火，大家看看，老皮发我的火！"

唐朝的老嗓一喊，那些凿冰的人就都朝这边看。那些冻得发紫的脸，各具特色，都朝老皮看。老皮被人瞧得莫名其妙，他冲过去一把抓住唐朝的领口，往死里勒："老家伙，你说我发火？我不发火？我跟你结亲？我要把你扔进冰窟洞里去。"

"你敢，老皮！你想弄出人命！"唐朝在冰上被老皮推搡得站立不稳，脚下绑着的草绳也散了，他的眼直翻直翻。

这时许多人跑过来，把两个老家伙扯开，这么冷的天，两个老家伙在冰上打架，真不应该。他们扯开老皮和唐朝，把他们引到各自的方向，要他们回去。那些人把他们的麻罩拿过来递给他们说："走吧走吧，回去吧，冻出病来了不好，这儿不是吵架的地方。"

老皮和唐朝几乎是被人撺走的，他们被人推了很远，后来有人往冰窟里下罩，罩到鱼了，一片惊呼声取代了老皮和唐朝的斗殴声。

老皮和唐朝在远远的地方看着罩鱼的人起哄，各自吐一口唾沫往湖岗那边走了。他们走不同的路。

凿冰的地方愈加热闹，估计有人逮到了大鱼。

三、老皮哭得很惨

老皮心里不好受，他想去质问金麻。想去想来，这事与金麻有关。这事全村人都知道了，这事真掉他老皮的脸。他想去啐金麻的脸，啐金麻的麻脸。

老皮老远就看到金麻在风里劈柴，金麻站在树兜上劈柴，几只鸡缩着脖子啄他的木屑，木屑里有虫子。

金麻劈的是船板，他把自家的一些船板全劈了过冬。他整理着那些木柴，大声咳嗽和擤鼻涕。老皮上前就说："金麻，我家凤儿哪一样得罪了你？你说，你说，你今天说清楚！"

"老皮你喝酒了？"金麻说，"你喝烧酒了。"

"我不喝酒，我这辈子再不喝酒了。我今日得问个明白，不问明白我把皮字倒挂起。"

"好，你问嘛老皮。"

"你凭什么说我跟唐朝结亲？你说，我跟他家结亲？我凤儿给三撇做媳妇？金麻你弄出这种坏事来！"

"哈，"金麻说，"老皮是你让我找的，成与不成，你与唐朝协商，那就不干我的事了。"

"放屁！"

"老皮看你，好事不是人做的。成了喝酒，不成拉倒。"

"你想得出来，我凤儿找三道婚的？我凤儿找不到一个童男？"

老皮泪水迷蒙离开了湖滩。

老皮上堤坡的青石台阶，很长很长的台阶，他爬一步喘口气。台阶打滑，上面有残冰。这时太阳出来了，太阳明晃晃的，他抬起头看台阶顶上升起的太阳，他看见了在那些明晃晃的白光里站着安哥。安哥光着头，冬天的太阳正在他头顶升起，阳光跳跃在他的头皮上。他背着个冰橇，许多绳子一圈圈地挂在肩头。他站在堤顶上，臃肿的棉衣使他看上去像一座山。他手里提着一把鱼刀。

老皮感到步子发沉。他有点怕安哥。这小子向凤儿提过亲，老皮没同意。这小子又穷又犟又有些憨，是个孤儿，整天提着兽夹子逮香狸，捕水獭，撵野羊，日夜不归。现在他扛着冰橇又去冰湖上捉那些冻陷住的野禽去的。往年，野物多，他可以凑合着过日子；这年头野物少了，能碰上只耗子就算不错，所以他常常是吃了上顿没下顿。老皮那时回绝了安哥的条件是：你给我打一百只水獭和香狸，我就把凤儿给你。那时安哥扭头就走了，那时老皮啐了一口。

老皮现在碰上安哥，他想从安哥身边擦过去。安哥说话了：

"你把凤儿给了三撇？"

"与你无关！"老皮说。

"你给三撇，我就杀了你！"安哥说，他说得像真的。

老皮看着安哥眼里闪着那种捕杀野物的凶光。安哥杀气腾腾。忽然老皮有了豁出去的冲动："你杀，你杀！我给三撇，关你鸡巴卵事！"老皮一头撞过去，把头擂到安哥胸前，"杀嘛，把头给你杀！老子不活了！"

安哥被老皮撞到堤坡边缘，他快摔下去了。他还来不及做好杀人的准备，杀人总要准备点什么。安哥说：

"离我远点，省得我出刀子！"

"杀，杀，杀！"老皮哭了起来。

他哭得很惨。他在风里，用手护着厚厚的棉帽子。

安哥站在堤上，站在衰草里，他站得很高，一直望着老皮的身影哭没了，后来只剩下风声，也像低沉的呜咽。

后来风越刮越响。

四、太阳像张白纸

太阳像张白纸，挂在天上，飘呀飘的。

几个收湖柴的樵民看见老皮摇摇晃晃地经过街道，走进唐朝家的老屋，樵民们躲在面窝铺旮旯里的炉火前烤手脚。面窝铺是一条旧船，面目苍黑，那些人啃着冷冰冰的油炸面窝，眼看老皮拍打着唐朝家的门进去了。他们看见开门的是三撇，三撇穿狐狸皮袄，手里拿一个土陶的拔火罐。三撇那时在给他爹唐朝拔风寒。唐朝去冰上凿洞受了风寒，三撇拿着拔火罐，往里面烧媒纸狠狠捣弄他爹的腰。他爹俯卧在床上，腰被火罐子拔得通红。三撇开门后对他爹唐朝喊："凤儿爹来了。"

"来看我的，"唐朝说，"凤儿她爹，真不好意思，看我哪，三撇，还不上酒！"

三撇端了杯酒给老皮。老皮没接。

"喝吧老皮，凤儿她爹，擀了酒火的酒，用煮鸡蛋擀的酒火，驱风寒哪。"

"我找三撇，我不跟你说。"老皮对唐朝说。他站在天井的檐柱旁，他没有进唐朝的房门。

天井里全部是卷帘，一堆又一堆。唐朝这老家伙爱编卷帘。

"您坐嘛，坐嘛，爹。"三撇对老皮说。三撇比他爹更不要脸。

"谁是你爹，三撇你不要脸，你们唐家都不要脸。"

"这年头要什么脸！脸值几个钱？爹，迟早我是要把您叫爹的。金麻把凤儿给我了。"

"凤儿是我的，不是金麻的。"

"金麻在我家搬了二十斤酒，五斤干鳊鱼，一匹狐狸。金麻说干鳊鱼您都吃了，算我孝敬您丈人的。"

"三撒，你们不能欺人太甚！凤儿给你？呸呸！三撒你屙泡驴尿瞧瞧……"

"金麻说就这么定了，金麻在我家……"

"呸！那个臭麻子我操……"

"你找金麻喝酒，你说你想凤儿……"

"我操金麻他……"

"你说金麻开金口，一锤子定音，给他买小茅香……"

"我操他的……"老皮抢过去那杯擗酒火的酒吞了。他把它们蓄存在喉管里，然后箭一般地喷出去，喷在三撒的脸上。他看见三撒跳了起来。

"他喷我酒！"三撒向他爹唐朝大喊。

"噗！"又是一口，喷在唐朝的头上。

"老皮，你真不懂味儿！"唐朝歪着腰爬起来就去护三撒，三撒在墙角操家伙，操了一把桨。

"三撒你忍着点，是你岳丈哪！"

"哈哈——"老皮笑了起来，老皮把酒吐完了，他向门外走去，"看你们还放屁不！"

老皮在街上站定了，他发现那几个外乡的樵民在瞧他。樵民们筒着手，他们肯定听见了刚才唐朝家的喊叫声。老皮向外呼着酒气，他看樵民，樵民看他。

"我唾我女婿。"他对他们说，"我唾亲家。"

樵民们看见了，他的胡楂子上沾着些水酒。

五、老皮发火了

凤儿提一桶红薯去湖边洗。她打了半桶水，用梆槌杵着红薯。

"凤儿。"有人喊她，是安哥。

安哥还是背着冰橇和兽夹子。

"安哥，这么冷的天你出去？"凤儿说。

"你爹把你许给唐家？"

"金麻那麻子干的坏事，我不同意。"凤儿杵着红薯低着头。

"你不要同意！你不能干！"安哥说。

"我爹窝囊。"凤儿说。

"三撇要做坏事，我就下手！"安哥说。

"不，不！安哥！你不是下那种手的人！安哥，你不要管，你走远些。"

"我不管？我不管哪个管？！"安哥举起兽夹子，他在湖边乱叫。

凤儿这时站起来，她被水泡得通红的手抓住安哥激动的手。她的手冰凉。安哥被那双手冰醒了，安哥平静下来看着凤儿："凤，你不嫁我也别嫁他。"

凤儿突然笑了："吃咸饭操淡心，我是这么好嫁的？安哥，我劝你不要惹唐家，你不要吃亏。"

凤儿等安哥走远，回到家里，爹呆坐在屋里。

"爹，你去哪儿啦？"凤儿放下木桶问。

"我唾了唐朝和三撇。我唾他们。"

"您唾他们？您去那儿干什么？你不要往那边走！"

"我就想唾他们。"

"那您没理了。"

"这世道还讲什么理！"

"有理走遍天下。"

"这世道是有钱人的世道，这世道不讲理！"老皮擂着自己的腿。

"要坏事了，爹！您不该去唾他们，"凤儿的声音都打战了，"爹，我想我赶快嫁个人算了，省得唐家造乱子。"

"你嫁谁？"她爹用老眼昏花的眼睛瞧她，一副可怜的样子问。

"我……我嫁给安哥。"

"安哥？他这小子太憨，你嫁他，吃兽夹子去？又穷又犟，我靠这种女婿？我跟他脾性合不来。"

凤儿说："爹，又不是您跟他过。"

老皮说："我说出去的话收不回了。"

凤儿说："爹，唐家要造乱子咋办？"

老皮说："他敢！我老命给他们拼了！"

凤儿说："爹，我寻思要出事。那是家马蜂窝，您不该去唾人家。"

她爹发火了："还不是为你！闺女害人！你倒还数落爹来了！不为你，我发个什么老火！我喝点酒烤点火困点觉，百事不理！闺女真害人哪！凤儿她妈，你死得早哪！你现在不管我们了，哇嘿嘿……"

老皮哭了起来，他伤心地一把鼻涕一把泪，凤儿劝他，劝不住，他还是哭。

"爹，我不嫁了，我哪个都不嫁，我做尼姑去。"

"放屁！我还要外孙哪，我要外孙扯我胡子哪！"她爹哭着说。

六、腌狐胯的气味沁人心脾

金麻在湖边的尖舱里清理着他的干鳊鱼和一匹腌过的狐胯。金麻坐在风中，风从冰面上吹来，金麻没缩脖子。他很高兴。他闻着狐胯的气味，腌狐胯的气味沁人心脾。他咂了一下嘴巴，他的女人杨八姐冲出来了，一把揪住他的后领。

他的女人杨八姐刚才是在船尾洗了衣裳，卷着袖子，脸不错，红。杨八姐抓住金麻的衣领："别整天盘划着这点腌尸了，吃人家的！大男人哪，当媒婆！你有本事给我打只黄鼠狼来，给我硝条黄鼠狼围巾！"

"我到哪儿去打？我打黄鼠狼？"金麻叫屈。

"人家安哥还打墨獭哪！去，找安哥去！"

"这么冷的天……"

"找安哥去，安哥的冰橇走了，那道冰槽印印不是！"

"我没枪打什么？"

"用烟熏！"

金麻就这么给杨八姐赶出来了。

他站在野地里。他站在枯苇飕飕的湖坎那儿，他在一个芦苇场的荒垛子边。垛塌了，可垛下有个黄鼠狼洞。他想熏洞，替女人硝围巾。他冻得龟头龟脑，他先安夹子。他手上捏着火柴。他刚准备熏洞，看见有个人向这边走来。是安哥，安哥背着冰橇，腰里挂一串野禽，乑鸡、大雁、麻鸭。

"喂，给我搭只手！"他向安哥喊。

安哥也瞅见了金麻手中摇晃的火柴和他脚下堆的一窝枯草。

金麻喊安哥吃烟，金麻说："女人要围巾，女人要黄鼠狼皮，安哥你帮我一手，我这个不在行，我跟你平分，安哥，我只要皮，肉归你。"

安哥把冰撬放下了，安哥一脚把金麻的兽夹子踢了个跟头，然后又放正在洞口。

安哥要了火柴，点燃，又吹熄了。金麻怔怔地看着他。安哥的眼睛有些变了，变得像两颗冰果，安哥突然说：

"我把你点燃！"

"看你说的，安哥，你点火熏洞嘛，熏黄鼠狼嘛。"金麻说。

"你浑身是酒。你喝了人家做媒的黑心酒，正好把你点燃熏。"

"瞎说，安哥，人又不是柴火！"

"三撇这次给你多少酒？说！"安哥抓住他问。

"不不，兄弟，是三撇找上门的，三撇给了我二十斤苕干酒，假酒！喝了打头！"

"瞧你这张馋嘴！蹲着，别动！"

金麻只好乖乖地挨到洞口，坐下去。

安哥把草点燃了，草噼里啪啦地燃起来，烟雾在空中打旋。金麻一下子包裹在烟雾里，金麻呛了喉咙，发恶地咳嗽，打喷嚏。

"安哥，你熏我做什么！安哥，求饶，我给你说门媳妇！"

"我不要你。我只要凤儿！你敢把她说给别人，小心脑袋！"

烟雾腾起后就什么都看不见了。只有草燃烧的声音。

烟慢慢散了，金麻还坐在那儿，金麻熏呆了，熏成了腊肉。金麻的脸上全是花一块黑一块的烟迹，脸上只剩下一双眼珠子在慢慢转动。

"你熏我！你熏……"他的声音戛然而止，他的眼珠子盯到了面前的夹子，夹子上一只挣扎的黄鼠狼。"黄鼠狼夹住了！"他爬过来抓夹子，他抓住了夹子，他一把按住了黄鼠狼，"黄鼠狼！黄鼠狼！"

他拿眼睛四处去寻找安哥，安哥已经走到西边的枯苇深处去了。那儿有颗太阳在往下坠。

七、他们一路放着浏阳鞭

三撇来找金麻，说："金麻，咋办？狐胯也吃了，凤儿还不到手？"

金麻说："三撇，你不能逼我，我又不是凤儿，我是凤儿我跟你成亲。三撇，我看不如你把家里的酒全拖去提亲？你反正有酒。你只有去提亲，成了事实，看凤儿还嫁哪个！"

"这倒是个主意。"

于是他们进行了密谋，他们认为还是趁热打铁的好，把事情弄成真的。于是第二天一早媒人金麻果然就领着三撇和他爹唐朝，赶着牛车提亲去了。

他们赶着牛车，披红挂彩一坛坛酒，一筐筐鱼；唐朝和三撇父子穿着西服，老家伙走在前面，叼着荆州烟，金麻坐在牛车上，三撇殿后，由两个伙计赶着牛，放浏阳鞭。一路上鞭炮声噼噼啪啪响，引得小伢们一路相跟着拾哑鞭。

车上，金麻东张西望，金麻对三撇说："伙计，就是怕安哥，他要揍人的。"

三撇说："金麻你没卵胰的用，三撇我怕哪个！又不是你提亲！"于是走到老皮家，进院就喊：

"亲家，提亲来了！"

金麻忙跳下牛车，对老皮说："看看，金山银山全拖来了！"

老皮眯着眼瞧一院子的人，护着女儿凤儿，他看着那伙人吆喝牛，刹车，把车上的酒一坛一坛地卸下来，摆在院中央。老皮眯眼，他的眼有些潮了，他可怜巴巴地站在那儿。

"滚！都给老子滚！"他吼叫起来，他指着那些人。那些人的影子被太阳带过来，很长很长。

"你就答应吧，老皮，你不能让我老鼠钻风箱两头受气。"

"滚！"老皮就这个字。

"总不能把事情都弄僵了，让人不好下台，老皮，一个村的人，你得想想。"金麻说。

"我爹让你们滚。"凤儿站出来了，她有点惊慌，她的脸上煞白。

"凤，凤，你就答应，你不答应我撞酒坛了。"三撇冲过去对准一个坛子。

"你撞，你撞。"老皮说。

"东西不要了，亲算定了，不然让金麻给我们拖回去。"三撇的爹唐朝这么说。

"这就不对了，"金麻哭丧着脸，"唐朝伯，这就不对，咱可是好心，咱不能猪八戒照镜子里外不是人！"

"那怪鬼！"唐朝说，"我儿要撞坛子了，他撞了唐家要断香火。"

"让我撞！"三撇对拉他的两个伙计说。

"不要闹出人命来！买卖不成仁义在。"金麻也上前去拉三撇。他们把三撇架上车，金麻回过头对老皮说："你看，人家这么爱你家凤儿，人家要以死来换爱情！梁山伯祝英台哪！老皮，你的心是铁打的？"

他们赶着牛车走了，看热闹的人也一个个走了。院子里安静下来，只剩下那些酒坛和鱼筐蹲在那儿。

"爹，我们怎么办？我去喊安哥？"凤儿说。

老皮一屁股坐在门槛上。老皮吃烟。

老皮一直吃到天黑，硬是一句话都不说，像死了一样。后来，老皮操起一根劈柴，对准那些酒坛就砸。他砸酒坛，踩鱼筐。十坛酒哗啦啦地砸，哗啦啦地流，干鱼四下翻飞。十坛酒流了一地。

"爹，你不能这么干！"凤儿哭着去制止她爹。她拉爹的手，她爹没能停下来，越砸越凶。"爹，我们赔不起人家！"

她爹狠狠地砸，砸净了，力气用尽了，一下子扑倒在那些狼藉的酒水里。他舔到了酒，他的头搁在一个碎坛上，那里面还有些残酒。他把头伸进去，一口一口地吸，像头牛喝水，把里面的酒舔干。他终于醉了过去。

"爹！爹！"凤儿拖着她爹，沉沉的，泡着酒腥味儿的身子，把他拖进屋去。

这天晚上，整个郎浦村都飘着浓烈的酒香。人们闻风而醉。一连几天，那酒味儿仍不能退去，在村子里的每个角落游荡。而老皮呢，老皮整整醉了三天不醒，鼾声如雷。

八、索　赔

老皮还没有醒来，安哥来了。安哥顺着酒香一直追到凤儿屋里。他踏着瓦片，他看到了长醉不醒的老皮和垂泪的凤儿。事情清楚了。

"咱们家赔不起酒。"凤儿这么说。

"我赔。只要你不嫁给三撇，我来赔。"安哥第二早晨去拍唐朝家的门，他背着两条香狸。那可是值钱的东西。他放在冰洞里好些时了，整整一个冬天，他就打了这两条香狸。

唐朝把门刚打开一条缝，两只毛茸茸的香狸就丢进了屋，立马屋里弥漫出一股奇异的香味儿。

"嗬，好香！比酒还香！"唐朝说。

"赔你家酒的。"安哥说。

这时，三撇也出来了，三撇说："安哥，你又没喝我们家酒，两匹死河狸拿回去。"

"这是香狸。"安哥说。

"哪还有香狸？河狸，没见过？！"三撇踢了踢那堆猎物。

"你没闻到香味儿？"

"一股死臭！"

"三撇，别仗你有几个钱作骚。那钱是怎么来的？还不是行贿了卖你的破卷簾！"

"放屁！"三撇说，"你有什么证据？"

"我这是给老皮赔酒钱来的，他砸了你家酒。你去看看吧，假酒，他还没醒来呢三撇伙计，这够了吧？"安哥说。

"够了？不嫁给我了，这两只死河狸把凤儿给你了？"

"只算酒钱，别的不干你事！"安哥说。他背着兽夹子，他把兽夹子敲得直响。

"吃横？安哥你吃横！"三撇怪笑，那模样真是令人恶心。"安哥哥，少说五条河狸。没有，拿十只水獭顶。"

"十只？你让我天天晚上蹚冰面？你让我冻死？你让我离开郎浦村，你好抢人？"

"笑话！我限定你三天，安哥。三天交十只水獭，咱俩无事。"

"行。你想抢凤儿，我夹断你的腿！"安哥举着兽夹子。

这一天，安哥没给凤儿打招呼就不辞而别了。他要到很远的地方去夹水獭。

这一天晚上大雪纷飞，老皮还没醒来。又过了两天，老皮还没醒来。

已经是第三天了，三撇憋不住了。满街之上还飘着他家的酒香，假酒的香味儿。酒不会白流，他想时辰到了，估计安哥那小子无颜回来见凤儿了。

三撇这天晚上穿狐狸皮大衣，在硬邦邦的雪地里走，他踏着月光，去拍老皮家的院门。门闩得死紧，他找了几块砖垫脚，爬上了老皮家的短墙。

三撇站在短墙上，先喊安哥，他喊安哥安哥快开门儿，索赔的来了。喊了半天，没回应。"安哥你躲，你不理我，三撇我今天就站在这儿喊一夜！"三撇故意这么大叫，其实三撇知道，没谁听见，这周遭的房子稀，风也是向湖心吹去的，声音全落进湖里了。

"安哥，你不赔就让老皮做我丈人！不做就赔酒！"三撇胆大了，三撇跳了进去。他说："凤，安哥不能回来了，凤给我做老婆。我想你好多年了，我给你好吃好喝，穿金戴银，我什么都依着你。"

凤儿开门出来了，她听见了三撇说安哥，她问："安哥不能回来，他去了哪儿？"

三撇说："鬼晓得。"他的手就有些痒了。

"放开，我爹出来一棒夯死你！"

三撇的手就不敢动了，他仄耳听屋内的响动。他听到了屋里鼾声如雷。"你爹睡了。"三撇上前就抱住了凤儿，他的手像蟹钳子，他是个横行的蟹托生。

"呀！"凤儿咬了。女人有牙齿。应该咬男人。可三撇是个横行的家伙，三撇把她往屋里拖，三撇说："凤儿你迟早是我老婆。酒也砸了，你爹赔不起，安哥也赔不起，今天你依我就不让你赔，凤儿你不要咬，今天一次抵十坛酒。"

凤儿在笸箩里抓剪子，她想抓个凶器，她咬，她想把三撇的眼给戳了，结果她没能抓到剪子。

三撇是个横行的家伙，三撇喘气，三撇对付女人有能耐，他一件一件剥女人的衣服。在冬天，那可真要一把力气。他对凤儿说："你不咬了，你老实点，凤，我给你打银镯子，我真心实意要娶你，我对你百依百顺，只要你晚上依我，白天我全依你。"三撇还说："凤，我把老皮喊爹，我供他酒喝，我给他捶背、搔痒、刮胡子，我什么都干，我做个好女婿。我给你家抹墙、翻顶、浸渔网、倒夜壶，我做孝子贤孙。"

三撇终于把事情弄成了，他很有信心，他长驱直入。他听见了女人的尖叫，女人的尖叫在雪夜怎么听都悦耳。后来女人不叫了，女人像死了一样，女人的头发无力垂落床前。后来他去舔女人的脸，他舔到了一口咸味。后来他的兴味就没了。男人的兴味来得快，去得也快。

后来他就走了，他踏着院子里满地的酒坛瓦块。他闻着酒香。他细细回味，他想这酒坛不破哪有香味儿，女人也一样，破了，香味儿就出来了。

他是个横行的人，他横着走。他听到屋里的鼾声一阵紧似一阵，老皮还没有醒过来。三撇家的假酒真好啊。是唐朝酿的，是唐朝这老杂种用酒精勾兑的。

九、这天晚上

这天晚上，月光亮如白昼。

这天晚上，三撇走出老皮院子，他没走几步就劈头撞了个人。他以为是撞了树，多亏月光，他抬起头来就清清楚楚看见了光头安哥。安哥带一身芦苇与泥沼的气味，安哥前后背一大串野物，全是水獭！

"你挡道儿了。"三撇说。

"全赔给你。"安哥说。

"过时间了，我不要了，我什么都不要了。我不在乎十坛酒。"三撇说。

"你真的不要了？"

"我说话算数，嗬嗬！"三撇笑。他笑着走了。

安哥拔腿就往老皮家跑。安哥跑进屋，他划燃火柴，他点燃灯，他看见了床上鼾睡的老皮，老皮身上一股浓烈的酒味儿直冲他鼻子。他寻凤儿，他发现了凤儿敞着怀躺着，白得耀眼的胸，白得耀眼的奶子，安哥是头一遭见到女人的光身子，他喉咙发干，他恐惧，他喊起来：

"凤儿！凤儿！"

凤儿一扬手，打掉了安哥手上的灯。凤儿醒了，凤儿抓住了安哥，就抽安哥的嘴巴，就扯安哥的耳朵，她踢，她刨，安哥被她弄得满脸是伤。后来凤儿打累了，她没力气了，一下萎坐到墙边。

头破血流的安哥重新点燃灯，高举着站在凤儿面前。凤儿这才看清是安哥。

"哇！安哥——"

凤儿哭起来，她穿好衣，她突然一抹脸，不哭了，平静地对安哥说：

"你走吧，安哥！"

"我是为你赔酒钱来的！"他指了指墙下的那堆水獭，"我打了三天，我三天三夜没睡，我走了几百里路，我凑齐了这十只水獭，三撇这小子，我要杀了他！"

安哥抽出腰上的鱼刀，他向外冲去。凤儿一把拉住他。"安哥，你千万不能！我不是你的人，现在我是三撇的人了，安哥，你不要傻干，你跟他拼命我就投湖去！"

凤儿跪着向安哥求情，她头捣地，她拽着他。安哥木桩一样地站在那儿。安哥摸了摸凤儿凌乱的头发，他揩揩眼睛，捡起地上的水獭，一个人孤零零地走了，消失在月光里。

哗——哗——，湖水解冻了。

十、木　排

人们第一次看见凤儿走进三撇家门的时候脸色苍白。凤儿是自己走去的，一个人走去的，凤儿走进那个老宅就看见了三撇，她对三撇说：

"你想要我，你得给我做新屋。"

三撇高兴得不得了："好好，我一定做新屋。"三撇看见凤儿不笑的时候如此之美，三撇的手就又痒了，他对凤儿说："进屋来，进屋来，凤，我想死你了。"

这时，三撇的爹唐朝闻声出现了，唐朝见了凤儿，喜得山羊胡乱翘，说："还不倒茶！拿君山银针来！"

三撇说："爹，你出去，我跟凤儿商量点事！"

唐朝说："新媳妇到家了，我坐坐还不行吗？凤儿，你爹还好吗？他把酒砸了，我们再给他拖酒去。"

凤儿说："别拖了，我爹不同意。"

唐朝说："这个亲家。"

三撇对他的爹说："凤儿要我们做新屋。"

唐朝说："做，做，做了接新媳妇，把亲家爹也接来，两个老家伙在一起打花牌。"

事情就这么定了。三撇亲自带人上山伐杉料。三撇要用香杉造屋。

三撇伐了杉料从山上下来了，扎成满满当当三个木排沿湖滚滚而下。

香杉木排靠在郎浦村埠头，木工们把木排砍散，一根根背上坡来，堆在堤脚。一根一根，堆得像山一样。

铺天盖地的香杉运到了村里，三撇的爹逢人就说，咱们起新屋接凤儿媳妇的。村上的人都知道了三撇的木排是接新媳妇的，许多人跑到堤边去看木材堆。他们剥树皮，他们的小伢崽们在木料堆上玩游戏，唱一些莫名其妙的儿歌。

这天，木匠们又下湖背木料了，他们背着长长的木料在湖滩上行走，喊着单调的号子。

三撇躺在水上的木排小屋里，有人来给他报信说，老皮打到木排这儿来了。三撇起身走出棚子。老皮已经跳上了木排，手握一把杀猪刀。

老皮上了木排就乱砍，他砍了木料，砍扎排的绳子，砍桨片。老皮发疯了，背木料的几个人站在坡上，他们不敢上去拉老皮，他们怕老皮的杀猪刀。那是砍猪骨头的刀。

"三撇，畜生，你害我闺女！你做什么屋，老子把你们全砍了！"

老皮喊着，砍着。三撇有点发怵，三撇一时不知怎么办，他看老皮靠近了，他没处躲，只好爬到棚子顶上去。三撇站在棚顶上，他对岸上那些背木料的人说：

"还不扭住他，快抢他的刀！"

那些人无动于衷，没一个动手。那些人向三撇摊着手，做着手势，表示完全没有办法扭住一个发疯的人。

"你跑，我看你跑！"老皮向棚顶的三撇举着刀。他的脸扭成一团，他杀气腾腾。他在寻找上棚的地方。

三撇下没处下，走无处走，在棚顶上打转儿。三撇喊道："爹，丈人，你不能这样，你朝凤儿看。凤儿要我弄香杉来做屋的！爹，老皮！丈老头，我是你女婿哪！"

三撇把好话说尽了，老皮一句也没听进去，老皮砍棚子的柱子，老皮蹬棚子，老皮要把棚子砍倒。"你这杂种！你这畜生！我砍死你！"

老皮真狠，老皮已经砍断了一根立柱，又去砍另一根。棚子在嘎嘎作响，棚子快倾倒了。三撇有些站立不稳，他知道棚子一倒，他就没命了。他前后无路，在棚子即将倒塌的一瞬间，他扑通一声跳入湖中。

初春的湖水，三撇在水里浮出头来，他冷，他往岸上游。他有些受不住，初春不是游水的日子。

老皮往岸上跳，他要到岸边去截获三撇，不让他爬上岸。三撇没办法上岸啦，三撇在湖中喊救命。这时背木料的有个人解开一条小划子，划过去救他。

人们看见三撇终于爬上了小划子。而岸上的老皮半涉在水里，一步不退地守着。他要逮住三撇把他剁了。

后来划子向其他地方划去了，三撇缩着肩，像只落汤鸡。

后来人散尽了。老皮还候在那儿，站在寒冷的水里，向空空的湖面上骂着"畜生，畜生……"

十一、老皮病了

老皮躺在床上说昏话。老皮脸色吓人，胡子拉碴的。凤儿坐在床沿给他喂药。

凤儿说："爹，你得喝，你把它喝进去。"

老皮说："我才不喝，这是唐朝的酒，下了毒的，金麻你让我吃了两块干鳊鱼，你就能换我个闺女？三撇，我日你妈！"

凤儿说："爹，喝吧，这是药。"

老皮说："不要劝了感情浅慢慢舔，感情薄慢慢酌，劝是劝不好的，现在的哪种酒不是酒精兑的，你说？十年前喝酒可不是这个味儿，凭良心说哪个男人不好酒贪杯？唐朝你个老不死的你活得不耐烦了，你敢到王医生那里弄酒精给我喝？三撇，我用酒淋你的香杉木料一把火烧了！

凤儿放下碗，摇摇头。那边，火煮着药罐，咕咕直响，满屋是中药气息。

"咱告他个狗日的！没王法了！"老皮咳嗽着说。

"千万不能，爹，您告了，女儿我的名声就完了。爹，您千万不要干害了女儿的蠢事。"

"凤儿，是我害了你，我贪杯害了你，我多喝了几口，就把你托付给了金麻子了，我害了你。"

"爹，不要说那种话了，爹，是我自己愿意的。"

"断他唐朝家香火！"她爹老皮说。她爹望着屋顶。

凤儿提着洗衣桶卜湖去，篱花卉了，她沿着荆篱走。她走在深深的篱槿道中。

"凤。"

安哥，他站在一畦青菜地旁。他喊她，显得不自在。

"安哥。"她喊。

"我给你爹夹了只籴鸡，给他煨汤喝。"

"安哥，谢你了。"

"三撇做新屋了？"

"嗯。"

"他接你？"

"嗯。"

"凤，你不能跳火坑！凤，你跟我走吧，咱们逃远点，咱们离开这儿！"安哥抓着凤儿的肩，他的夹野物的手抠进凤儿的肩胛肉里。

"不，安哥！我对不住你，安哥，日头偏西了，你忙你的去。"

凤儿笑了笑，她掰开安哥的手，她在安哥的手上捏了一下，她给了安哥一个媚眼，她扭着腰，从安哥身旁走过去了。

"凤！"

凤儿走过木槿花丛，木槿花一片雪白。

十二、先给他吃这一嘴巴

娶亲的那天，风和日丽。唐朝家鞭炮震天，去老皮家时鸣锣开道。十八只丈长的喇叭神吹，双音唢呐在后排督阵，迎亲的人挤满村道，两辆牛车拉着十坛酒。

老皮躺在床上还没恢复，老皮带病喝了几碗白酒又昏醉不醒了。迎亲的单等老皮打起了鼾声，就把凤儿接走了，接进唐朝家的香杉楼里。

香杉楼雕龙画凤，镂金嵌银，古色古香，跟别人家的钢筋水泥房完全不同。送亲的在楼上吃酒，看热闹的在楼下喝汤。

金麻在楼上坐上席，他坐在上面，他是媒人，他受到了最高的待遇。许多人跟金麻碰酒，金麻的酒杯碰得叮叮当当响，碰一下，喝一杯。金麻的麻子喝红了。他跟三撇碰，说："三撇，你爹说好事多磨果真如此，哪个不羡慕你七挑八挑挑了个天仙！"他跟凤儿碰，他让凤儿给他敬酒，他说："凤儿呀，你有福气，凤儿明年的今日我就来吃红蛋了，凤儿你看这屋，你看这盘中餐，唐朝家是咱村大户，看人家摆的酒席！凤儿你有了这个好去处，我是女人我就抢着嫁三撇，可惜我是个麻子。凤儿你喝，你一杯我一杯，你灌倒我，我就睡你新房里去。结婚闹房无大小，过了今夜你就不是我侄女而是我妹子了。三撇，小心我从后窗爬进来。"金麻后来把舌头喝直了，怎么也卷不出半个字来。后来，人们把金麻抬回他的船上去。金麻一辈子住船，金麻在岸上没个房子，金麻的钱都喝了酒。

天黑了。天下没有不散的筵席。接着三撇就把凤儿抱进洞房。

洞房的窗户上全贴着凤儿剪的窗花，全是红窗花。

凤儿吐着酒气，她真喝了酒，她平生第一次喝酒。她不让三撇的臭嘴拱她，她向三撇吹酒气，说："三撇，我没个亮盒（装嫁妆的）来，你不嫌弃吧，我陪嫁啥都没有，就剪窗花的剪子，日后我天天剪窗花卖钱补嫁妆。"

三撇说："哪要你剪窗花卖钱，我三撇什么都不要你做，我只要你给我生儿子。凤给我生个儿子！"

"你把剪子给我。"

"凤，我给你藏着了，以后给你。"

"不，你今天不给我，我不上床。"

"凤，你脾气真硬！"三撇熬不住了，血直往一个部位涌，撑得难受。他把凤儿朝床上抱。凤儿脚恋着楼板，凤儿用脚跌楼板，跌得楼上楼下都能听见，楼板是木的，不是水泥的。

"把剪子给我！把剪子给我！"

"凤，你莫跌，凤，你想歪心思，我不给你，剪子交我爹藏起来了。"

"那好，三撇，你先坐着，让我自己来，我脱给你看。"

三撇就坐着，他搓手。这婊子养的。

"三撇，我脱一件衣服给你一嘴巴，你不依，我就把楼板跌穿。"

"凤，你这是整人哪，我楼下全是五亲六眷……"

"那就依我。"

凤儿脱衣了，她细细解每一颗纽扣，她解一颗朝三撇笑一下。

袄儿脱了，巴掌甩过来了，"啪！"清脆的一声，三撇忙捂住脸："凤，真打哪，你轻点，我求你了……"

又一件。"啪！"又一声。

这天晚上，听房的人在窗外的走廊里、大树上听见的都是些很清脆的声音，他们断断续续听见男的说"别打了，别打了"，女的说"我还没脱完呢"。

那些啪啪的声音很清脆，人们知道那肯定是巴掌打在肉上的声音，就像打鱼人用手拍打腿上的牛虻子。

十三、两个失魂落魄的人

太阳金光四射，湖上一片宁静。

有水鸟在那儿飞。湖滩上人家晾晒的衣服，在湖风里温暖地飘扬。

鱼汛来了，打鱼人都走了，村里没什么人，只有鸡叫牛哞。

老皮出来了，老皮在村里村外溜。老皮苍老了许多。这么大的太阳，老皮还感到冷，老皮筒着袖子，他走路，他只看自己的脚下。他看见湖边的草丛中有一只旧船，他想到那儿坐一会儿。他往那儿走去。

有个人蹲在那儿剥野物，剥一只血淋淋的兔子。那背影一看就是安哥。

老皮悄没声息地站在他后面，老皮想走，但迈不开步子。安哥感到后面有个人，他转过头来，看到了恓惶的老皮。老皮袖着手，颧骨下的阴影老深。

安哥拿着那把鱼刀，他用鱼刀剐野物。他冷冷地看着这个人。他的表情就像条豺鱼。

老皮想向他笑。老皮的眼里透出了乞求宽恕和怜悯的光束。老皮快哭起来了，笑真难受，还是哭的好。他的老脸一撇，就流泪了。

"安哥，剐兔？"老皮这么说。

"唔。"安哥说。

"我要操三撇的妈！"老皮说。

"我也是。"安哥说。

"我骂三撇、唐朝，骂金麻！我骂！骂……"

"我也是。"安哥说。

"你不骂我吧？"老皮说。

"我不骂你，老皮，我不骂，我不像你这么骂，"他从脚边拿起那个兽夹，说，"老皮你认识这个不？夹腿的家伙，你认识？"

老皮说："我不认识，我骂，骂他个鸡巴日的，我就嘴好吃，我伤你的心了安哥，我找你要过水獭和香狸，我现在什么也不找你要了，我把凤儿给你。"

安哥不解地望着他，"老皮，你有这么好？老皮，你势利眼。"

"从今天起，我真把凤儿交给你了，交给你照顾她了，安哥，我老了。"

安哥打量着这个老头，他有些吃惊："你在撒谎，老皮。"

"不，我明天就去三撇家接凤儿去，我接回来把她送到你家去。"

"老皮，你回去吧，外头风大。"安哥说。他将老皮搀着，给他拍打肩上的灰土。

"我反正把凤儿给你了。"老皮最后说。

十四、爹喝着十八坛酒

凤儿回娘家去，娘家就一个爹。

凤儿这天回去，她爹老皮坐在阶檐坡上喝酒。她爹老皮把一根竹管掏空了，在阶檐上一坛一坛咂酒。老皮在喝咂酒。

老皮闭着眼，挨个儿咂。十八个坛子，一口咂一坛。就这样，轮换了尝十八坛酒的味儿。

"爹。"凤儿喊。她站在那儿，她绾着髻髻头，像个嫂子，她看她爹那么咂酒，开了十八个盖子，她有点害怕她爹了。

"凤儿！来喝酒，喝酒，你怎么没把安哥带回来？我把你交给他了，"她爹老皮说，"我天天就喝这些酒。"

"我跟你做饭，我跟你焙干鱼炒青菜，"凤儿说，"您别喝了，您歇口气儿。"

凤儿上前夺过她爹的那根咂酒竹竿儿，进屋去了。她爹老皮一时空了手，没了咂酒的家伙，四处寻，看着自己的手，手上光光的；又看看敞开的酒坛，像看老井一样，一坛坛瞄："我要喝酒！我要喝酒！"

凤儿拿出个脚盆来，给他爹洗被子，洗衣服，她把那些脏衣物都丢进盆里，她对她爹说："爹，您得爱惜身子。这是三撒那婊子养的酒，您别喝他的，他放了毒药的。"

"我不怕，我就想喝毒酒。我成孤老了，我没个活头了。我讨米去，我拍渔鼓筒去。"

"爹，瞧您说的，明日您有外孙孙了，让外孙孙给您陪伴。"

"你跟三撒生？！"

"那还不是我养的。"

"你怀啦？"

"嗯。"

"你给老子打掉去，你莫跟他生！让他唐家断子绝孙！凤，我把你给安哥了！凤儿！"

"爹，您说迟了！您现在说白说了，您在说胡话。难怪村里的人都说您返老还童了。"

"凤，你跟安哥，我现在想通了，没什么人好给。"老皮坐在台阶上，他满脸酒色，他抚着光滑的酒坛子，他靠在酒坛上，一个人唠唠叨叨。

凤儿看着爹这个样子，晚上他回到三撒家，对他爹唐朝说："你过去说做屋了，把我爹接过来跟你打花牌的，我爹一个人，你现在应该去接了。"

唐朝说："现在能接呀，你爹疯疯癫癫的，接来打花牌？打屁！接来让我侍候？我比你爹大八岁哪！"

凤儿说："你说话得算话。"

唐朝说："你敢跟长辈顶嘴？老皮是这么教的？真是有娘养无娘教。"

凤儿气白了脸说："三撒也一样。"

唐朝说："凤儿，你好大的胆。"

凤儿说："没这么大的胆敢嫁你们家！"

唐朝说："妖精！"

凤儿说："妖精也要管爹。你不接来，我回家去侍候我爹，人不能不孝。"

一气之下，凤儿走了，凤儿走出香杉楼。

晚上，唐朝对三撒说："还不去接她！"

三撒说："她自己走回来，她不回来，看我不揍扁她！多少女人打不服！"

十五、好久没踏金麻的船

过了三天，凤儿还没回来。

三撒守不住空房了，三撒的爹也整天数落三撒管不住媳妇："我看你还想结几次婚的，杂种！"他爹瞎骂："媳妇跑了找媒人，你找金麻去。"

三撒被逼不过，只好去找金麻。

好久没踏金麻的船了，三撒上了船就往舱里爬。金麻和杨八姐还没起床哪。

三撇向舱里喊："金麻，凤儿跑回家了，你帮我抓去。"

"你们结婚了，我还管你们！三撇，你自己抓去。"

"找媒人。"

"那我去说说看吧，也许不管用。"金麻趿着鞋下船了，他唤三撇："走呀，一起走呀！"

三撇说："我在这里听信儿。"

金麻一个人缩着脖子走了。三撇坐在缆桩上吃烟，他见金麻翻过堤埂了，他吐出烟头，冲进舱里："八姐，八姐，要不要人焐脚？"

"我不要。别动我。"女人说。女人把脸扭向一边，她浑身冒着热烘烘的酸气，在被窝里的女人，就像出锅的馒头，又软又热。三撇一闻这气味就来兴。

他把女人扳过来，他把手掏进被窝，后来他把整个人也掏进了被窝。

"你跟凤儿去，黄花闺女哪！"

"八姐，我吃你奶奶。"

"三撇，你真是个流氓。"

船摇晃起来，没有风浪，船却晃得厉害。

他看见女人出了一身汗。他钻出被窝对女人说："凤儿跑了，凤儿不让我睡，睡成了，也没滋味。"

"你揍。"

"揍了我再离婚，再结婚？"

"揍嘛，三撇你不揍你能做什么？"

"那就揍。"

"你还得长只眼，小心她偷汉子。"

"她偷汉子？"

"哪个女人不偷！"

"揍人我不是外行。"

"你走哇，三撇，你让金麻回来看笑话。你到老皮家去，找媳妇去，我又不是你媳妇，真是！"

"我想让你做媳妇。"

"我才不做，我做了你打我。"

三撇硬是被杨八姐赶下船了。

十六、他戳金麻的嘴

老皮家老皮正在给金麻酒喝。老皮拿着那根哑竹管，要金麻哑。老皮说："你喝，金麻咱们喝酒吃干鳊鱼，金麻咱们好久没一起喝酒了。"

金麻说："老皮，我是接凤儿到三撇家去的。凤儿，你听我金麻一句话，你回去吧。"

凤儿说："我去了，我爹送到哪儿？我爹送你船上让你养老去？"

金麻说："我是老鼠钻风箱，我再不做媒了。"

凤儿说："喝酒嘛，有酒喝，不做媒干啥去？金麻，金麻哥。"

"凤姑娘，你要叫我叔叔。"

老皮说："喝酒嘛，金麻，这是哑酒。"老皮拿竹管去戳金麻的嘴，他让金麻含着，他戳金麻的麻脸。他说："金麻，看你的麻子，麻子麻，背钉耙，下河坎，种芝麻。芝麻结了果，麻子失了火；芝麻开了花，麻子搬了家。金麻你搬家了咱们就喝不成酒了。"

金麻退着，老皮戳一步，金麻退一步，他说："我不喝酒，老皮我戒酒了，我真不喝，哄你是婊子养的，我什么都戒了，我不吃干鳊鱼，我骗你是斑马养的。"金麻学着武汉话，他一脸哭相。他绕着十八坛酒像跟老皮捉迷藏，他一个坛子一个坛子退，可老皮不干，老皮非得让他喝不可。

凤儿拦她爹，凤儿说："爹，您别追他了，他不喝，爹，让他走，让他给三撇家说去，咱打死不去了，咱守着你，爹，爹呀。"

凤儿后来拖住了她爹，她让金麻快走，她说："金麻，你会得到报应的，金麻你哪天吃狐胯噎死。"

金麻在坛子后面喘气，他正想开溜，三撇闯进来了。

"凤儿，回去！"三撇吼。

金麻如遇见了救星，他爬起来对三撇说："老皮灌我的哑酒，你丈人疯啦！"

"我不管，"三撇说，"我只要凤儿回去。"

凤儿搀着她爹老皮，凤儿指着三撇："你是狼心狗肺吗？我爹这个样子了，你让我离开他？"

"人老了就这个样子。咱老了还没他这个酒量哪！跟我回去，不然我揍你。"

"我要给我爹抓药。"

"我揍你，我揍你。"三撇几步绕过酒坛，他一把抓住凤儿，他把她往阶檐坡下拖。凤儿挣扎，她不让拖，她坐地下。

"金麻，你还不来帮忙，你抬她的腿。"

三撇钩住了凤儿的腋窝，他像拖芦席卷那么拖。金麻上来了，金麻抓凤儿踢打的脚，他抓不住。他抓了一只又跑一只。他刚抓到了两只，还没卡紧，头上就闷闷的一击，老皮用哐酒竹管敲到了他。

老皮敲金麻的头，金麻放手了，他要护头。老皮又去敲三撇，他敲三撇的膀子，敲他的腚。可哐管不沉手，老皮跳来跳去，凤儿还是被他拖走了。

凤儿被拖出了院子。三撇揪凤儿的头发，凤儿被揪得直翻白眼。女人被抓了头发，就像牛翻了角，没还手之力了。

老皮呢，老皮酒劲儿发作了，他跟跟跄跄去追赶凤儿，没几步，就倒在了院门口。

十七、红窗花与兽夹子

香杉楼的斑斓色彩驳落了，湖上的风雨专对它打。风雨打它，三撇打凤儿。凤儿的肚子大了。

打是打，可人参燕窝还得给凤儿吃。打凤儿，好像打服了，他们把凤儿关在楼上，凤儿说："你们得找点事让我混，你们把我的剪刀给我剪窗花吧。"他们不给，凤儿说："你们放心，我服了，我怀了三撇的伢崽哪。"这样，他们才把剪刀还给了凤儿。

他们找来了许许多多的红蜡光纸，他们让凤儿剪。过去的窗花风吹雨打都发白了，凤儿又剪新的窗花。她再贴，她要把香杉楼贴成窗花楼。她对三撇说："我找算命瞎子算了命，我贴满了楼就生儿子。"三撇说："你贴吧贴吧贱货，你剪多少贴多少，这不干我的事，我只要儿子。"凤儿要去看她爹，给她爹安顿生活。

这天，凤儿回家去给她爹带去了许多吃的喝的，爹见她的肚子腆出来，不让她进门。这天，她爹说："凤，我不要你管了，你莫回来，你回来让我老病复发。凤，你给老子滚，你把三撇的孽种打掉去，你这个不要脸的。"

凤儿遭爹骂，爹把她带回的东西全扔到院子外面去。

"我有吃的，你看我吃什么？"

他让凤儿看，凤儿看到了爹碗里有红烧兔肉。

"安哥哥给我的，安哥哥是我的儿子。"她爹故意大口嚼肉，扯兔筋。她爹嚼出一股股油来，直往胡楂上冒。可爹的床上也在冒油。凤儿在爹的房里看到一些捕兽的夹子、笼子，看到了搁着的一张床铺，铺着些干蒲草和兽毛皮。安哥晚上陪她爹睡。

凤儿不走，洗被单，安哥回来了。

凤儿不谢他，说："我给你们做喝酒的菜。"

凤儿去小卖部买了好酒，让她爹跟安哥碰杯。

晚上凤儿说："你们喝呀喝呀，安哥这是你打的兔子，你喝呀。安哥，我爹敬你我也敬你一杯，感情深，打吊针，感情铁，胃出血。"

晚上两个男人都烂醉如泥，他们全由凤儿拖上了床。这一天晚上凤儿没回香杉楼。这天晚上，凤儿给安哥脱了衣服，自己也脱了衣服，跟安哥睡到一起了。

凤儿第二天回去时红光满面，头发一丝不乱。她对三撇说："三撇，我把我爹安顿好了，我爹感谢你家给他吃的喝的，说你爹唐朝是个好亲家，说你是个好女婿。说咱俩从小失去了娘，这是缘分哪！"三撇说："你爹的脾气，你们父女俩一个样。"凤儿说："哪个没脾气，可我凤儿心是软的，凤儿我服了你三撇，我住香杉楼，我还有什么不满足的。"

三撇去邻村收卷簾，这天回来时嗷嗷叫，是被人抬回来的，他踩着兽夹子了。

三撇怎能不叫，三撇去了两个趾头。这是万福，保住一条腿就不错，夹断腿的事不是没有。

唐朝忙请医生，医生来了，包扎了一下，说："没事，其他都是好的，不影响走路。"

唐朝埋怨三撇："怎么走路的，年年收卷簾，没见你夹着腿，今年就夹住了。"三撇说："今年他妈的背时，走着走着，就夹住了，鬼晓得是怎么夹住的，反正趾头没了。"

断趾刚好，三撇能走路了，只好又去收卷簾。

去的那天，又夹了脚，又夹去了另一只脚的两个趾头。又嗷嗷叫，又被人抬回来。

唐朝又去请医生，医生来了，包扎了一下又说："没事，其他都是好的，不影响走路。"

十个去了四个，怎么不影响走路！伤好后三撇就有点瘸了，不过不细瞧看不出。

十八、一切都翻了

三撇到荆州贩卷簾去，凤儿在家剪窗花。她的窗子上全贴上了窗花，啥样都有，有人，有兽，有花，有船，应有尽有。待三撇雇船去荆州时，香杉楼上就会出现一张大红老虎剪纸，惹得过路的人都说这家女主人心灵手巧。

到晚上，香杉楼的窗户就打开了，满楼荷香。

这事终于在一个荷香惨烈的晚上露馅了。这天晚上，三撇说到荆州去，三撇杀了个回马枪。

他躲在篱园旁，他在一蓬扎人的槿花中亲眼看到了一个光头男人爬上他的香杉楼，翻进窗户里。

三撇笑着，这一天晚上笑容整个儿挂在三撇脸上，说不清他为什么要笑，他只觉得这事儿有些令人发笑，他就笑着点了支烟抽起来。他摸着自己的断脚趾，抽着烟。他不慌不忙，他想："我得把这支烟抽完，就是天塌了我也要把烟抽完。"

他抽完烟，他把烟头踩进土里，站了起来。他进屋。他对楼下住着的爹说："我捉一对野鸡给您消夜。"

175

　　他上楼拍门。他说："船翻了，我跑回来了，你信不？"就是没见开门的。他又说："凤，翻了，一切都翻了，你开门看吧，看翻成什么样子了。这世道真鬼，说翻就翻。"

　　接着他就听到了窗外的楼下传来瘆人的喊叫，还有一阵阵鱼铃的声音。

　　"凤，快救救我，铃钩挂了我，到处是铃钩！凤，翻了，一切都翻了——"

　　丁丁零零的铃钩声。

　　"凤，开门，让我瞧瞧什么翻了，"三撇笑着在外喊，"我的脚趾翻了四个！"

　　"凤——"楼下惨叫，丁丁零零的铃钩声。后来门就开了，后来三撇像根冻萝卜栽倒在楼板上。三撇的血直往楼板缝下掉，滴滴答答像春雨。

　　后来三撇的那段尘根被齐齐绞掉了，那东西绞得一点也不剩。

　　后来凤儿也跳下楼去了。只剩下一把剪子血淋淋地插在香杉楼壁上。

　　丁丁零零的铃钩声。

十九、渔鼓在响

　　一到秋天，满湖的芦花飘荡。白花花的芦花被风带向空中，地上的黄尘，空中的芦花，在每一条土道上飞卷。

　　老皮就这么开始了他漫长的行程。老皮穿好冬天的棉裤棉袄，老皮怀抱楠竹管儿的渔鼓筒。他拍着鼓筒上的野羊皮，咚咚的渔鼓声就这么在许多渔村的街头响起了。

　　老皮怀抱渔鼓筒，那是他年轻时拍过的，好玩，高兴。现在他背着雨伞和草席，拍打着渔鼓，在湘鄂交界的大片湖区向人们唱着一个悲惨的故事。他边拍边唱，湖上的渔人，滩头的樵民，都侧耳倾听，他沿湖而唱。

　　"……手拍渔鼓筒，听我唱分明，唐朝他家耍蛮横，儿子是畜生……"

　　"九岭十八岗，听我唱端详，唐家娶亲他动抢，我儿遭了殃……"

　　"我的小乖乖，财宝她不爱，深仇大恨记在怀，只等机会来……"

　　"唐家定毒计，把我儿来逼，铃钩放在她楼底，好人把命毙……"

　　"她有神剪刀，剪断他的屌，我儿性烈把楼跳，剩下我孤老……"

"天有两样心，天也不公平，人家门前下大雨，我家门前起灰尘……"

"渔鼓一尺六，我要唱一世秋，唱了岳阳唱荆州，唱到黄鹤楼……"

老皮就那么像个游魂似的游荡在一条条土道上，他唱着，诉说着。有一次，他在一个苇场的工棚里唱了三天三夜。许多人以为他唱的是古代的故事，夸赞他说这老头真好记性，整本整本地唱哪。直到他将那把沾了血迹的剪刀拿出来，人们才傻了眼。

在晚上，风中的渔鼓绕着湖上的船缆，咚咚地响。那真像古老的声音，尤其在刮风的夜晚。

（原载于《芙蓉》2020 年第 3 期）

苍　颜

一

孟南第一次见到崔娅时无动于衷，崔娅矮小的身子和躲闪人的眼睛以及苍黄的皮肤，使孟南觉得她像一只窃鼠。这种印象一直持续到今天。

当时崔娅的母亲，也就是县委组织部刘部长一个劲儿让孟南吃糖，孟南剥了一颗糖放进嘴里，发现糖粘扯着牙齿，怎么也拉不开。孟南坐在一张川式藤椅上，看着崔娅织毛线。孟南总觉得他的一双手无处放，踏入这个全县职位最高的家庭，他想当时自己肯定是十分尴尬的。领他来的田姨跟刘部长扯一些闲话，大都是文化馆毛泽东思想文艺宣传队的事。孟南想，崔娅这个名字不错。孟南读过许多书，觉得这名字有点苏联味儿。孟南只是想着这个名字，并没有考虑和崔娅以后的生活。

接着就是吃饺子。刘部长给孟南盛了一满碗饺子，由崔娅端给他。孟南接过饺子时说了一声"谢谢"，便埋着头吃了起来。孟南是第一次吃饺子，在此之前，孟南一直吃大米，或者苕干以及芋头。孟南把饺子放在板牙之间的时候，发现没有一点嚼劲儿，他认为这应该是老太太吃的食物。孟南三口两下就将饺子吃完了，放下碗，他听见了自己肚中一阵饥叫。刘部长问他吃饱了没有，他说吃饱了，很饱很饱。

后来崔娅的父亲回来了，崔娅的父亲就是县委崔书记。孟南看着这个令人敬重的县委书记，高高的个头，瘦瘦的身子，满脸和蔼。田姨向孟南介绍说："这就是崔书记。刘部长，孟南是不是该叫一声爸了？"刘部长笑了笑，和田姨一起看着他，他不好意思了片刻，总算轻轻地叫了一声爸。大家都很高兴，田姨说："以后跟着崔娅叫，就叫顺口了。"

这个婚事是田姨撮合的，田姨是个热心人，她在文化馆担任导演辅导干部，也帮着化妆。她善于教女孩们跳斗笠舞，她导演的节目常常在地区会演得奖。比如《铁姑娘学大寨》《田头小唱》等。

田姨接受了刘部长的拜托，为她的女儿崔娅找个在下面工作的对象。对象要五官端正，身材好，健康，有文化，共青团员。田姨终于看准了孟南。孟南那时候在水竹镇一个集体所有制小厂，当造纸工人，整天翻纸浆。孟南是小镇的业余文艺积极分子，主要任务是创作唱词，然后把它们用钢板刻出来，印成演唱材料。田姨经常来水竹镇辅导跳舞，见了孟南和他的一些唱词，大为赞赏，"小伙子，有对象没有？""还没有。""这么聪明有灵气，肯定是高中毕业吧？""初中毕业。""入了团吗？""入了。""田老师我为你介绍个对象，是县委书记的千金。我说的是真话。这么好的小伙子，在水竹镇糟蹋了。怎样嘛，先把张照片让人家瞧瞧，保准会满意。田老师我就是爱才。"孟南很实在，他知道自己的出身，在水竹镇上，孟南白天翻纸浆，晚上读书、写唱词。孟南听了田姨的一席话，认为这纯属荒唐。最后孟南还是拿了一张自己的照片给她。

孟南把这个事差不多忘了。过了半个月，水竹镇文化分馆的老谷对孟南说，田姨打电话来了，要他马上搭车去县里。

孟南来到县城，田姨兴奋地告诉他，说对方和她的父母都同意了。"先请我吃糖，"田姨说，县委书记的千金叫崔娅，"好多高干子弟她都没同意。这孩子虽然长相一般化，但老实、本分。你们成个家，不知多少人要羡慕死。最主要的是，你马上可以调到县里来，你前途就远大了呀！"

见到了崔娅以及她的父母，不久，孟南便开始了在县城的生活。

二

办调动手续的时候，刘部长希望孟南到科局去，孟南说还是到文化馆的好。于是孟南到文化馆上班了。

孟南在文化馆毛泽东思想文艺宣传队，依然是编唱词，刻钢板。孟南的钢板刻得像书上印的一样，没有谁不佩服的。

孟南和崔娅的婚礼是在十月份举行的。孟南没有什么朋友，崔娅也没有什么朋友。崔娅的父母有许多朋友。孟南夫妇得到了满柜子的礼物。

孟南亲戚中来参加婚礼的只有他的伯父和一个表兄。曾是全县最大的工商业主之一的伯父孟德祥，现在水竹镇收购门市部收鸡毛。伯父和表兄来了就走了。崔娅所在单位县统计局给了他们一套平房作为新房。文化馆和统计局都送来了"毛选"。文化馆的美术干部为孟南的新婚六弯床画了三块美术玻璃，是江南山水。

孟南发现崔娅没有任何性要求。虽然崔娅结婚时已经二十五岁，身子似乎还没有发育，胸脯像十三四岁的少女。崔娅对孟南的抚摸表现出厌恶和冷淡，老是推说不是头疼就是腹痛。孟南看着她苍黄的脸和全身的病态，每当这时也就知趣地躺在一边。

这一年，孟南二十四岁，比崔娅小一岁。

孟南发现崔娅什么活儿都不会干，做饭、洗衣、烫裤子。衣只好由孟南洗，吃饭则在崔娅父母那儿吃。

孟南没有办法习惯吃饺子，吃得多，饿得快，无滋无味。孟南只好偷偷地去工农兵餐馆买炸辣椒和米饭吃。孟南的工资有限，这种时候也不敢太多，虽然崔娅并不管他的经济。孟南自定平均一个星期一次。孟南在餐馆里狼一样吃炸辣椒，直到把头上的汗吃出来，把肚子吃圆。

崔娅有病，孟南第一次见面就看出来了，只是不知道她有那么多的病。崔娅的病可能都来源于她的厌食。她一顿只吃半个馍馍或是五六个饺子，或者干脆不吃，只喝糖水。她有肾病、长期的腹痛、失眠，月经也不正常，有时候几个月不来，有时候来了不转去。在晚上上床之后，她总是瞪着一双怯弱的、无望的眼睛，翻来覆去。半夜又总要出一身冷汗。在很长一段时间里，崔娅不用安眠药就无法入睡。她三天两头到医院去看病，不让孟南陪她，只要她的母亲刘部长带着去。

每天晚上，孟南都要催促崔娅吃药。这些药轮换着吃，每次都有几种，中药、西药都有。这是刘部长交代给孟南的。刘部长像安排公事一样,她对孟南说:"崔娅从现在起就跟你生活在一起了。崔娅虽然比你大一点,但她没有独立生活的能力,体质弱,你要多关心她。"刘部长说这些话的时候没有什么表情。但是从口气中听,好像崔娅的病是他孟南造成的。"这是个废人。"孟南跟崔娅煎药时,就这样总结。

崔娅在统计局进行数字登记工作,异常清闲。崔娅在二十岁的时候曾被推荐去武汉上大学,那时候,她已经入党了。在学校里她的功课一团糟,三天两头病,只好休学在家,最后拿了个肄业证书。关于她的往事,孟南是以后断断续续知道的。孟南对这些不感兴趣,崔娅也不爱谈。崔娅说话没有丝毫的魅力,除了指使他洗衣服或倒开水给她吞药外,也很少谈别的。孟南倒是很想听听崔娅老家烟台的事,可问到这些,崔娅总是"就在海边"一句话。崔娅在前几年去过老家一趟,那海,那渔船,那潮汐,就没有给她留下新奇的印象?孟南没有见过海,那神奇的大海,崔娅竟然什么也说不上来吗?这使孟南感到无比失望。

孟南在文化馆编了一段时间的唱词之后,有一天,馆长把他叫去,交给他两部照相机,让他改行学摄影。孟南看着这两部照相机,心里好一阵兴奋和喜悦,他知道,这属于特殊的待遇。有几位馆员都想搞摄影,但是馆长始终没同意。除此之外,馆长还交给他一个三脚架,一个长焦距镜头,两把钥匙,说:"这给你用了。"

当天孟南就把照相机背回去,要给崔娅照相。哪知崔娅艰难地笑了笑,说没什么照头。崔娅不让他照。她知道自己长得难看,孟南只好作罢。孟南像个孩子,对照相机爱不释手,巴不得整天摆弄,可是崔娅的冷漠使他克制了自己,从此不再把照相机拿到家里。在以后的几年里,孟南虽然照过几百卷胶卷,却只为崔娅单独照过两张相,而且也没有使用什么特写和打光。

从此以后,孟南经常到下面去拍照。他背着相机四处走,特别是在乡下,走到哪儿,都会围着一些人瞧他摆弄这些玩意儿。

这一年的秋天,领导要他拍一些表现农业大丰收的照片,他领了任务赶往下面的杨湖公社。然而地里稻谷已经割了,粮食也卖完了。对待领导交给的任务,孟南总是不辞劳苦地完成的,他不能空着手回去,而且,他还想尽量拍得好一些。他的灵气和想象力，加上他对工作的热情，构思了一个极好的点子。他把这个点子跟公社书记谈了。最后，他的热情感动了对方。由公社专门下达了通知，组织了七百名社员，三十多杆红旗，七百辆独轮车，每个车上三个麻袋，麻袋里装上谷壳、稻草。这些工作准备了两天。两天里，孟南啃干粮，打赤脚，在各个生产队进行组织。

第三天早晨五点，在嘹亮的军号声中，七百辆独轮车整齐地出现在湖中的两条土路上，天大亮的时候，东边出现了霞光。七百辆满载谷壳和稻草的车，七百个推车的社员，三十多面迎着晨光招展的"农业学大寨"旗帜，都倒映在湖水里。这的确是壮观的景象。

这张照片题名为《送公粮》，它由省报一直登到《人民画报》，并且到许多非洲国家展出。

仅仅半年的时间，孟南由一个完全不懂摄影的门外汉，到做了这么大的成绩，在这个县二十多年的文化史上，是没有过的。

他兢兢业业地工作，他的认真负责和吃苦耐劳的精神，在文化馆也是独一无二的。在全县的各个水利工地、抗洪抢险的一线，孟南总是背着相机拍摄难得的场面，泥一身，水一身。平均每个月，他都有十多张照片刊登在北京、省和地区的报纸上。他白天照，晚上冲洗。他深深地爱上了这门工作。

三

崔娅怀孕了。她的妊娠反应十分厉害。

先前孟南没发觉，连崔娅自己也没有发觉。她的经期紊乱，两个月没有来，只好由她的母亲陪同去医院开药，一检查，竟是怀孕。从医院回来之后，崔娅就开始呕吐。他们的平房没有卫生间，崔娅在厨房的洗菜池里吐，一天到晚，崔娅就趴在那个水泥池上，吐得死去活来。孟南想，如果不去检查呢，她不知道，会这么吐吗？女人真是难对付。

崔娅基本拒食了，什么也不吃。"我可能要死了。"崔娅说。她的脸更加苍黄，并且出现了浮肿。

"你不能这样想，怀孩子，怎么会死去呢！"孟南抚着她说。

"我自己知道，不要你这么劝，你到一边去。"崔娅的脾气十分古怪，她似乎完全不需要孟南。对他的所有热情关心都采取冷淡的态度。"我死了就找你，是你把我弄死的。"崔娅在吐得不能动弹时，往往这么说。

这是没有道理的，孟南只是苦笑。不过有一点孟南知道，这就是崔娅没有哪一次同房不跟他发生争吵，甚至崔娅不止一次提到过"强奸"这个字眼。崔娅毕竟是在武汉上过一年大学的，她说美国的法律在夫妻间也有强奸罪。

崔娅只好全休，回到她父母的家里调理身体。对于崔娅的怀孕，她的父母表现出极大的喜悦，他们给崔娅配制了人参、当归等种种补药，熬半稠的面糊给她吃，输液，还特别弄来了保胎药。那一段时间里，孟南无法下乡去拍照，他中断了自己的工作。每天早晨，刘部长就安排他去食品公司门市部，找一个独眼的营业员取猪骨头，给崔娅煨汤。习惯于夜间看书和工作的孟南，只好学会了十点钟就寝，天刚蒙蒙亮时就骑着自行车到人声嘈杂的食品门市部去找独眼。独眼知道了他是县委书记和县委组织部长的女婿，对他格外热情。孟南取来的排骨、筒子骨已经成筐了，为了表示感谢，孟南给他拍摄了一张笑脸相迎的照片，把他仅有的一只眼睛拍得分外明亮。这张照片上了地区报纸，登在头版上。

第五个月的时候，孟南对崔娅说，希望她到水竹镇小住一段时间。刚开始崔娅不同意，她不想离开父母，后经崔书记劝说，崔娅才同意了。

从县城到水竹镇要乘大约两个半小时的汽车，他们夫妇坐着崔书记专门派的北京吉普，随车带了一大旅行包药品及食物，像搬一次家的沉重。

到水竹镇时，天已经黑了。水竹镇每晚七点至九点十五分停电，街道上一片漆黑，行人稀少。孟南发现崔娅的情绪极端不好，埋怨来到了乡旮旯。

孟南的父母早就死了，孟南多年来与他的伯父孟德祥同住。在回家之前，孟南已经给在收购门市部收鸡毛的伯父挂过电话。车开到门口，他看见苍老的伯父正垂着手在台阶上迎接。

屋里点着一双红色的蜡烛，这是头脑清醒的伯父专门买来的。伯父为他们收拾了一间房，里面铺着新床单，收拾得干干净净。晚餐的桌上不仅有排骨汤，还有馍馍和饺子。肉食那时候十分紧张，凭票供应，排骨就更难买到了。不吃面食的伯父却能做出发得很好的馍馍和包得很地道的饺子，这真是难为了老人。然而崔娅躺在床上就不想起来。孟南劝她说："这是伯父的一片心，你总要吃两口。"崔娅说："我不想吃，怎么能强迫呢？"

孟南站在床前，好半天，他的伯父孟德祥才探着脚进来，说："小崔，是不是嫌我做得不好？不合你的胃口？"

崔娅依然躺在床上，毫无表情地说："我不想吃。"

孟南只好对伯父说："一路颠簸，她是太累了，就让她睡会儿吧。"

崔娅不仅不吃，还无法忍受水竹镇烛光摇曳的晚上。她眼睁睁地等着九点多钟的电灯复明，电来了，她又昏昏欲睡了。

孟南的伯父想方设法给崔娅弄来开胃的食物，他托一位到收购站卖兽皮的猎人搞到一只野鸡，炖得稀烂给崔娅吃。难得一见的野鸡管了崔娅两天的饮食。最难熬的还是水竹镇的经常停电。在半夜，失眠的崔娅害怕黑暗。往常她失眠的时候总要开着电灯，这个怪癖在水竹镇根本无法满足。

孟南想告诉她，水竹镇曾经有过比县城更辉煌的历史，水竹镇在三十年代就有了电灯，而县城不过是解放以后才开始用电。曾有"小汉口"之称的水竹镇，当年兴办电厂的，就是她眼前这位老态龙钟的伯父孟德祥。

"我的伯父是一个不平凡的人物，他二十五岁就开办电厂。"这天晚上，在停电之后孟南这样对崔娅说。

崔娅好久没有作声。好久，崔娅懒懒地说："那不还是归国家了吗？"

"我不是说这件事本身，我是说他的能力。我今年也二十五岁了，可我一无所有。事实上，也不是国家没收了，是日本鬼子的飞机把电厂炸了。"

"能力？我爸爸十八岁就当团长了，他一天杀二十多个地主恶霸。"

"刚才我们是在谈电灯，你不是抱怨停电吗？"

"你明明是在谈能力。"

"这是由电灯谈过来的。"

"那把四十年前的电灯搬过来点。"

"不是已经炸了吗。"

"炸了还谈什么！"

这样的争论是经常发生的，孟南发现崔娅蛮不讲理。在崔娅这样的家庭面前，孟南没有什么值得好炫耀的。

一个星期以后，崔娅就催着要回家去，她说在水竹镇像住了一百年，她再也不会到这里来了。

在临走前的一天，孟南的伯父步行了二十多里，找到了那个猎人，又弄来了两只野鸡，伯父提着两只野鸡回来的时候，孟南看到，伯父的腿一拐一瘸。

第二天离别的时候，孟南看着伯父，泪水冒边了。伯父微笑着对他说："好好照顾小崔。怀小孩的时候，脾气都不大好的。"

伯父是天下第一个宽厚慈祥的人，因为有伯父的存在，孟南才觉得这世界给了他一些温馨，在每时每刻，在伯父没在身边的时候，都有一泓暖流，在他心中的某个角落里荡漾。

在这个世上，伯父是唯一理解他的人。

四

八个月刚满，崔娅就生了，是个早产的女婴。

在突如其来的破羊水之后，孟南和刘部长把她送入医院。那是在半夜。住进医院，崔娅就开始歇斯底里地骂人，崔娅像妖魔一样用十个手指抓着妇产科病房的墙壁，大骂孟南"流氓""不要脸"。孟南只好赔笑脸说自己是流氓，臭不要脸。关于孟南那时的笑，崔娅从此记恨在心，她说在她最痛苦的时候孟南竟然无事一般，轻松快活。孟南承认自己流氓之后，看着妇产科病房的墙壁上那些深深的抓痕，觉得人类的繁衍的确是一桩艰难而痛苦，同时也是无比悲壮的事。

女婴生下来，左脸全部是紫红色，医生说，这叫毛细血管瘤，可能是怀孕期间吃药太多，特别是保胎药太多造成的。刘部长问："以后能不能退去？"医生说："有的能退，有的不能退。如两三岁时不能退，只好到大城市医院看看。"

那三天里，孟南睡在妇产科病房的走廊上，他时不时被唤去给孩子洗尿片。孟南显得笨手笨脚，赶来看崔娅的田姨，自告奋勇地承担了护理母女的任务。因为刘部长要有许多会议主持参加。田姨教他们怎么包扎孩子，怎么给孩子换衣裳。

崔娅没有奶水，她小得可怜的乳房生孩子后没有一点反应。刚开始小孩喝糖水，后来喝牛奶。刘部长弄来了许多发乳的东西，鸡、鱼及一些中药，但发不出来。

女儿的紫癜让人见了心寒，紫癜包裹了左眼，无法睁开。右边的脸却眉清目秀，这只右眼使孟南产生了一股柔情。他知道，他做父亲了。

在月子里，崔娅脾气更坏，她烦那些提了东西来看她和女儿的人，那些人都是冲崔书记和刘部长来的。崔娅认为，那些人成心让她和女儿出丑。因为女儿的脸疾，崔娅食欲更糟。她尤其听不得女儿哭，女儿一哭，她就要孟南抱着在房里来回走动。得不到母乳的女儿特别爱哭，孟南只好日夜把她抱着。孟南打着瞌睡在房里转圈，很有几次，差一点把女儿掉在地上。孟南认为这比受刑还难受。

崔娅在床上指使孟南干这干那，不是说牛奶太热就是太凉："你想把这个孩子弄死怎么着？"

"我怎么想把她弄死呢？这难道不是我的孩子，是捡来的吗？"

她的母亲刘部长这时候便做工作："都得耐心一点，爸妈不是那么好当的。"至于孩子的脸疾，刘部长和崔书记都表示，如果两三岁还不退的话，不管用多少钱，都得想法子到上海治好。

满月之后孟南便下乡了。乡下清新的空气和安静的景色，使他有一种解脱感。在给一个公社小镇的藤编厂拍照时，他认识了小肖。小肖是一个十八岁的姑娘，藤编厂厂长说她长得最漂亮，让她配合孟南拍照。事实上，小肖长得的确漂亮，她笑的时候给人许多遐想。笑对她是十分容易的事，这不像崔娅，崔娅笑很难，无论怎么笑，也不像笑。

孟南不喜欢随便取景和抓拍，他喜欢来一些灵感进行大场面构思，以显示出摄影者的匠心。他让十多个人把全厂的藤筐一层层垒在一起，像一座城堡，而一个姑娘就在这"筐堡"下双手灵巧地编织。领导让孟南弄一张新闻照片，结果孟南把新闻照搞成了艺术照。

把这张照片拍完后，小肖微笑着请求他："你再给我拍两张别的照片好吗？"

孟南说："好的。"孟南当即就答应了，因为他发现小肖的脸和头发都很有特点。

孟南给她拍了两张特写，说："只好回县里洗了给你寄来。"

小肖说："行，没有问题的。"

半个月后，小肖突然来文化馆找他。小肖说她是来县里办事，顺便拿她的照片。孟南这才想起来，胶卷还没有冲洗。

"那你给我帮帮忙，把它洗了吧。"

孟南把小肖领进暗室，在暗红的光线下，小肖帮他漂洗和烘干。

只容得下两三人转身的暗室，小肖就站在孟南的身边。孟南闻到小肖身上散发出来的一股醉人的气味。那气味像早晨田野的芳香，池塘里蒲草摇动的芳香。

照片洗出来了，小肖很满意，孟南也很满意。小肖说："你把我照得这么漂亮？"

孟南说："你本身就漂亮。"

无论是编筐的她，还是特写的她，都令人过目不忘。

小肖一再感谢他。送小肖下楼的时候，孟南心一热，突然问："你住在哪个旅社？我晚上去看你。"

小肖说："我住工农兵旅社，欢迎你去，晚上我等你。"

孟南提前下班，回去后他干了很多事，洗了满盆的尿布，又放在烘笼上烘干，再帮女儿煮牛奶，帮崔娅炖鸡汤。

吃过晚饭，孟南对崔娅说，有一卷照片要连夜洗出来明天早晨发出去，便离开了家。

来到工农兵旅社，孟南找到了小肖。小肖住在一间四人间的房里，其他三个女的小肖不认识，孟南也不认识。那三个女的看着小肖和孟南谈话，使孟南如坐针毡。小肖告诉他说，为了等他，她晚饭也没吃。孟南对她说："那我们到街上去吃馄饨和烧饼好吗？"

小肖很高兴，说："当然好，我正想吃吃县城里的馄饨。"

天已经很黑了，孟南和小肖找到一家小吃店，孟南买了两碗馄饨和四个烧饼。烧饼全给小肖吃，孟南只吃馄饨。馄饨十分辣，小肖爱吃辣，要师傅多放辣椒，一放再放。师傅笑起来了，孟南也笑起来了，小肖更笑。孟南觉得小肖的口味跟他一样。孟南也像个小孩，把辣椒一放再放。结果两个人吃得直抽冷气，额上冒汗。

走出小吃店，时间还早，孟南对小肖说："到江边去走走？"小肖欣然同意了。

翻过堤，就是长江，两个人寻了块石头坐下来，看夜色中的江景。江影绰绰，十分荒野。小肖说："这次来，我是第一次看见长江，呀！好宽。"

孟南说："我第一次看见长江的时候，是十五岁。"

小肖说："你不是县城人？"

孟南说："我是水竹镇的。"

小肖说："难怪你有水竹镇的口音，你们把'这'说成'爹'。"

孟南笑了，说："我是乡巴佬。"

小肖说："我是巴佬乡。"小肖很顽皮。

这时江水猛烈地拍打着岸石，小肖说："江中有野兽吗？"

孟南说："江中怎么会有野兽！"

小肖说："我想也是。不过江里肯定有鬼。"

孟南说："江里也不可能有鬼。"

小肖说："肯定有鬼。我们藤编厂后面的那口池塘都有鬼，这么宽的江怎么没有！"

孟南说："那就是有。"

女人应该是怕鬼的，不怕鬼的女人绝不是好女人，孟南想。孟南觉得小肖又单纯又可爱。

后来孟南想到家里的崔娅和女儿，就起身说："回去吧，鬼来了。"

小肖一把抓着他的膀子说："你别吓我，鬼来了先吃你。"

孟南很想扶着小肖，后来果然扶了。走上堤，看见了万家灯火。孟南放开她，说："时候不早了，旅社恐怕关门。"

孟南把小肖在"筐堡"下编织的照片寄出去，这张照片发了五个地方。孟南将报纸都给小肖寄去了一份。孟南本来准备写一封短信的，想了想，却没写，信封里全部是报纸。

五

领导对孟南说，文化馆不再承担摄影报道的任务，宣传部成立了宣传科，你就做编辑吧。孟南就做了编辑。孟南编一份铅印的内部文艺刊物，里面全登一些县内作者创作的演唱作品，有新故事、民歌、鼓词、独幕剧。孟南整天看那些来稿，并帮助他们改正错别字和不符合韵脚的地方。然后再划版、送印刷厂、校对，书成后再卷成筒寄到各文化站、文化分馆以及业余作者手中去。

从此以后，孟南再下乡时就不拍照了，而是走访业余作者，跟他们一起在油灯下讨论构思，并鼓励他们多写作品。

业余作者们经常来看他，给他带一些乡下的粽子、粑粑以及土豆。业余作者们打着赤脚，一副落拓相，家境也不宽裕，这使孟南很过意不去。孟南留业余作者吃饭，又不好意思将他们带到岳父母家中去，只好在文化馆食堂端饭给他们吃。食堂里没有油水，给这些难得到县城里一趟的业余作者吃这，孟南脸红。孟南每次下去，业余作者总是盛情款待，全家人忙，而到县城他这里来了却冷冷清清。

孟南决定跟崔娅谈谈，自己开火做饭。孟南对崔娅说，"老吃你父母的不好意思了，我们也有两只手。"崔娅认为他的道理十分充分，就答应了。

饭由谁做呢，当然要孟南做。孟南想，这下可以吃大米了，还有生姜和酱菜。孟南第一次做好了一锅香喷喷的大米，端给崔娅吃，崔娅不吃。崔娅要吃面条。孟南没买面条，孟南劝她吃大米。孟南说："你虽有北方血统，可你生长在南方，怎么能不吃大米呢？入乡随俗，你得学着吃大米。你的体质如此差，就是没吃大米的缘故。"

左劝右劝，崔娅吃了小半碗大米饭。崔娅放下碗就喊气胀，胃疼。崔娅只要一喊疼就会疼得昏天黑地。崔娅在床上打滚，说："还不喊我妈来！"孟南说："喊你妈来也无济于事，你妈又不是药。"

孟南去给崔娅买药，买来了一瓶"胃舒平"，崔娅吃了药，还是疼。

189

崔娅疼了一夜，第二天对孟南说："我回家去吃，我们分开吃吧。"

孟南说："也好。"

崔娅把孩子抱走了，孟南去文化馆上班。孟南改了两篇来稿，田姨就来到他办公室，问他："你跟崔娅吵架了？"

孟南说："没有呀。"

田姨说："刚才刘部长打电话来了，要我问问你，是崔娅还是刘部长或崔书记哪个得罪了你？你要分开吃，让崔娅在家一个人哭。"

孟南说："谁也没有得罪我，至于崔娅哭，她喜欢哭。她喜欢，我也没有办法。"

孟南本想跟田姨解释这是为了业余作者，也为了自己想吃点大米。孟南想了想还是没解释。孟南不喜欢解释。

中午和晚上，孟南既没有自己去煮饭，也没有到刘部长家吃，孟南吃食堂的水煮萝卜。吃过饭之后就抽一支烟，把水煮萝卜的味儿压下去。晚上他去接崔娅母女，崔娅不理他，正在给孩子喂牛奶。孟南进去后闻到她家里的那股饺子味儿就直想吐，这种味儿根本不及食堂的水煮萝卜。孟南只好抽烟。

耐心等待崔娅喂完了牛奶，他便起身去抱孩子。崔娅不给，说："你一个人回去。"

"这是哪里的话？"

刘部长从厨房里出来说："崔娅，跟小孟一起回去。"

"我就不。他不是同意分开吃了吗！"

孟南说："分开吃也不是分家呀。"

崔娅说："这有什么两样！"

孟南站在那里。刘部长对他说："孩子有夜哭的毛病，就让她们在这里我来照管。"

孟南一个人骑车回去，看到屋里的一些摆设，就想砸点什么。孟南最后没砸，抽了几支烟，就一个人落落拓拓地躺下了。

第二天孟南买了车票，说是要下去走访业余作者。孟南买的是小肖所在的那个公社小镇的车票。孟南走到售票窗口，把钱递进去时，才临时报的这个地名。孟南在此之前一直不知道自己将去向何方。

颠簸的汽车和满脖子灰尘，在黄昏时分到了终点。孟南背着一个黄挎包在旅社登了记，就躺在了床上。一间四壁空空的单人房，只有一张桌子，一个洗脸架和头顶二十五瓦的灯泡。后窗外是一座小山，松涛阵阵，整个旅社里空无一人，愈加觉得孤寒寂寞。"我到这里来干什么呢？"孟南下了床，鼓足勇气往藤编厂走去。

在小肖同寝室女伴的指点下，孟南在厂后面的那口池塘边找到了小肖。小肖正在洗头，把长长的头发浸泡在脸盆里，听到有人喊她，她绞着头发偏过脸来，认了半天，惊喜地说："是你！"

孟南说："是我，来看看你的。"小肖的脸又红又润，小肖说："看我？我有什么看头！说漂亮话，肯定又是来拍照采访的。"

孟南告诉她，他已经不搞摄影了，他现在做编辑。

孟南问她："我寄给你的报纸收到了吗？"

小肖说："在我寝室里你没看到？"

孟南说："没有看到。"

小肖说："是你寄的？我还以为是别人寄的呢！"

孟南说："那信封上不是我写的地址和收信人吗？"

小肖说："我怎么知道，又没落你的名字。"

的确，没落名字。小肖这是话中有话。

两人回到寝室，果然看到小肖把他照的几张照片以及报纸上剪下的照片放在玻璃板下。

"再也不可能给你照了。"孟南叹了一口气说。

"这又有什么要紧的呢，还值得叹气！"小肖说。

孟南不好意思了，说："我爱叹气，这世上让人叹气的事太多了。"

小肖问孟南吃过饭没有，孟南说没吃。小肖说："那该我请你了，还是上次的规格，四个烧饼一碗馄饨，行吗？"

讲起这些面食，孟南就反感翻胃，但从小肖口里说出，孟南觉得这些东西是天下最美的食物。

公社小镇不习惯夜间营业，转了一圈，小肖抱歉地说："活该我节约了。"

"我也不饿。"孟南说。这话一出口，孟南就听见了肚中的响声。

走完了一条街，就是座小桥了。小肖问他："你没到公社去吗？"

孟南说："我不是公事，我是来散散心的。"

小肖问："遇上了什么不顺心的事？"

孟南说："没什么说头，说了，你现在也不懂。我们还是说点别的吧。"

小肖说："说什么，还是说鬼？"

孟南看着小肖在黑暗中闪动的眼睛说："人就是鬼，鬼就是人。"于是孟南讲了一个古代不怕鬼的故事，故事说一个鬼把头取下吓某人，某人说："有头的人我都不怕，还怕你无头的鬼吗！"小肖笑了起来，边笑边叫，拉着孟南的手臂就不动了。在短暂的安静中，孟南知道小肖渴望什么。孟南抱住了她，他听见她柔软的胸脯里有心在跳。

孟南在她的嘴唇上亲了一下。小肖抬起头来问："你有女朋友吗？"

孟南的脑子里一下被北风灌满。他松了手，与小肖并排地往回走。他对着前面的黑暗这样说："事实上，我并没有过女朋友，可我已经结婚了。"

他只能这么说，他斟酌了各种说法，最后就这么说了。"一切都是命中注定的。"他又说了这么一句。

后来他看小肖加快了步伐。"再见。"他听见小肖在前面回过头来说。

"再见。"孟南向她扬了扬手。

在无人的旅社里孟南一夜没有睡着，他想回忆今夜发生的事，但是一丝甜蜜就会伴来一丝苦涩。

第二天一大早孟南就乘车回县城了。在车上他才结实地感悟到，幸福已经与他无缘了。

几天以后，他接到小肖的一封挂号信，信上说她哭了，她不敢相信那些话是真的。"我看出来了，你不过是一种搪塞，只怨我不配得到你。南哥，我从真心喜欢你，经常梦见你。正像你说的，一切都是命中注定的，让我做你的妹妹好吗？"

孟南一个人在办公室把这封信读了上十遍。孟南一个劲儿地抽烟，最后，孟南在点烟的时候把这封信点燃了。孟南看着信一点点地燃烧成灰烬，他什么也不愿意去想了。

六

孩子长到两岁的时候，脸上的紫癜没有退去。孟南和崔娅决定带着孩子到上海去治病。

他们坐着船顺流直下。轮船的汽笛在江面低沉地响起。孟南抱着孩子趴在栏杆上，看着涌起的浪花和江鸥。他想象起当年的伯父孟德祥坐着木船去上海时的情景。那时候，水竹镇年轻的巨商孟德祥腰缠万贯，踌躇满志，将他在水竹镇三百万以上的资金拿出一半转移到上海去，先后在南京路和淮海路开设了"大兴全百货商店"和"远东饭店"。那一年他回到水竹镇来的时候，看到孟家在故乡的三大商号蹲在黑暗中，就萌生了开办发电厂的念头。一九三五年的春节，水竹镇沐浴在一片灯火辉煌之中，高悬的走马霓虹灯下面，是繁华的不夜市。老辈子的人还记得那时的情景，他们第一次看见了自己的小镇在夜晚是如地热闹和美丽。因为有了电，水竹镇曾发展到八万人，而当时的县城还不足一万人。从上海买回的两台发电机组，把千桅林立的河码头照得如同白昼，十万吨的年吞吐量，使这个小镇名震遐迩。

来到上海之后，孟南本想去寻伯父饭店和商店的旧址，但是孩子的就诊容不得他们有半点闲心思。

他们跑了几家大医院，住了一两个月，花了上万元的钱，依然没能将女儿的紫癜去掉。只不过使孩子经受了一次又一次痛苦。

在小旅社昏暗的电灯下，崔娅只知道抱着孩子泪眼婆娑，嘈杂的都市和嘈杂的旅社，使崔娅无法安稳，挤车去医院、吃饭，心力交瘁。似乎来上海治病的不是女儿，而成了她自己。最后崔娅也病在旅社，孟南只好一个人抱着孩子东颠西跑。

崔娅的母亲接到电报专程来上海接他们回家时，看到崔娅比往日更瘦更黄，而孟南也变黑变瘦了。

回家以后许多人都劝他们再生一个，崔娅的父母也有这个意思。并且县计划生育办公室也答应给他们弄个生育指标。崔娅害怕再生，她对生育有一种深深的恐惧，事实上，生了女儿之后，她更加稀少地与孟南同房了，有时候两个月也没有一次，似乎他们已经忘记了这种事。孟南领教过她在被子里的发怒，孟南不想再强求。

像完成任务一样，等崔娅答应了她母亲的要求，准备再生一个时，她的肚子竟一点反应也没有。

半年之后，她去医院检查时，医生告诉她，她不可能再生育了。因为吃了太多的药物，致使她的卵巢萎缩，功能丧失殆尽，没有什么存活的卵子排出来。

这已经到了八十年代的初期，孟南又接受了新的任务，去搜集民间故事并把它们编辑成册。民间的名流、本县古代名人以及现代革命志士的故事，都是他搜集的对象。

那些名人的后裔、行将入墓的老人、革命斗争的亲历者和目睹人，都是他采访的对象。

现在，在他下乡的随行物品中，多了一部小"三洋"录音机。这比照相机又时髦一些。那些被采访者十分乐意地对着转动的录音机喋喋不休地说话。

每次从乡下回来，他都带回几盘录好的磁带，然后一盘盘地边放边记录，再进行必要的整理加工。这些作品都无一例外地署上他的名字，不过在名字的前面加上"搜集整理"四个字。当然，也署上了讲述者的姓名。

这是一件艰苦而漫长的工作，整整花了孟南两年多的时间。

这本书的合作者还有一位，就是老馆员秋隼。秋隼是笔名，据说这个笔名在四十年代用过，从孟南进文化馆起，就没看见也没听说过秋隼发表什么作品，只是在孟南编内部刊物的时候，秋隼的名字出现在三则谜语下面。

秋隼是这本故事集的主编，孟南是副主编。秋隼在家坐镇指挥，审孟南的稿子，因此，实质性的工作基本由孟南来完成。

秋隼是一个快活的老头，毕业于解放前的武汉大学中文系，因恋着故乡的结发妻子，回到了县城。偶尔秋隼和孟南一起下乡，在旅社里，秋隼一杯烧酒一盘干鱼，就能跟孟南唠叨半夜。秋隼说他读大学时在报纸上发表一篇文章就能买一袋大米、一刀肉。秋隼也说到他在学校时的罗曼蒂克，他爱上了同班的一位富家千金，那些痛苦的情书后来竟都当作散文发表了。"我之所以如此快活，是因为我有过浪漫的青春。"秋隼往往用这种警句结束他的谈话。孟南问他的那些作品还在不在，他告诉孟南说："在，都在，在档案里装着哪，被组织抄去的，永远不退还了。"秋隼说他还想看看这些作品，重温那段旧梦。秋隼十分欣赏孟南的才华，他希望他多读古书，特别是唐诗宋词元人小令以及八大家的散文。"我这是对你讲，你应该写点小说、散文和诗歌，虽然文化馆领导从来不提倡写这些，依我之见，这些有出息些，至于民歌、唱词、民间故事，算不得高雅的文学作品。你还年轻，不像我们，老朽一个，领任务，混饭吃。你可不能浪费掉大好时光和才华哟。"

孟南觉得秋隼老头的话语重心长。"我是不是该干点正经的事呢？"孟南想。他被秋隼说动了心。他知道最丑的女人能写最美的诗，阳痿患者能写硬派小说，个人感情生活不畅的人，可以创作出绝世的爱情作品。"那么，我就能写了。"他满怀信心地总结。

当夜深人静时，孟南咬着笔，开始写情诗。

他自然想到小肖。他还保存有小肖编筐的那张照片。崔娅并不知道孟南与小肖的这一段感情经历，因此孟南为了唤起灵感，把这张照片连同许多张他得意的摄影，比如《送公粮》等等，很艺术地装进镜框，挂在抬头可见的墙上。

写好了几首诗，拿去给秋隼老头看。秋隼看后说可以可以，并且答应为他保密，绝不告诉领导说他在写诗。

秋隼看过诗后要孟南多背诵一些诗，于是秋隼开始背诵起《春江花月夜》《将进酒》《天上的街市》《祖国，我回来了》。秋隼老头的记忆力非凡，不过后来他发现，秋隼老头也只能背诵这几首诗。

孟南把诗稿寄出去了，并且也采纳了秋隼的建议，为自己弄了个笔名"江歌"。后来写有"江歌同志收"的退稿源源不断地寄回文化馆。这事终于被领导知道了。领导把他找去，委婉地劝他别再写了，先得把本职工作做好，特别是把民间故事集的初稿弄出来，好交上级领导审阅。

孟南用脚蹭着地，十分认真地聆听领导的批评。他是个有自尊心的人，他已经过了三十岁。悄悄地拆着那些铅印退稿信，已叫他无地自容了。他很快收起了那些写给虚空的情诗，投入民间故事集的定稿工作中去。

秋隼要他不要气馁，不怕失败和闲话，勇敢地走下去。秋隼是个乐观的老头，可是他四十年代发表的那些作品，现在又怎样了呢？他还是得到晚年

195

编民间故事集，他依然没有名扬四海。只不过，他在劝说我的时候，重温了一下自己的旧梦而已。

孟南放弃了想当诗人的打算。"我已经不年轻了。"这个想法一跳出来的时候，他就悲哀不已。

<h2 align="center">七</h2>

没有想到，岳父崔书记说下就下，他的政治生涯从此结束了。

那几天，孟南看到崔娅一家人心惶惶，像丢失了什么。崔娅的眼睛黯淡无光，眼圈青乌。

不知怎么，孟南有一丝快感，同时也陷入了茫然。

女儿交给了她的退休的外公。每天晚上，夕阳西下，崔书记就带着能说会道但面相可怜的外孙女，到江边去看风景，教她用卵石砸江面。

然而退休不到半年，崔书记就大病不起，最后死在武汉的医院里。等孟南和崔娅赶到时，崔书记早在一天前就咽气了。孟南看到崔娅哭得死去活来，孟南很想哭，但他发现没有哭的冲动，于是就没有哭，拉着崔娅，反复劝她。

崔书记的遗体拖回县城冷冷清清，在例行公事的追悼会过后，经过大街拖往火葬场，一路上商店和单位放鞭炮的人也不多。

面对着骨灰盒和遗像，崔娅有三天三夜没睡，孟南只好陪着她。这个突然的打击使刘部长和崔娅痛不欲生，并且感叹官场的炎凉。

"爸爸，爸爸。"面对着遗像前袅袅的香烟，崔娅整天就这么喃喃，她的神经受到了极大的刺激，不吃不喝，看起来，她比她的母亲更苍老。孟南的主要任务是使岳父灵前的香火不断，除了做这样的事，他也无事可干。如果因为太困要打呵欠的话，他也到一边去，免得让刘部长和崔娅看到。孟南十分愧疚，因为崔书记的死，他没有流一滴泪。但是有一点他是十分清楚的，在她们这个家庭，他是唯一的一个男人了，他要比往日更负起责任来。这种责任感是油然而生的，不是总结出来的。他明白了自己在这个家庭将要担当的角色，然而就在前几天，他还认为在她们这个家里，他不过是一个局外人罢了。

两个月以后，刘部长又被免去了组织部长的职务，而重新任命为县委统战部部长。依然是部长，可打交道的是那些在海外和港台发迹而曾被视为恶贯满盈的人，除了注重政策性以外，没有任何实权。

这实际上是一个下台的信号。"老崔尸骨未寒，他们就对我下手了。"刘部长在家里大发脾气，摔东西、骂崔娅、孟南和他们的女儿。骂得家里噤若寒蝉之后，孟南就在心里嘀咕："这些北方佬，与其说她们耿直，不如说是神经病。"但是他十分理解岳母，虽然他没有当过官，也不怀有当官的奢望。

一切都得靠自己了，在这个世界上，靠谁也靠不住，孟南更加卖力地工作，让领导挑不出任何毛病。

在这之前，孟南已经入了党，年年被评为先进工作者。这一年又评为先进工作者，并且是省文化系统的。过去的一切荣誉，他知道，一半出于他的工作，一半是领导看了他的身份。而这一年，是靠他全部的工作换来的。他编的民间故事集得到了很高的评价，他搜集的故事被选入中央、省、地的各种故事选本，而且，这本书没有一个错别字。

开春之后，领导要他去学考古。他又改行成了文化馆的考古干部。

在这之前，文化馆没有考古干部，因为这个县没有什么古可考，这个县是在一片沼泽洼地上淤积起来的，没有石器时代的遗址，也没有春秋墓葬，没有青铜，也没有陶。但是上级要他们配备一名考古干部，不得不配，于是孟南就这样漫无目的地开始考起古来。

现在领导交给他的是两排空空的书架，领导说，弄到文物，就摆在这上面。

他想到了祖传的那一对青花瓷瓶，在伯父手上保存着。那肯定是文物，至少有几百年的历史了。

他回到了水竹镇一趟。伯父早就退休了，一个人住在家中，常年在外跑采购的表兄看来也无暇顾及这个老人。伯父的眼力已大不如前，脚步也不太稳。回去的时候他看到伯父在门口生炉子，拿着一把破蒲扇在炉前摇动。孟南抢上去要帮伯父把炉子提进屋，伯父拦住他，死活不肯。"你进屋歇着去，天天都是我自己提的，还提得起。"伯父如此固执，仅仅这一点还看得见伯父年轻时的影子。

孟南把他目前所干的工作告诉了伯父，并且把他的要求提了出来。他说完之后看着伯父满头的银发，等着伯父的回答。伯父微笑着，用苍老而亲切

197

的声音说:"拿去吧,拿去吧。你表哥要过几次,我也没给。我原想,我死了之后,给你和表哥一人一只,现在,你把它们都拿去。"

不用说很多,就能得到伯父全身心的理解。伯父也知道了崔娅家里的事情,他完全信任这位侄儿的一言一行。孟南扶着坐在藤椅中的伯父的双肩,他在这位老人宽厚的肩膀上得到了最纯的亲情和行动的力量与理由。

这一对青瓷花瓶供在神案两边,被爱整洁的伯父擦得一尘不染。在照例停电的晚上,在烛光里,浑圆的瓷瓶从内部透出一个个令人沉醉的旋点,闪烁着玉一般的温和光泽。这一对成化年间的花瓶,它典雅而又稳重,似乎严守着灵魂中的贞操。

这以后,孟南又下乡了,寻找一些断碑、古墓、牌坊、散失在民间的家谱、抄本、字画,以及本县古代名人曾用过的器物等等。他像当年摄影一样,穿行在一些水利建设工地上。在一个寒冷的冬天,他在一个工地上意外地发现了一座沉陷的牌坊。他站在齐大腿深的淤泥里,指挥着挖掘和起吊,整整半个月,他从那个巨大的泥坑里吊出了四只神态各异的石狮、两个石鼓、一口马槽,以及刻有楹联的断柱。这些沾着泥浆的笨重石头,由两辆拖拉机连夜拖回县城,堆在文化馆的院子里。

八

时间已经进入一九八五年,这时孟南办公室里的两排书架上,已经摆满了一些乱七八糟的文物,这些文物中,竟还有一块五十万年前的龟化石。这一年,也是孟南三十六岁的本命年。孟南系着红裤带。红裤带是崔娅让他系的。崔娅依然在他的面前颐指气使,但是十几年的夫妻,和家庭的一些变故,使她或多或少地对孟南产生了依赖心理。她依然厌食、失眠、月经紊乱,现在还增加了脱发、肾结石等毛病。她还是拒绝吃大米。

这一年,孟南得到了一次到省里大学代培的机会。时间是一年,发专科文凭。领导告诉他这个决定之后,他突然发现世界是如此的明亮。由于自己的家庭出身和复杂的社会关系,他连高中也没有读上,虽然他在初中时各科成绩都保持在全班前三名。

他回去把这个消息告诉了崔娅。崔娅没有反对他。这已经是需要文凭的时代。崔娅当时抱着女儿孟晶，说了有史以来的第一句笑话："你到武汉去后会把我们母子甩掉的。"孟南说："我干吗要甩你呢？要甩早甩了。"崔娅说："过去你不敢甩，你不怕我爸爸让你吃不了兜着走？""我不会甩了你们的。"他当时表态十分庄严而激动，就像是一种宣誓。

身材魁梧的孟南穿着整齐的中山装来到了省城。一路在长途汽车上他有一种解脱感。可是当天睡在大学生公寓里，他突然异常怀念起那个病病快快的老婆和可怜的女儿来。女儿已经上小学四年级了，成绩很好，体质很差，而且已经学会了自卑，从不照镜子。

第二天上街买了一些生活必需品时，他站在百货商场的玩具柜前，给女儿买了一辆遥控玩具车，买了一套衣服。又给崔娅买了一条纱巾。

国庆节，上学还不到半个月，学校放假两天，那些离开了老婆或是丈夫羁绊的男女同学们正筹备着录音机、羽毛球拍到东湖游玩，而孟南却坐着长途汽车回家了。第二天一早，又乘长途汽车赶回学校。

他的愚笨的举动令同学们百思不得其解，他们猜测孟南在家里肯定有一个异常漂亮而又对他百依百顺的妻子以及一个长得跟她母亲一样漂亮的女儿。

这只有孟南自己清楚。同学们要看他老婆的照片，他说没有。的确没有，崔娅和女儿的照片都没有，她们从不照相，而孟南也从来没有跟她们合过影，虽然孟南曾经是一个不错的摄影工作者。

在学校期间，孟南平均每个月回家一次。

学校里舞会成灾，每天晚上在楼顶的露天平台上，有自告奋勇的人为这些中年学生们扫舞盲。

孟南只是看过两次，从来没有试验过。有热情的女伴邀请他，他说他不会。一表人才的孟南，又在文化馆待讨多年，竟不会跳舞，如此地不开化，令人不敢相信。孟南看男人搂着女人陶醉在音乐中，他总是想到妻女，没有给他带来任何幸福和欢乐的妻女。

孟南的头发掉得非常厉害，其实功课一点也不重。

孟南爱上了扑克。有几个长相丑陋、笨头笨脑的同学加入了这个队伍。

每天晚上，他们就聚集在一起，关在寝室里画乌龟。

筠是一个三十岁的女人，她来自天津，她的披发和紧凑的牛仔裤，曾使许多男同学做梦，甘愿为她付饭费和代为复印课堂笔记。筠在舞场上一直是抢手货，她的探戈跳得尤其好。孟南乐意为她做过一件事，这便是用牙齿和眼力为她鉴定过一只戒指。这只来历不明的戒指，据说是她丈夫之外的一个男人送的，但她怀疑戒指的金属属性。孟南在考古的几年中学会了识别真金，孟南果然就鉴定出了这只戒指的含金量只有百分之七十，另有百争之二十的铜和百分之十的铝。

筠猛醒了，对孟南感叹地说："所有的男人都是骗子。"

"我可不是。"孟南说。

"那你就不是男人。"筠幽幽地看着他。最后筠表示，决定消灭他这个班上的最后一个舞盲。孟南说："我不想跳舞。"

筠就说："我看过一本美国小说，书名叫《硬汉不跳舞》。"

孟南说："我也不是硬汉。"

圣诞节的晚上，学校举行通宵舞会，孟南对这个外国的节日相当陌生，所有的同学都到外面去了，孟南想睡觉，这时他看见筠走了进来。"我带你去一个地方，不是舞厅。"筠对他说。

"你怎么会不去舞厅呢？"孟南不相信。

筠说："你不知道今天食堂里供应了狗肉吗？我是从舞场上逃出来的，我发现今天的男人都有一股狗肉味儿，我讨厌狗，而且他们把你箍得死死的，不像跳舞，倒像是摔跤，一身狗肉劲儿。"

"也许是狂犬病发了。"孟南说。

"你跟我走。"

"那我可能也有狂犬病毒呢？"

后来孟南还是跟筠走了。

在外文系宿舍区的一百〇八级台阶前，筠说："咱们比赛，谁先跑上去，谁就得到上帝耶稣的赐福。"

孟南答应了，结果肯定是孟南先跑完台阶，而筠气喘吁吁地上来后，期待着孟南的扶携，孟南挽了她，她就倒在了孟南的怀里。

孟南发现自己一动也没动，而筠却因为激动晕眩不已，他听见筠说："我已经离婚了，我的男人缺乏你这种气质。"

"硬汉不跳舞，是吗？"孟南这样说。

他知道，机会在慢慢地错过，此刻，是不需要他说话的时候，他只要行动。可是他想起了崔娅此时正在家，还有可怜的女儿。他的手触到筠的胸脯就移开了。这时候学校鞭炮齐鸣，已经是午夜零点。

孟南牵着筠的手，来到学校咖啡馆，请筠喝了一杯咖啡。

孟南写了一封信，要崔娅带着女儿来武汉玩一趟。后来崔娅和女儿便来了。

人们看到孟南和他矮小苍老的妻子以及有脸疾的女儿走在一起，面色沉静地爬学校的后山。

崔娅回去的时候带了一大包衣物回去，其中有孟南为刘部长买的呢大衣。

筠通过多种渠道打听到孟南夫妻间的往事，就对他说："也亏了你。"

孟南只是笑笑，孟南不再说什么。

一年的大学生活很快就结束了，孟南收拾着行李。筠告别的时候，大方地伸出手对孟南说："以后欢迎你去天津玩，我将陪着你。"

当长途汽车载着孟南进入本县地界的时候，他看着窗外的湖泊和田野，眼里竟浮出了泪水。

他终于知道自己是一个成不了大气候的人。

九

头上开始秃顶的孟南又回到了文化馆上班。

这一年，录像大潮上涨到这个小县城。文化馆地处闹市，领导决定将第一层楼全部改建为录像放映室、台球厅、服装门市部和文化副食商店。

"这个任务只好由你来带头了，你年轻些，办事又稳重踏实，领导相信你能搞好。"老馆长对他说。

孟南破例地请求领导："我刚学习回来，还是搞业务的好，对这些经营，我一窍不通。"

老馆长说："你是孟德祥的侄子，孟德祥上了县志的，你伯父是我县最了不起的民族企业家，你父亲也经过商，怎么会没有一点遗传！再说文化馆你是知道的，全县最穷的单位，不弄点钱怎么开展业务活动，怎么解决大家的福利？你是重任在肩哪！"

孟南交出了文物保管室的钥匙。

就在他跑执照、做招牌、筹备开业的那个月，他突然得知伯父病重的消息。这天晚上，孟南在天香酒楼独饮，他想到即将去世的伯父，一种孤独感骤然向他袭来，他感到了灵魂深处的悲哀和苍老。茫茫尘世，将还有谁暗中注视他并且理解他呢？孟姓家族中唯一的一位强人也是最后一位强人将消逝了，他心智聪慧，敢想敢干，有过辉煌的过去。天色已晚，风声满楼，孟南仰头看着天花板上的吊灯，金黄色的光晕使他感慨万端。他一杯又一杯地往口里倒酒，呆坐在那里。直到所有的食客都离去。

第二天一早他就踏上了去水竹镇的头班车。

在伯父发病后的三天里，他已不能下床，靠买的一袋饼干充饥，直到表兄表嫂到来。

伯父躺在水竹镇医院的大病房里，孟南走到他的病床前，他已认不出孟南了。他的眼睛看着别处，知足、遗憾？种种感情都有。

孟南在他的病床前守了两天。两天之后，他就闭上了眼睛。

停丧，火化，存放骨灰盒。

在骨灰存放室里，孟南看到伯父的骨灰和其他的死者千篇一律地存放在一起，只不过尺余的空间。孟南想到，在这儿，所有人的命运最终都是相同的，都不过如此。荣辱也罢，伟大平凡也罢。

时间的车轮飞转。

一九九〇年的阳光照耀在孟南完全秃顶的头上，他不停地忙着同工商和税务的人打交道，有时关起门来，审查从各个渠道弄来的录像片，冲洗掉中间的暴露镜头，以便让录像室播放。他也有时候到一楼的桌球厅去转转，以防小青年赌博、闹事。

他现在已经提升为副馆长了，负责馆里以文养文的工作。

（原载于《长江文艺》1991 年第 3 期）